UMA ALMA PELA METADE

OLIVIA
ATWATER

UMA ALMA PELA METADE

Tradução
Melissa Lopes

1ª edição

Galera
RIO DE JANEIRO
2024

PREPARAÇÃO
Fernanda Marão

REVISÃO
Thais Entriel
Juliana Werneck

CAPA
Isadora Zeferino

TÍTULO ORIGINAL
Half a Soul

CIP-BRASIL. CATALOGAÇÃO NA PUBLICAÇÃO
SINDICATO NACIONAL DOS EDITORES DE LIVROS, RJ

A899a Atwater, Olivia
Uma alma pela metade / Olivia Atwater ; tradução Melissa Lopes. - 1. ed. - Rio de Janeiro : Galera Record, 2024.

Tradução de: Half a Soul
ISBN 978-65-5981-460-2

1. Romance canadense. I. Lopes, Melissa. II. Título.

23-87399 CDD: 819.13
CDU: 82-31(71)

Gabriela Faray Ferreira Lopes - Bibliotecária - CRB-7/6643

Texto revisado segundo o Acordo Ortográfico da Língua Portuguesa de 1990.

Direitos exclusivos de publicação em língua portuguesa somente para o Brasil
adquiridos pela
EDITORA GALERA RECORD LTDA.
Rua Argentina, 120 – Rio de Janeiro, RJ - 20921-380 - Tel.: (21) 2585-2000,
que se reserva a propriedade literária desta tradução.

Impresso no Brasil

ISBN 978-65-5981-460-2

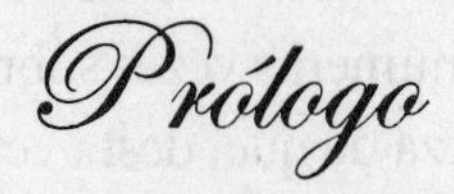

Prólogo

Theodora Eloisa Charity Ettings era um nome muito grande para uma garota tão pequena. Como sua tia gostava de dizer, provavelmente era por isso que ela dava tanto trabalho. Assim que alguém terminava de gritar "Theodora Eloisa Charity Ettings, volte aqui agora!", a garotinha de 10 anos quase sempre já tinha se escafedido havia muito tempo.

Neste dia, Theodora Eloisa Charity Ettings — que em geral preferia ser chamada de Dora — estava bastante ocupada fugindo de seus captores adultos, com o objetivo de chegar até a mata selvagem atrás do Solar Lockheed. Aquele bosque era repleto de árvores maravilhosas para escalar e velozes riachos lamacentos nos quais sujar a bainha da saia, coisas que pareciam muito mais interessantes do que se sentar para aprender a bordar com sua prima Vanessa.

Os gritos de tia Frances foram ficando distantes enquanto Dora disparava por entre as árvores, rindo consigo mesma. Mechas de seu cabelo cacheado louro-avermelhado se prenderam nos galhos, soltando-se do coque bem-feito. Dora tropeçou na saia branca imaculada, reequilibrando-se bem a tempo de evitar uma queda, mas a ponta da sapatilha mergulhou o tecido da bainha na terra, manchando o calçado e o vestido. Mais tarde, a tia de Dora ficaria furiosa e seu castigo seria severo, mas, por ora, a garota estava livre e tinha toda a intenção de usufruir enquanto podia.

Havia uma árvore particularmente boa para escalar do outro lado do riacho, perto do ninho de melro que ela encontrara da última vez. Dora não tinha conseguido subir muito alto na árvore antes de ficar empacada, mas havia pensado inúmeras vezes sobre o problema por mais de duas semanas e tinha certeza de que, desta vez, se quisesse, conseguiria ir bem mais longe.

No entanto, assim que Dora se sentou nas margens do riacho para tirar as sapatilhas, ela ouviu uma elegante voz masculina atrás de si.

— Ah, garotinha — disse o homem, suspirando. — Como você se parece com sua mãe.

Dora virou a cabeça com curiosidade, mexendo os dedos dos pés descalços na água fria. O homem atrás dela tinha surgido do nada, e certamente havia magia envolvida nisso, porque o sobretudo branco que usava não exibia vestígio de mato algum e seus olhos eram do tom mais claro de azul que ela já tinha visto. Como a garotinha fantasiosa que era, Dora não se surpreendeu ao notar que as orelhas do homem eram delicadamente pontudas, mas ficou *muito* surpresa ao ver que ele usava pelo menos quatro casacas de modelagens e cores diferentes, todas sobrepostas descuidadamente uma sobre a outra.

— Eu não me pareço nem um pouco com a minha mãe, senhor Feérico — respondeu Dora com naturalidade, como se feéricos altos e bonitos falassem com ela todos os dias. — Tia Frances disse que o cabelo da mamãe era mais claro que o meu e que ela tinha olhos castanhos em vez de verdes.

O feérico dirigiu a Dora um sorriso bondoso.

— Vocês, humanos, sempre deixam passar os detalhes mais importantes — afirmou ele. — Não é culpa sua, obviamente. Mas a alma de sua mãe e a sua são feitas do mesmo fio brilhante. Percebi a semelhança num piscar de olhos.

Dora franziu os lábios, pensativa.

— Ah — emitiu ela. — Acho que isso faz sentido. Então... você era um dos amigos da mamãe, senhor Feérico?

— Infelizmente não. Ela pode um dia ter me considerado um amigo, mas depois mudou de ideia de repente. — Seus olhos azuis sobrenaturais se fixaram em Dora, e ela sentiu um estranho arrepio percorrer o corpo. — Você também não está sendo muito educada, primogênita de Georgina Ettings — continuou ele. — Não sou nenhum "senhor Feérico". Na verdade, deve se dirigir a mim como "Vossa Senhoria" ou "lorde Hollowvale", pois sou o marquês deste reino. Dá para ver que sou importante, pois estou usando muitas casacas sofisticadas.

Dora estreitou os olhos para observar o feérico. No início, tinha sido uma felicidade conhecer uma criatura do mundo das fadas, mas agora ela estava começando a achar que seria muito mais feliz atravessando o riacho e subindo em sua árvore.

— Não tinha como eu saber o seu título — rebateu Dora, bufando. — E nunca ouvi falar de Hollowvale, de todo modo. Se for um lugar real, então está muito fora do domínio de Sua Majestade e, portanto, não tem importância aqui.

Os olhos azul-claros do feérico brilharam, gélidos. A água aos pés de Dora ficou ainda mais fria que antes, e ela tirou os dedinhos de dentro do riacho depressa.

— Não sabe o que acontece com crianças respondonas que vagam pelo bosque, primogênita de Georgina Ettings? — perguntou lorde Hollowvale com um tom baixo e ameaçador. Dora recuou lentamente em direção ao riacho.

— Você disse que não era amigo da minha mãe — argumentou ela com cautela. — Não tenho por que ser educada com desconhecidos que se aproximam sorrateiramente de mim, lorde Hollowvale.

A mão pálida do feérico avançou feito uma serpente, agarrando Dora pelo pescoço. Ela soltou um grito estrangulado, cravando as unhas na mão do sujeito, mas ele era muito mais forte do que parecia, e havia uma fúria fria e desumana no jeito como ele a apertava.

— Georgina Ettings me prometeu a própria primogênita — declarou lorde Hollowvale a Dora com sua voz fria. — E vou receber o que me é devido. Espero que você aja com mais educação depois que eu tomar a sua alma, garotinha.

Dora tentava se livrar da mão dele. Ela se debatia e se contorcia de medo. Mas, enquanto o feérico falava, uma estranha apatia tomou conta do corpo da menina, esvanecendo as pontas mais afiadas de seu pavor. Seus protestos diminuíram e sua mente começou a vagar de um jeito estranho. Um feérico a havia arrancado do riacho, era verdade; mas o perigo que ele representava parecia menos urgente e mais irreal que antes. Com certeza o efeito iria passar, e Dora logo retomaria seu caminho até a árvore que buscava.

Porém, lorde Hollowvale soltou um súbito grito de dor e a jogou no chão.

Atrás dele, a prima de cabelo dourado de Dora, Vanessa, cambaleou para trás, com uma tesoura de ferro ensanguentada em uma das mãos e uma expressão horrorizada no belo rosto.

Ah, meu Deus, Dora pensou consigo mesma, distante. *Vanessa é tão doce e obediente... Como ela poderia apunhalar um marquês com sua tesoura de bordar?*

— Dora! — gritou Vanessa, arfando de medo. Ela tropeçou na lama ao se aproximar da prima, ajudando-a a se levantar. — Por favor, Dora, vamos! *Precisamos* correr!

Lorde Hollowvale ficou de pé sem muita firmeza, segurando a parte de trás da perna. Vanessa fizera um corte terrível na panturrilha do feérico, de maneira que mancava enquanto se lançava na direção delas. O sangue vermelho-escuro manchava o elegante sobretudo branco, e o rosto se contorcia com uma raiva terrível.

— A alma desta menina é minha por direito! — sibilou ele. — Você vai entregá-la para mim agora mesmo!

Vanessa se virou para o feérico, segurando a tesoura ensanguentada diante de si com uma expressão aflita.

— Não quero machucá-lo — alertou ela. — Mas você não vai tocar na minha prima, de jeito *nenhum*.

Lorde Hollowvale recuou diante da tesoura erguida. O medo estampou brevemente seu rosto quando ele olhou para o objeto — uma reação estranha, uma vez que a tesoura era apenas um pouco maior que o punho pequeno de Vanessa, e seus aros eram decorados com pequenas rosas alegres. Vanessa e Dora lentamente contornaram o feérico e se posicionaram na direção do Solar, mantendo a tesoura bem entre ela e o marquês.

— Como quiser, sobrinha de Georgina Ettings — cuspiu o feérico por fim. — Tenho metade do meu pagamento. Faça bom uso da outra metade!

E então, enquanto elas observavam, com os olhos fixos nele, o feérico desapareceu no ar.

— Ah, Dora — choramingou Vanessa, assim que a criatura foi embora. — Você está bem? Aquele feérico horrível lhe fez alguma coisa? Fiquei com tanto medo. Vim apenas repreendê-la para que voltasse às aulas, mas ele estava bem ali, e eu estava com a minha tesoura no avental...

— Por que está tão abalada? — quis saber Dora, curiosa. Ela franziu a testa. — Ora, já passou. Você pode vir comigo para subirmos na minha árvore, se quiser.

Vanessa olhou para ela, perplexa.

— *Você* não está abalada? — perguntou, nervosa. — Ele era apavorante, Dora, e todo aquele *sangue*...

Dora sorriu com ternura para a prima, embora sentisse que algo importante estava faltando — algo que estivera ali apenas alguns minutos antes.

— Talvez eu *devesse* estar abalada — ponderou. — Uma pessoa normal estaria, não é? Mas talvez eu fique mais tarde, depois de refletir a respeito do que aconteceu.

Vanessa insistiu para que voltassem para o Solar naquele instante. Dora foi com ela, embora ainda pensasse com carinho na árvore do outro lado do riacho.

Enquanto Vanessa chorava ao relatar a história para tia Frances, Dora aos poucos começou a perceber que não estava agindo como normalmente agiria. Todas as suas emoções haviam ficado embotadas em uma espécie de fantasia distante — como se ela estivesse observando a si mesma em um sonho.

Tia Frances lançou a ambas um olhar horrorizado quando Vanessa repetiu as palavras do feérico.

— *Quieta!* — suplicou a Vanessa. — Fiquem caladas, vocês duas. Não podem dizer uma palavra sobre isso a mais ninguém, entenderam? Não conte nada nem para o seu pai, Vanessa!

Vanessa lançou um olhar arregalado e cheio de lágrimas para tia Frances.

— Por que não? — indagou ela. — Aquele feérico *fez* alguma coisa com Dora, eu sei que fez! Precisamos encontrar alguém para curá-la!

Tia Frances agarrou o braço da filha, puxando-a para a frente. Ela se apoiou em um dos joelhos e baixou o tom de voz, temerosa.

— Dora está amaldiçoada pelas fadas — explicou tia Frances. — Veja os olhos dela! Um deles perdeu a cor! Talvez todo o restante desta família esteja amaldiçoado como ela, se for verdade o que a tola da mãe dela fez. Se alguém descobrir, seremos expulsos destas terras!

A tia de Dora fez as duas jurarem não dizer uma palavra a mais ninguém. Dora achou isso bastante aceitável. Na verdade, ela não sentia nenhuma angústia com a situação, a não ser por um leve toque de preocupação, fácil de ignorar. Era como uma mosca zumbindo em um canto distante da sala: Dora sabia que estava ali quando se dava ao trabalho de prestar atenção nela, mas, considerando toda a sala, não tinha importância alguma.

Vanessa fez seu juramento com grande relutância. Quando foram dormir naquela noite, ela se deitou debaixo das cobertas com Dora e a abraçou com força.

Dormiram com a tesoura de ferro embaixo dos travesseiros.

Um

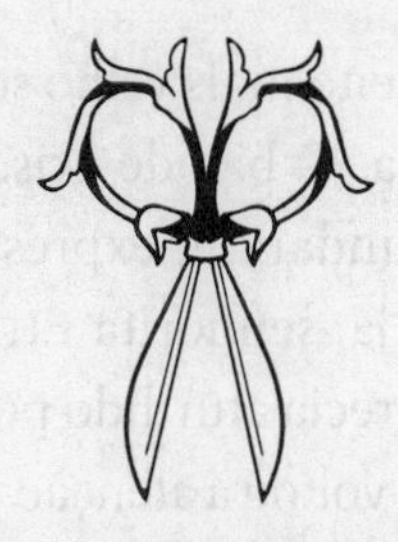

Sir Albus Balfour insistia em só tagarelar sobre os cavalos de sua família.

Só para explicar, Dora *gostava* de cavalos. Ela não se importava com conversas ocasionais em torno das árvores genealógicas dos equinos. Mas Sir Albus tinha um jeito só dele de sugar toda a vida de uma conversa com sua voz monótona e a insistência em prolongar a primeira sílaba da palavra "*pu*ro-sangue". Pelas contas assumidamente distraídas de Dora, Sir Albus havia usado a palavra *pu*ro-sangue umas cem vezes desde que ela e Vanessa tinham chegado à bendita festa no jardim de lady Walcote.

Coitada da Vanessa. Aos 18 anos, finalmente tinha sido apresentada à sociedade, e já estava cercada por pretendentes da pior espécie. Seu exuberante cabelo dourado, a pele macia e sem marcas, e o comportamento absolutamente encantador haviam atraído até aquele momento todos os canalhas, os viciados em apostas e velhos desdentados da região. Sem dúvida, a adorável prima de Dora também seria atraente para pretendentes melhores, mas Dora suspeitava muito de que, se tais homens pudessem ser encontrados em algum lugar, esse lugar seria Londres.

Aos 19 anos — quase chegando aos 20! —, Dora estava prestes a ser considerada uma "solteirona", embora supostamente tivesse sido apresentada à sociedade na mesma época que a prima. Na verdade, Dora sabia que Vanessa só tinha adiado por tanto tempo seu momento de debutar para lhe fazer companhia. Ninguém na família tinha ilusões quanto à possibilidade de Dora de atrair potenciais pretendentes, levando em conta seu olho estranho e o comportamento mais estranho ainda.

— Já se perguntou o que poderia acontecer se cruzássemos um cavalo com um golfinho, Sir Albus? — interrompeu Dora, sem demonstrar emoção.

— Eu... O quê? — O sujeito mais velho só conseguiu piscar, surpreso com a pergunta inesperada. O bigode grisalho tremeu, e as rugas nos cantos dos olhos se aprofundaram, expressando sua perplexidade. — Não, não posso dizer que já, senhorita Ettings. Os dois simplesmente não se misturam. — Ele parecia aturdido por ter que explicar a segunda parte, e no mesmo instante voltou a atenção para Vanessa. — Bem, como eu estava dizendo, a égua era *pur*o-sangue, mas não serviria para nada, a menos que pudéssemos encontrar um garanhão impressionante na mesma medida...

Vanessa estremeceu quase imperceptivelmente com a repetição da palavra *pur*o-sangue. Arrá! Então ela *havia* notado aquele hábito terrível.

Dora interrompeu de novo.

— Mas o senhor acha que esse cruzamento produziria uma cabeça de golfinho e um traseiro de cavalo, ou acha que seria o contrário? — perguntou ela a Sir Albus em um tom intrigado.

Sir Albus lançou a Dora um olhar maldoso.

— Ora, veja... — começou ele.

— Ah, mas que ideia divertida! — exclamou Vanessa, com uma animação forçada. — Você sempre inventa as brincadeiras mais maravilhosas, Dora! — Vanessa enlaçou o braço no de Dora, pressionando o cotovelo da prima com um pouco mais de firmeza que o necessário, então voltou-se para Sir Albus. — Podemos saber sua opinião especializada, senhor? — indagou. — Como acha que seria?

Sir Albus ficou exasperado com a pergunta, irritado e fora do prumo. Ele tinha um único roteiro, Dora notou distraidamente, e nenhuma imaginação para se desviar dele.

— Eu... eu não poderia responder a uma pergunta tão absurda! — retrucou ele. — A ideia em si é impossível!

— Ah, mas tenho certeza de que o lorde Feiticeiro saberia a resposta — observou Dora para Vanessa. Seus pensamentos se desviaram aos poucos do assunto e tomaram outro rumo. — Ouvi dizer que o novo mago da corte é muito talentoso. Ele derrotou o lorde Feiticeiro de Napoleão na Batalha de Vitória, sabe? Faz pelo menos três coisas impossíveis antes do café da manhã, pelo que ouvi dizer. Certamente *ele* poderia nos dizer de qual animal seria a forma do traseiro.

A expressão de Vanessa assumiu um ar surpreso por algum motivo, como se Dora tivesse revelado um grande segredo em vez de uma fofoca inútil.

— Bom — disse Vanessa devagar —, o lorde Feiticeiro deve estar em Londres, bem longe daqui. E me pergunto se ele se rebaixaria a responder a tal pergunta, mesmo que *fosse* o tipo de coisa impossível que ele pudesse realizar. — Vanessa pigarreou e voltou os olhos para o restante dos convidados no jardim. — Mas talvez algumas pessoas aqui com um domínio menos *impossível* da magia possam oferecer uma opinião de especialista.

O bigode de Sir Albus estava quase arrepiado, falhando em reprimir sua indignação pelo fato de a conversa ter sido desviada para outro assunto que não ele e seus valiosos cavalos.

— Minha jovem! — falou para Dora, todo exaltado. — Já *chega* disso! Se deseja discutir ideias fantasiosas, faça-o em algum lugar longe de nós. Estamos tendo uma conversa séria e adulta!

A veemência do homem foi tamanha que uma gota de saliva atingiu a bochecha de Dora. Ela piscou para ele devagar. O rosto de Sir Albus estava vermelho e trêmulo de raiva, inclinando-se na direção dela de maneira vagamente ameaçadora. Lá no fundo, Dora sabia que *deveria* estar com medo dele, afinal, qualquer outra dama teria recuado diante de uma reação tão violenta. Mas, fosse qual fosse o impulso que normalmente fazia as damas se intimidarem e desmaiarem ao presenciarem coisas amedrontadoras, ele havia se perdido no caminho para a mente consciente dela fazia anos.

— Sir! — Vanessa conseguiu dizer com a voz trêmula e chocada. — Não pode se dirigir à minha prima dessa maneira. Esse comportamento é inadmissível!

Dora olhou para a prima, reparando na maneira como os lábios dela tremiam e as mãos se retorciam. Em silêncio, tentou imitar os gestos. Afinal, sua tia havia implorado para que ela agisse de maneira *normal* na festa.

Por um segundo, enquanto Dora voltava os lábios trêmulos para Sir Albus, um olhar culpado cruzou o rosto dele.

— Eu… eu peço desculpas — disse ele rigidamente.

No entanto, Dora notou que ele dirigiu o pedido a Vanessa, e não a ela.

— Pede desculpas por quê? — murmurou Dora com displicência. — Por prejudicar suas chances com a minha prima? Ou por agir como um grosseirão?

Sir Albus arregalou os olhos com uma fúria escandalizada.

Ah, pensou Dora com um suspiro. *Acho que não é o tipo de coisa que mulheres normais e amedrontadas diriam.*

— Aceito suas desculpas! — declarou Vanessa rapidamente. Ela se levantou enquanto falava, puxando Dora com firmeza pelo braço. — Mas eu… preciso me retirar e recuperar a compostura, senhor. Receio que teremos que continuar nossa conversa em outra ocasião.

Vanessa correu na direção da casa com a maior delicadeza feminina possível enquanto arrastava a prima mais velha atrás de si.

— Eu me atrapalhei de novo, não foi? — perguntou Dora baixinho.

Uma leve pontada de angústia apertou seu coração. Questões sérias raramente incomodavam Dora da maneira como deveriam, mas as emoções provenientes de questões mais duradouras e desgastadas ainda pairavam sobre ela como um véu.

Vanessa já deveria estar casada a esta altura, pensou Dora. *Ela estaria casada se não fosse por mim.* Era um pensamento antigo, que nunca deixava de entristecê-la.

— Ah, não. Você não fez nada errado! — replicou Vanessa, tranquilizando a prima enquanto entravam na casa. — Você me salvou de novo, Dora. Talvez tenha sido um pouco impertinente, mas não sei se aguentaria ouvi-lo dizer aquela palavra mais uma vez!

— Qual? *Pu*ro-sangue? — indagou Dora, com os lábios se curvando de leve.

Vanessa estremeceu.

— Ah, por favor, não — suplicou ela. — É simplesmente horrível. Nunca mais vou conseguir ouvir uma conversa sobre cavalos sem escutar a palavra desse jeito.

Dora sorriu gentilmente para ela. Ainda que a alma de Dora estivesse entorpecida, a presença da prima era uma luz quente e constante ao seu lado. Vanessa era como um lampião brilhando no escuro, ou um fogo reconfortante na lareira. Dora não sentia alegria, embora conhecesse a sensação de contentamento, ou um tipo de paz agradável. Mas, quando Vanessa estava feliz, Dora podia jurar que às vezes experimentava o sentimento de leve, penetrando nos buracos de onde a própria felicidade um dia fora arrancada e acendendo um pequeno lampião para ela.

— Acho que você não iria gostar de se casar com ele de todo modo — disse Dora. — Apesar de me entristecer quando penso que talvez eu tenha afugentado outro pretendente que você pudesse ter apreciado mais.

Vanessa suspirou profundamente.

— Não pretendo me casar e deixar você sozinha, Dora — declarou ela com suavidade. — Eu realmente receio que mamãe a expulse de casa se eu não estiver lá para tentar impedir. — Seus lábios se curvaram em uma carranca angustiada que, de alguma maneira, era ainda mais bonita que qualquer expressão sorridente jamais vista no rosto de Dora. — Mas, se eu *tiver* que me casar, espero que seja com um homem que não se importe que você vá morar comigo.

— É um pedido muito complicado — Dora repreendeu Vanessa, embora as palavras da prima tocassem levemente aquele brilho quente dentro de si. — Poucos homens desejarão compartilhar a nova esposa com uma prima maluca que leva uma tesoura de bordar pendurada no pescoço.

Os olhos de Vanessa se voltaram para a parte de cima do vestido de Dora. Ambas sabiam da pequena bainha de couro que havia costurada próxima ao decote, ainda carregando a tesoura de ferro. Aquela tinha sido uma sugestão de Vanessa. *Lorde Hollowvale teme esta tesoura,* comentara ela, *então precisará mantê-la sempre à mão, caso ele venha atrás de você e eu não esteja por perto para apunhalá-lo na outra perna.*

Vanessa franziu os lábios.

— Bom — disse ela. — Então suponho que terei que bancar a difícil. Pois a única maneira de me separar de você, Dora, é se você enlouquecer de amor e me abandonar por um marido incrível. — Seus olhos brilharam com a ideia. — Não seria maravilhoso se nos apaixonássemos ao mesmo tempo? Eu poderia ir ao seu casamento, e você poderia ir ao meu!

Dora sorriu serenamente para a prima. *Ninguém jamais se casará comigo,* pensou. Mas não falou em voz alta. Essa questão era um incômodo sem importância — mais ou menos como a tal mosca no canto da sala —, mas Vanessa sempre ficava horrorizada quando Dora dizia coisas práticas desse tipo. E ela não gostava de chatear a prima, portanto guardou o pensamento para si.

— Isso seria muito bom — afirmou ela, sem dizer o que de fato tinha em mente.

Vanessa mordeu o lábio inferior, e Dora se perguntou se a prima teria adivinhado seus pensamentos.

— De qualquer maneira — continuou Vanessa —, acho que nenhuma de nós encontrará um marido adequado no campo. A mamãe tem me importunado para ir a Londres para a temporada, você sabe. Acho que quero ir, Dora, mas só se você prometer que vai comigo.

Dora piscou lentamente para a prima. *Tia Frances não vai gostar nada disso,* pensou. Mas Vanessa, com toda sua graça adorável, charme e bom comportamento, sempre conseguia o que queria com a mãe.

Por um lado, refletiu Dora, ela tinha certeza de que seria um estorvo para as perspectivas casamenteiras de Vanessa em Londres tanto quanto era ali no campo. Por outro lado, certamente haveria muitos como Sir Albus à espreita pelos salões de baile londrinos, apenas aguardando para dar o bote em sua bondosa prima. E, por mais que Vanessa fosse o terror dos nobres feéricos, ela na verdade era mansa feito um cordeirinho quando se tratava de seres humanos.

— Acho que devo ir com você — concordou Dora. — Nem que seja para você nunca mais precisar conversar sobre cavalos.

Vanessa abriu um sorriso encantador.

— Você é a minha heroína, Dora.

A luz do lampião dentro de Dora brilhou um pouco mais forte com aquelas palavras.

— Mas você foi minha heroína primeiro — respondeu ela. — Então com certeza preciso honrar essa dívida.

Vanessa a pegou pelo braço mais uma vez, e rapidamente os pensamentos de Dora vagaram para bem longe de Londres e de coisas como cavalos puro-sangue e magos inatingíveis da corte.

Tia Frances não ficou *nem um pouco* satisfeita com a ideia de Dora acompanhar a prima a Londres.

— Ela vai precisar de vestidos! — protestou a mulher, enquanto discutiam o assunto durante o chá. — Vai ser muito caro vestir vocês duas! Tenho certeza de que lorde Lockheed não aprovará esse gasto.

— Ela pode usar meus vestidos antigos — sugeriu Vanessa, animada, como se já tivesse pensado no assunto. — Você sempre gostou daquele cor-de-rosa de musselina, não é, Dora?

Dora limitou-se a acenar obedientemente com a cabeça e tomar um gole de sua xícara de chá.

— Ela vai afugentar seus pretendentes! — soltou tia Frances em seguida. — Com essas *esquisitices* dela…

— Mãe! — censurou Vanessa, desviando o olhar para Dora. — Precisa falar desse jeito horrível? E bem na frente dela?

Tia Frances franziu o cenho, triste.

— Ela *não se importa*, Vanessa — afirmou ela sem meias-palavras. — Olhe para a Dora. Tentar fazer essa garota sentir qualquer coisa é um desperdício de energia. É quase uma boneca que você leva para lá e para cá por comodidade.

Dora bebericou o chá outra vez, sem se abalar. As palavras não a atingiram da maneira que deveriam. Ela não estava chateada, ofendida nem com vontade de chorar. No entanto, uma pequena parte dela — bem lá no fundo — acrescentou o comentário a uma velha pilha de críticas semelhantes. Aquela pilha provocava em Dora um leve aperto no coração do qual ela nunca conseguia se livrar. Às vezes, ela se pegava revirando a pilha e a examinando no meio da noite, sem qualquer motivo específico.

Vanessa, porém, estava visivelmente chateada. Seus olhos se encheram de lágrimas.

— Não pode estar falando sério, mãe — retrucou ela. — Ah, *por favor*, retire o que disse! Não conseguirei perdoá-la se não fizer isso!

Tia Frances enrijeceu a postura ao ver o evidente sofrimento da filha. Uma resignação cansada estampou seu rosto por um instante.

— Sim, *está bem*. — Ela suspirou, embora não olhasse para Dora ao falar. — Meu comentário foi um pouco exagerado. — Pegou o lenço de renda e o entregou à filha. — Você quer mesmo ir para Londres, Dora? — perguntou.

Pelo tom dela, estava nítido que tia Frances esperava ouvir uma resposta vaga e evasiva.

— Quero — respondeu Dora calmamente.

Tia Frances franziu a testa e olhou para ela.

Porque Vanessa quer que eu vá, pensou Dora. *E eu não quero deixá-la*. Mas ela achou que a explicação poderia complicar as coisas, então guardou-a para si mesma.

Tia Frances disse que pensaria no assunto. Dora desconfiava que esse era seu jeito de adiar a conversa e esperar que Vanessa mudasse de ideia.

Mas Vanessa Ettings de fato sempre conseguia o que queria.

E, assim, as três partiram para Londres. Lorde Lockheed, sempre distante e mais ocupado com os negócios do que com a filha, não se dignou a acompanhá-las, mas tia Frances tinha mexido seus pauzinhos e, por meio do marido de sua irmã, conseguiu fazer com que se hospedassem com a condessa de Hayworth. Ela possuía uma residência em Londres e adorava receber convidados. Como Vanessa havia declarado seu interesse muito tardiamente, elas tiveram que esperar a lama das estradas secar. Então, quando deixaram Lockheed rumo a Londres, já era final de março, faltando apenas um ou dois meses para o final da temporada de bailes.

Depois de tanto alvoroço, a viagem para Londres não foi nem um pouco como Dora tinha imaginado. Mesmo em seu estado normal de indiferença, ela não conseguiu ignorar o fedor quando entraram na cidade propriamente dita. Era uma mistura nojenta de suor, urina e outras coisas, tudo combinado em um espaço muito pequeno. Tia Frances e Vanessa reagiram de maneira bem mais visível: a tia pegou o lenço e o pressionou sobre a boca, enquanto Vanessa juntou as sobrancelhas e esticou o pescoço para olhar para fora da carruagem. Dora seguiu o exemplo de Vanessa, espiando por cima do ombro da prima para ver pela janela.

Havia *muita* gente. Uma coisa era saber que Londres era densamente povoada, e outra era ver com os próprios olhos. Todas aquelas pessoas correndo de um lado para outro, na frente umas das outras, e todas pareciam um tanto zangadas. Com frequência, o condutor tinha que gritar com uma pessoa que passava na frente da carruagem, balançando o punho e ameaçando atropelá-la.

O barulho teria sido assustador, se Dora fosse capaz de se assustar. Os ruídos se fixaram em seus ossos mais prontamente que qualquer outra coisa já havia feito — a maior das moscas no canto da sala. Dora se viu franzindo a testa diante do caos.

Felizmente, tanto o burburinho quanto os odores horríveis diminuíram quando a carruagem seguiu para dentro da cidade, passando por avenidas mais largas e calmas. A confusão de construções que passavam por elas devagar foi ficando mais elegante e refinada, e a pressão sufocante das pessoas diminuiu. Depois de um tempo, o condutor da carruagem parou na frente de uma casa alta e geminada e desceu para abrir as portas para elas.

A porta da frente da casa se abriu no momento em que Dora descia atrás da prima e da tia. Uma criada e um lacaio saíram, seguidos por uma mulher magra, de cabelo cor de aço, que usava um sóbrio vestido cor-de-rosa e bege. Os dois empregados passaram direto, ajudando a descarregar as bagagens, enquanto a mulher mais velha se aproximou com um sorriso e envolveu as mãos de tia Frances nas suas.

— Minha querida lady Lockheed! — declarou. — Que prazer receber a senhora e sua filha. Já faz muito tempo desde que minha filha mais nova se casou, sabe, e desde então não tive mais desculpas para circular por aí. Mal posso esperar para mostrar Londres a vocês!

Tia Frances retribuiu o sorriso com um carinho inesperado, embora houvesse uma pitada de nervosismo por trás de sua expressão.

— O prazer é todo nosso, é lógico, lady Hayworth — disse ela. — É muito gentil da sua parte nos conceder seu tempo e sua atenção. — Tia Frances voltou-se para Vanessa, que já havia feito uma reverência educada (apesar de as três estarem, certamente, doloridas e exaustas por causa da viagem). — Esta é a minha filha, Vanessa.

— É uma alegria conhecê-la, lady Hayworth — afirmou Vanessa, com muita sinceridade no tom de voz.

Um dos encantos de Vanessa, refletiu Dora, era sempre conseguir encontrar algo que a deixasse verdadeiramente alegre.

— Ah, como você é linda, minha querida! — exclamou a condessa. — Você me lembra a minha filha caçula. Pode ter certeza de que em breve terá tantos pretendentes que precisaremos afugentá-los! — Os olhos de lady Hayworth recaíram rapidamente em Dora, mas logo se desviaram. Dora usava um vestido escuro e robusto que devia fazê-la parecer mais uma criada elegante do que um membro da família. Lady Hayworth voltou-se para a casa, acenando para que a seguissem. — Vocês devem estar muito cansadas da viagem — continuou ela. — Por favor, entrem, e vamos pôr a mesa...

— Esta é minha prima Theodora! — interrompeu Vanessa, de supetão. Ela estendeu a mão para segurar o braço de Dora, como se quisesse ter certeza de que ninguém confundiria a pessoa que estava apresentando.

A condessa se virou com a testa levemente franzida. Seu olhar se fixou de novo em Dora — e depois nos olhos dela. Os modos receptivos de lady Hayworth foram esfriando e se transformando em cautela conforme percebia as cores diferentes.

— Ah, sim... — disse a condessa. — Me desculpe. Lady Lockheed mencionou mesmo que vocês poderiam vir acompanhadas de uma prima, mas temo ter esquecido completamente.

Dora suspeitou que tia Frances tivesse dado pouca atenção para a possibilidade, na esperança de que Vanessa mudasse de ideia antes de partirem. Mas lady Hayworth foi rápida em remediar a confusão, apesar de não ter de fato se apresentado formalmente.

Então, lady Hayworth as conduziu a uma confortável sala de estar, onde uma criada lhes serviu biscoitos e chá enquanto esperavam que o jantar ficasse pronto. A condessa e tia Frances conversaram por um bom tempo, fofocando sobre as próximas festas e os solteiros cobiçados que estariam presentes. Dora se distraiu ao ver uma pequena joaninha rastejando sobre seu vestido, na altura do joelho. Estava considerando se deveria levá-la para fora antes que uma das criadas reparasse no inseto quando Vanessa falou e a despertou de suas reflexões.

— E em quais festas o lorde Feiticeiro estará? — perguntou a prima de Dora à condessa.

Lady Hayworth piscou por alguns segundos, pega de surpresa.

— O lorde Feiticeiro? — repetiu ela, como se não tivesse certeza de ter ouvido Vanessa corretamente.

Vanessa assentiu de maneira enfática, e a condessa franziu o cenho.

— Confesso que assim de cabeça eu não sei — respondeu ela. — Mas quaisquer que sejam as ideias românticas que tenha sobre ele, temo que ele não seja um pretendente adequado para você, minha querida.

— Por que não? — indagou Vanessa com um tom inocente e a xícara de chá na mão. — Ele é bem jovem para o cargo de mago da corte, pelo que ouvi dizer, e muito bonito também. Além disso, é um herói de guerra, certo?

Entretanto, Dora ouviu um tom sutilmente fingido na voz da prima, e estudou o rosto de Vanessa com atenção, tentando entender o que ela pretendia com aquela conversa.

— Isso é verdade — admitiu lady Hayworth. — Mas lorde Elias Wilder não é um lorde *de verdade*. O príncipe regente francês insistiu em lhe conceder o título honorário de *Seigneur Sorcier*, lógico, com todos os privilégios supérfluos que os franceses dão aos seus próprios magos da corte. Tecnicamente, o lorde Feiticeiro pode até se sentar na Câmara dos Lordes. Mas não tem sangue azul, e seus modos são deveras grosseiros. Já tive a infelicidade de encontrá-lo várias vezes. Ele tem o rosto de um anjo e a língua de um… estivador asqueroso.

Dora achou divertido que a condessa considerasse os estivadores um contraste apropriado para os anjos. Ela se pôs a pensar na ideia de que o inferno poderia estar cheio de legiões de estivadores em vez de demônios.

— De fato, ele parece terrivelmente inadequado — afirmou Vanessa com relutância, atraindo mais uma vez a atenção de Dora. — Mas, por favor, se não se importa, eu adoraria encontrar o lorde Feiticeiro pelo menos uma vez. Já ouvi muitas histórias sobre ele e ficaria arrasada se deixasse Londres sem sequer vê-lo.

A condessa resmungou baixinho.

— Podemos pensar — disse ela. — Mas, para começar, desejo vê-la no baile de lady Carroway. Ela tem *muitos* filhos ótimos e adequados, e não seria nada mau debutar na sociedade londrina em uma de suas festas…

A conversa tomou outros rumos, e enfim o jantar foi servido. Elas conheceram lorde Hayworth naquela noite, ainda que de passagem, pois ele aparentava estar muito ocupado com seus próprios afazeres e nem um pouco interessado nas atividades sociais da esposa. Uma ou duas vezes, Dora pensou em perguntar a Vanessa qual era o interesse dela no lorde Feiticeiro, mas a prima hesitava e desconversava, e Dora por fim decidiu que era melhor deixar o assunto de lado enquanto estivessem acompanhadas.

Dora resolveu que esperaria para perguntar quando fossem dormir. Porém, logo após o jantar, ela foi levada por uma criada, recebeu um banho quente e depois foi conduzida a um quarto onde se deitou em uma agradabilíssima cama com colchão de plumas, a alguns cômodos de distância das acomodações de sua prima.

Amanhã, pensou Dora enquanto olhava concentrada para o teto. *Tenho certeza de que falaremos sobre isso amanhã.*

Silenciosamente, ela tirou a tesoura de ferro da bainha em volta do pescoço e a enfiou debaixo do travesseiro. Enquanto caía no sono, sonhou com anjos nas docas de Londres andando de um lado para outro no píer e empurrando caixotes de chá até os navios.

Dois

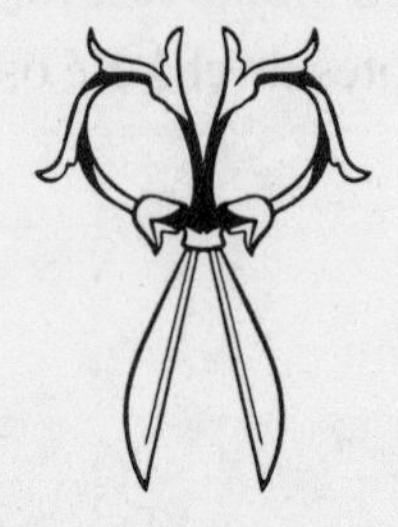

Dora passaria dias sem nenhuma oportunidade de falar com Vanessa.

De fato, quando Dora acordou na manhã seguinte à sua chegada, teve que abordar uma criada para ser informada de que lady Hayworth e tia Frances tinham saído para comprar acessórios com Vanessa. No meio do dia, uma pessoa veio avisar que elas se atrasariam muito, pois haviam sido convidadas para jantar na residência de uma amiga de lady Hayworth. Depois de passar o dia perambulando pela casa, Dora voltou para o quarto e se deitou cedo, na esperança de que o dia seguinte oferecesse circunstâncias mais favoráveis.

No outro dia, quando Dora acordou, foi informada de que Vanessa estava ajustando um vestido de última hora, por recomendação de lady Hayworth. Como era o segundo dia com o mesmo padrão de eventos, Dora não perdeu mais tempo sentada diante da janela tomando chá. Já foi perguntando onde poderia encontrar algo para ler. Ela foi direcionada para uma única estante dentro de uma pequena biblioteca com apenas o tipo de livro que as damas deveriam ler. Ali, enfiado em um canto, encontrou um romance esfarrapado, datilografado — talvez um prazer secreto de uma das filhas ausentes de lady Hayworth — e passou algumas horas lendo. O tema teria sido bastante chocante, se ela fosse do tipo que se choca, mas achou o romance divertido mesmo assim.

No terceiro dia, Dora decidiu que era hora de ir para a rua — e foi o que fez. Ela colocou o vestido mais adequado que tinha e saiu pela porta da frente. Se os empregados estranharam o fato de ela sair sozinha, de alguma maneira acreditaram que havia circunstâncias atenuantes das quais não tinham conhecimento, porque ninguém tentou impedi-la. Como Dora não sentia medo, ela era muito boa em aparentar um tipo de confiança moderada e indiferente.

Alguns trabalhadores iam e vinham pela rua. Dora escolheu uma empregada de aparência distraída que carregava lençóis recém-lavados. Ela acelerou o passo e puxou a manga da mulher.

— Com licença — disse Dora. — É possível encontrar sobremesas geladas em Londres, não é?

A criada virou-se para ela um tanto surpresa.

— Hmm... Sim. — Ela franziu a testa enquanto observava o traje de Dora, visivelmente tentando saber se era alguém a ser respeitada. E, por fim, deve ter decidido errar por excesso de cautela, porque acrescentou: — As damas gostam de tomar sorvete de frutas no Gunter, em Berkeley Square.

Dora sorriu para ela.

— Muitíssimo obrigada. Poderia me dizer qual é o caminho para Berkeley Square?

Muitas ruas e muitas conversas estranhas depois, Dora se viu caminhando por uma parte mais comercial de Londres, com lojas por todos os lados. Passeou por algumas delas, apreciando o espetáculo que era ver tantos produtos finos em um só lugar. Mais de uma vez, ela se desviou de seu objetivo original e teve que pedir novas informações. Quando por fim chegou à Berkeley Square, um estrondo ameaçador havia começado a rugir no céu e gotas de chuva fria tamborilaram em sua pele.

Dora passou algum tempo olhando para as nuvens, protegendo os olhos da chuva. Estavam escuras e revoltas, e ela se viu encarando-as com uma fascinação assombrada.

Perto dali, uma jovem de chapéu soltou um gritinho e correu da chuva até o beiral mais próximo. Dora reparou na moça e lembrou-se, por fim, que estava tentando agir do jeito mais normal possível enquanto estava em Londres, a fim de aumentar as chances de Vanessa encontrar um pretendente.

Devagar, Dora foi para baixo do beiral mais próximo e entrou em uma loja.

Um sino tocou suavemente quando a porta se abriu, anunciando sua presença. Dora olhou ao redor com curiosidade, observando o ambiente. A loja era pequena, porém encantadora, com paredes repletas de estantes abarrotadas de volumes de couro que pareciam valer muito dinheiro. Todos os livros aparentavam ser manuscritos, em vez de impressões comuns. Um balcão de madeira e vidro exibia um punhado de pergaminhos com iluminuras e, pendurado atrás dele, havia um espelho prateado antigo. Foi ali que Dora viu um lindo salão de baile iluminado por centenas de velas. O som distante de violinos tocou em seus ouvidos, e ela se inclinou sobre o balcão para olhar mais de perto.

Havia uma Dora no espelho também, mas ela estava usando o vestido cor-de-rosa de musselina que Vanessa lhe dera, e seu cabelo estava preso em um coque vermelho-ferrugem. Um colar de pérolas preciosas adornava seu pescoço, uma peça que ela não reconheceu de imediato. Uma mancha carmesim agourenta se espalhava na frente do vestido, abaixo das pérolas. Quando Dora levou a mão ao próprio peito, viu o vermelho-escuro escorrendo pela ponta dos dedos.

Enquanto ela observava, um homem alto se aproximou. O cabelo louro-claro bagunçado e a pele branca tremeluziam sob a luz sobrenatural das velas; os olhos eram de um peculiar ouro-avermelhado derretido que cintilava com as chamas. Ele vestia um traje de baile completo: uma refinada casaca branca e um colete prateado. No entanto, o lenço no pescoço estava sutilmente afrouxado, e o sorriso em seu belo rosto tinha um quê ligeiramente diabólico.

— Não deixe pingar nos livros, querida — disse ele no ouvido de Dora.

A voz era suave e baixa. Ele arrastava as palavras com um quase imperceptível sotaque do norte, de maneira que elas se enrolavam levemente no final. Dora ficou tão encantada com a visão e a voz dele que precisou de um momento para processar as palavras.

A Dora do espelho não era a única gotejando por toda parte. Quando olhou para baixo, viu que estava ensopada com a água muito real da chuva que tomara.

— Minha nossa! — exclamou ela, virando-se para encará-lo. — Não molhei nenhum livro, molhei?

O homem atrás dela não estava vestindo um traje de baile. Usava um paletó marrom abotoado sem muita formalidade e um lenço branco no pescoço com um nó simples, mas, em todos os outros aspectos, se parecia bastante com o homem que vira no espelho. Seus olhos eram ainda mais estranhos e impressionantes de perto, de modo que Dora os encarou, apreciando a forma como refletiam alguma tênue luz interior.

Ele piscou de maneira muito lenta e relaxada enquanto ela olhava para ele.

— Acredito que não — respondeu ele.

Na verdade, a não ser que estivesse enganada, Dora teve a impressão de que o homem ficou um pouco desconcertado com o fato de ela não ter dado um pulo e um grito quando ele se aproximou sorrateiramente dela.

Dora olhou de volta para o espelho, mas a imagem do salão de baile havia desaparecido. A superfície estava opaca e preta, e não refletia absolutamente nada.

— Viu algo interessante ali? — perguntou o homem ao lado dela.

— Pensando bem, acho que sim — comentou Dora.

A visão do salão de baile não lhe parecera incomum na hora, mas, uma vez que tinha sido questionada sobre o assunto, ela entendeu que não era o tipo de coisa que costumava se ver em espelhos.

Nesse instante, porém, Dora percebeu que havia outro cliente atrás de uma das estantes do salão, observando-os com atenção. Com cabelo castanho e um pouco mais baixo que o homem à frente dela, ele seria considerado muito bonito não fossem as cicatrizes por toda a bochecha direita. Ainda assim, estava muito bem-vestido para o dia, com um sobretudo justo e botas hessianas resistentes, e tinha um sorriso caloroso que faziam as cicatrizes desaparecerem.

— Ora, de onde surgiu esta jovem? — indagou o homem de cabelo castanho, dando risada. — Por acaso você a invocou, Elias?

O homem de cabelo louro, Elias, lançou ao outro o tipo de olhar fulminante que apenas bons amigos poderiam trocar sem arriscarem um duelo.

— Se eu fosse me dar ao trabalho de uma invocação, Albert — retrucou ele —, tenho certeza de que poderia pensar em coisas melhores para chamar que uma criada praticamente encharcada.

Albert deu a ele um sorriso reprovador.

— Se você fosse um cavalheiro, Elias — rebateu ele —, ofereceria a ela o seu casaco. Tenho certeza de que a dama está sentindo bastante frio.

Elias desviou os olhos para longe de Dora e do amigo, e sua pergunta sobre o espelho foi subitamente esquecida.

— Talvez você seja o único homem que pode me acusar de ser um cavalheiro sem ser transformado em sapo — disse Elias, mordaz. — Retire esse insulto horrível, antes que eu pense em outro animal.

Albert ignorou Elias e tirou o próprio sobretudo, oferecendo-o a Dora.

— Em nome do meu amigo — falou com educação —, considerando que ele está de mau humor hoje.

Dora pegou o casaco de Albert, mais como um gesto automático de boas maneiras. Mas, ao fazê-lo, seus olhos se fixaram na mão dele. O que tinha pensado a princípio ser uma espécie de luva na mão direita era algo bem diferente. Era um artefato de *prata*, que se movia com toda a fluidez de um membro humano normal. Uma conferida rápida bastou para se assegurar de que a mão esquerda de Albert era bastante normal. Dora voltou seu olhar para a mão direita prateada com uma expressão nitidamente curiosa, esquecendo-se do sobretudo que ainda segurava.

Albert olhou para a própria mão e lançou um meio-sorriso.

— Um trabalho do lorde Feiticeiro — explicou. — Perdi minha mão de carne e osso, e boa parte do meu braço, por causa de estilhaços, infelizmente. Mas esta aqui é bem impressionante, não é?

O lorde Feiticeiro, pensou Dora. *Elias Wilder.* Ela olhou para o homem de cabelo louro. Teve a impressão de que ele estava se sentindo um pouco constrangido com o assunto, embora logo tivesse escondido a emoção com uma afetação entediada.

— Tenho certeza de que é falta de educação ficar encarando *deficientes* — Elias repreendeu Dora em tom espirituoso.

— Eu não me importo — retrucou Albert, animado. — Além disso, tenho certeza de que é *ainda pior* chamar um homem de *deficiente*, Elias.

O lorde Feiticeiro bufou com a alfinetada, mas logo ficou em silêncio. Um instante depois, um homem baixo e magro surgiu saindo da sala dos fundos, carregando uma pilha de livros.

— Eis os escritos que o senhor pediu! — anunciou o homem enquanto colocava os livros no balcão. — Tudo o que encontrei sobre os vários sentimentos. Alguns destes foram *bastante* difíceis de localizar.

O lorde Feiticeiro estendeu a mão para abrir a capa do livro no topo da pilha. Na página aberta, Dora viu um conjunto de diagramas com anotações rabiscadas. Ela se inclinou sobre o cotovelo do homem, curiosa e com o cuidado de não deixar o cabelo pingar nas páginas. As anotações estavam escritas em algum tipo de francês muito formal que ela não conseguiu ler de imediato. Se tivesse tempo, com certeza poderia fazer uma tradução...

— Sabe — tornou Elias em tom coloquial —, a última mulher a chegar tão perto de mim ficou com o cabelo em chamas. Foi um desastre terrível. Tenho certeza de que ela ficou com uma cicatriz.

Dora olhou para ele. Elias a observava com uma sobrancelha arqueada, o que a confundiu. Seu tom sugeria que ele estava tentando ser amigável, mas, se ela não estava enganada, a expressão dele era de leve repulsa... *Ah!*

Estou agindo de maneira estranha de novo, pensou Dora. Ela se afastou de Elias rapidamente.

— Peço desculpas — disse Dora. — Só fiquei muito curiosa e quis olhar o livro.

— Ficou muito curiosa? — repetiu Elias, a voz baixa e intensa. Deu uma risada leve, que *também* pareceu amigável, mas Dora não tinha certeza se deveria interpretá-la como tal. — Muito bem. Isso justifica tudo.

Considerando que estamos falando nisso, a senhorita se sente curiosa em relação a alguma outra coisa? Devo tirar minhas calças e permitir que tire minhas medidas?

Dora franziu a testa.

— Tirar suas medidas? — perguntou ela. — O que devo medir, senhor?

Albert suspirou profundamente e estendeu a mão para pegar o casaco que Dora ainda segurava. Ele o colocou sobre os ombros dela.

— Ignore — sugeriu ele. — É o que sempre faço quando ele age desse jeito.

O homem atrás do balcão gemeu, e Dora viu que o rosto dele estava vermelho.

— Ah, por favor, não faça isso na minha loja, lorde Feiticeiro — implorou. — Talvez a *sua* reputação não piore com isso, mas o senhor sabe que tenho um negócio para administrar!

Dora examinou o homem de cabelo louro ao seu lado mais atentamente, esforçando-se para focar nele. Então aquele era de fato o lorde Feiticeiro? O homem de quem tanto ouvira falar? O homem que Vanessa, inspirada por Dora, deseja perseguir por um vislumbre fugaz?

Ele era de fato muito bonito, ela tinha que admitir. Mesmo vestido com trajes diurnos, o lorde Feiticeiro era esplendorosamente extravagante, com o cabelo bagunçado pelo vento e atraentes olhos dourados. Dora vira um semblante tão etéreo assim somente uma vez, e ele pertencia a um feérico cruel e nobre.

Era uma pena, refletiu ela, que tantas coisas bonitas fossem tão feias por dentro.

O lorde Feiticeiro se endireitou, olhando para Dora com uma expressão que ela conhecia muito bem. Era a mesma que sua tia havia dirigido a ela muitas vezes, aquela que dizia que ela era tola demais para entender quando estava sendo insultada.

— Está tudo bem, John. — Elias se dirigiu ao homem atrás do balcão. — A mocinha é quase tão tediosa quanto um culto dominical pela manhã. Me procure se em algum momento ela perceber o que eu quis dizer.

— *Elias* — Albert advertiu o amigo com reprovação.

Dora inclinou a cabeça para Elias, pensativa.

— Não sei o que fiz que tanto o insultou, milorde — disse ela. — Eu o ofendi de alguma forma? Ou apenas estou no lugar errado em um momento em que o senhor está aborrecido?

O tom de voz tranquilo e curioso de Dora fez o lorde Feiticeiro franzir a testa. Dora sabia que não havia reagido corretamente, mas não se importava. Ela não iria se esforçar para deixar homens grosseiros mais confortáveis.

— Mulheres que não compreendem limites pessoais sempre me ofendem — retrucou Elias. — Pessoas estúpidas me ofendem ainda mais.

— Ah, céus — comentou Dora suavemente. — Isso deve ser mesmo muito difícil.

O homem de cabelo louro já havia começado a se afastar dela, mas olhou para trás assim que Dora soltou aquela declaração.

— Perdão? — perguntou ele. — O que deve ser difícil, exatamente?

Dora sorriu de maneira cortês.

— Ficar sempre tão ofendido consigo mesmo — respondeu ela. — Parece uma maneira triste de se viver, milorde.

Albert soltou uma gargalhada.

— Ah! — exclamou ele. — Ela te pegou, hein?

O lorde Feiticeiro encarou Dora, dessa vez com as duas sobrancelhas arqueadas. Por um instante, ela se perguntou se havia enfurecido o homem a tal ponto que ele iria transformá-la em sapo. Mas ele apenas balançou a cabeça com irritação e se virou para Albert.

— Este primeiro livro está em algum tipo de francês confuso — informou Elias ao amigo. — Você vai ter que ler para mim.

Albert deu um passo à frente para examinar o livro.

— Francês medieval, ao que parece — declarou ele. — Não é *tão* diferente assim, Elias. Seu francês que é péssimo.

— Sim, pois bem — murmurou Elias. — Nem todo mundo foi criado em uma casa com professores eruditos de francês, Albert. Meu domínio do francês continua limitado a perguntar onde encontro uma refeição quente ou um bordel. Acredito que meus palavrões ainda estejam bastante afiados também.

Albert lançou outro olhar de reprovação a Elias, mas ficou claro que o lorde Feiticeiro não tinha a menor intenção de se censurar na frente de Dora. Da mesma maneira, provavelmente estava ficando evidente que a moça não era propensa a se apavorar com aquele tipo de conversa.

— Então foi por isso que me trouxe aqui? — indagou Albert. — Já me ofereci mais de uma vez para *ensinar* você a melhorar seu francês, Elias. É de se esperar que o lorde Feiticeiro conheça a linguagem da alquimia e da *feitiçaria*.

Elias acenou com a mão, fazendo pouco-caso.

— Não tenho tempo para aprender — argumentou. — Além disso, eu tenho *você*.

Albert balançou a cabeça, mas não disse mais nada sobre o assunto. Ele olhou para Dora.

— Acabei de perceber uma coisa — observou ele. — Esqueci completamente de nos apresentar. Eu sou o senhor Albert Lowe. Este é o lorde Elias Wilder. Ele está encantado em conhecê-la, posso lhe assegurar.

Dora sorriu para Albert.

— Eu sou Theodora Ettings — apresentou-se. — Mas pode me chamar de Dora se quiser, senhor Lowe. E se estamos sendo educadamente desonestos um com o outro, então pode assegurar ao lorde Feiticeiro que estou encantada em conhecê-lo também. Mas, para falar a verdade, estou encantada em conhecer o *senhor*.

— Está vendo, Albert? — interpelou Elias. — Esse é exatamente o problema. Agora você encantou a jovem e não vai conseguir se livrar dela. Deu-lhe até o seu casaco. Se a mamãezinha dela descobrir, você estará caminhando até um altar antes do fim da semana.

— Isso é totalmente impossível — retrucou Dora, sem cerimônia. — Minha mãe já morreu. Meu pai também. — Ela só disse isso porque esperava desconcertá-lo, e ficou satisfeita ao ver que funcionou. — Minha tia talvez perseguisse o pobre cavalheiro, mas apenas em favor da minha prima. — Dora sorriu para Albert. — Minha prima é *muito* bonita. Mas só irei apresentá-la ao senhor se for do seu agrado.

Albert ficou atônito. Talvez ela não devesse ser tão direta ao tentar encontrar um pretendente para sua prima, refletiu Dora. Mas ele parecia ser muito gentil e era *um cavalheiro*, no mínimo.

— Eu vou… levar isso em consideração — replicou Albert por fim, com um brilho bem-humorado nos olhos. — Minha mãe, lady Carroway, dará um baile de aniversário para meu irmão mais velho. Ficarei feliz em pedir para ela providenciar um convite para a senhorita e sua prima. Insisti para que Elias comparecesse, sabe, mas não consigo pensar em nenhuma outra mulher que conseguisse conversar por algum tempo com ele sem sair correndo do local.

— Não irei ao baile — interveio Elias, irritado, mas Albert o ignorou.

Arrá, pensou Dora, um pouco satisfeita com o desenrolar da conversa. Albert deve ser um dos filhos bastante ótimos e adequados de lady Carroway. Isso significava que a condessa o aprovaria, o que só tornava a ideia ainda melhor.

— Acho que minha prima já vai mesmo ao baile de lady Carroway — declarou Dora. — Mas, para ser sincera, talvez o senhor precise garantir que eu também seja convidada. Nossa anfitriã tem se mostrado decidida a me ignorar.

Albert ergueu as sobrancelhas ao ouvir isso, e Dora franziu a testa.

— Acho que talvez tenha sido errado dizer isso em voz alta — admitiu ela. — Faria a gentileza de não o repetir por aí, senhor Lowe? Eu odiaria causar um escândalo, pelo bem da minha prima.

Albert pousou a mão prateada no peito.

— Prometo que nada direi — garantiu ele, solene. — E insistirei para que minha mãe envie a você seu próprio convite, Dora.

— Eu não vou, Albert — repetiu Elias, enfático. — Estará fadado a entreter as duas damas sozinho, estou avisando.

Vendo que Albert o ignorava mais uma vez, Elias soltou um suspiro alto e estalou os dedos no ar. Os livros no balcão flutuaram para perto dele.

— Pode colocar os livros na conta do Tesouro — informou Elias ao lojista, que vinha tentando educadamente ignorar a conversa deles —, pois são necessários às minhas funções.

O lojista assentiu com apenas um leve estremecimento. O príncipe regente não tinha muita fama de pagar as contas em dia.

Elias virou-se para a saída da loja, e os livros flutuaram atrás dele quando saiu. Por onde ele e seus livros passavam, a chuva cessava, como se estivesse escorrendo da superfície de um guarda-chuva invisível.

Albert lançou a Dora um olhar melancólico.

— Acho que esta é a minha deixa para partir — comentou ele. — Acredito que devo traduzir outro livro de magia, pelo bem do rei e do país. — Ele franziu a testa olhando para o casaco em volta dos ombros dela. — Pode ficar com ele até o baile, se quiser. Detestaria que a senhorita pegasse um resfriado.

Dora balançou a cabeça e tirou o casaco dos ombros, entregando-o para Albert. Ela tinha um palpite de que arrumaria problemas se fosse para casa com a peça.

— Obrigada pela oferta — disse ela —, mas, por favor, aceite-o de volta. Eu quase não sinto frio, de todo modo.

Albert pegou o casaco de volta com relutância e fez uma reverência.

— Até o baile, então — despediu-se ele. — Foi um prazer conhecê-la.

Dora observou Albert enquanto ele seguia pela rua para se juntar ao lorde Feiticeiro.

Espero de coração que Vanessa não tenha a intenção de tentar se casar com o lorde Feiticeiro, pensou. *Albert parece muito mais agradável. Terei que dissuadi-la assim que for possível.*

— Minhas mais profundas desculpas, senhorita — lamentou o sujeito atrás do balcão com um suspiro, interrompendo os pensamentos dela. — Como dono de um lugar desses, não posso me recusar a atender o lorde Feiticeiro, entende, por mais abominável que seja seu comportamento.

— Ah, sim — retrucou Dora, indiferente. — Lógico que eu entendo.

— Por favor, deixe-me ajudá-la — declarou ele, mudando de assunto. — A senhorita estava procurando algo em particular?

Dora se aproximou dele, franzindo os lábios.

Acho que esta é uma loja de artigos de magia, pensou. *Que sorte.*

— Talvez sim — respondeu ela. — Infelizmente tenho pouco dinheiro. Mas, se por acaso o senhor tiver em suas prateleiras um livro sobre a aristocracia do mundo das fadas, eu ficaria muito agradecida.

Três

Dora voltou para a casa da condessa pouco depois, bem antes do anoitecer. Se alguém havia notado sua estranha saída, não achou o fato relevante o suficiente para ser mencionado. No dia seguinte, porém, ela foi acordada por uma criada, que lhe falou que a esperavam para o café da manhã com a família.

— Dora, minha querida — disse tia Frances quando a sobrinha entrou no cômodo. — A condessa recebeu uma correspondência muito peculiar. Lady Carroway solicitou pessoalmente sua presença, na companhia de sua prima, no baile que vai oferecer. Tenho certeza de que ela deve tê-la confundido com outra pessoa, uma vez que, que eu saiba, você não tem conexões, mas pensei em perguntar se você tem algum conhecimento a esse respeito.

A condessa e Vanessa estavam sentadas à mesa com tia Frances. Vanessa parecia um tanto infeliz, embora usasse um vestido novinho em folha na última moda e seu cabelo estivesse preso com lindas presilhas de borboleta opalescentes. Com a chegada de Dora, o rosto de Vanessa se iluminou, e ela se apressou em puxar a cadeira ao seu lado.

— Ah, sim — retrucou Dora, já ciente de que qualquer mentira acabaria desmentida de um jeito ou de outro. — Conheci o filho dela, o senhor

Albert Lowe, em uma loja na Berkeley Square. Ele foi muito educado. Pensei em apresentar Vanessa a ele, considerando que lady Hayworth tinha comentado que os filhos de lady Carroway eram adequados.

Tia Frances olhou atônita para Dora, que caminhava para se sentar ao lado de Vanessa. O fato de Dora ter ousado se aventurar na rua sozinha, sem qualquer tipo de acompanhante apropriado, pareceu deixar a tia aborrecida e surpresa. Mas de forma alguma tia Frances poderia negar a utilidade de receber um convite tão pessoal, portanto ela conteve o ímpeto de sua reação.

— Não sabia que você tinha saído, Dora — observou ela. — Tenho certeza de que sabe que não deveria ter feito isso. Mas, já que fez, parece que precisaremos vesti-la apropriadamente para o baile de lady Carroway.

— O vestido rosa de musselina está bom para mim — assegurou Dora à tia. — Ninguém em Londres jamais o viu antes, e me cai muito bem.

— Sim, que seja. — Tia Frances pigarreou. — Ao menos cuidaremos para que fique bem ajustado. Talvez possamos levar você para a butique hoje, apesar de estar bem em cima da hora.

Lady Hayworth franziu levemente a testa e se dirigiu a Dora.

— Você disse senhor Albert Lowe? Oh, céus. Sim, entendo por que lady Carroway ficaria entusiasmada com seu interesse. Receio que Albert seja o *menos* adequado de seus filhos, e ela tem tido problemas para encontrar uma esposa para ele.

— Ele é? — questionou Dora, juntando as sobrancelhas. — Não consigo imaginar o motivo. Me disseram que ele serviu contra Napoleão com o lorde Feiticeiro, e é muito encantador.

A condessa suspirou.

— Sim, querida — respondeu com paciência. — Mas ele não é um homem *inteiro*. Perdeu um braço, pelo amor de Deus. Não tem como você não ter notado. — Ela estreitou os olhos, pensativa. — Mesmo assim — continuou, devagar —, ouvi dizer que Albert é médico, o que é algo mais respeitável do que se pode afirmar sobre a maioria dos terceiros filhos. E isso é uma sorte, de certa maneira. Foi Dora quem recebeu o convite pessoal, então vamos fazer com que conquiste Albert como pretendente dela. Lady Carroway ficará agradavelmente inclinada pela família depois disso, tenho certeza, e poderemos mirar em seu primogênito para Vanessa. — Lady Hayworth ficou radiante com essa estratégia. — Assim você seria viscondessa, Vanessa, e a *próxima* lady Carroway. Não seria maravilhoso?

Vanessa comprimiu os lábios em uma linha triste. Mas ela não costumava desobedecer a figuras de autoridade, e, por isso, assentiu em silêncio, em vez de contradizer a condessa. Ela olhou para Dora por baixo dos cílios.

— Você disse que o senhor Albert Lowe serviu com o lorde Feiticeiro? — murmurou Vanessa. — Será que ele ajudaria a providenciar um encontro para que eu o conhecesse?

Dora franziu um pouco a testa ao ouvir isso.

— Eu conheci o lorde Feiticeiro — contou à prima. — Ele estava com Albert quando o conheci. Lady Hayworth está certa, Vanessa... Lorde Elias Wilder é terrível. Você precisa esquecê-lo, por favor.

Para variar, tia Frances acenou com a cabeça em concordância com Dora.

— Está vendo, Vanessa? — disse ela. — Se até Dora consegue sentir aversão pelo homem, então ele deve ser evitado. Por favor, tire essa ideia de sua cabeça. Temos a chance de colocá-la em boa posição com o próximo lorde Carroway, então concentre a atenção nisso.

Vanessa encarou o próprio prato.

— Sim, mamãe — declarou, obediente.

No entanto, Dora teve a nítida sensação de que a prima não havia escutado nenhuma delas e que tinha algum tipo de plano em mente.

— Ótimo! — exclamou lady Hayworth. — Esta é uma reviravolta interessante, mas significa que teremos que redobrar os esforços. Terminem logo a refeição. Acho que precisarei fazer uma forcinha para conseguir marcar o ajuste do vestido de Dora.

Tia Frances sorriu para lady Hayworth, e Dora jurou que dava para ver estrelas cintilando nos olhos dela. Estava nítido que tia Frances tinha a condessa em altíssima conta.

— Temos muita sorte de tê-la ao nosso lado, lady Hayworth — asseverou ela. — Não gosto nem de imaginar o que iríamos fazer sem a senhora.

Dora olhou para a comida. Ocorreu-lhe então que a condessa e sua tia haviam decidido que ela deveria se casar com Albert sem sequer a consultarem sobre o assunto. Ela não sabia muito bem como se sentir quanto a isso.

Ele é muito gentil, pensou. *Embora eu só o tenha encontrado por pouco tempo. E é uma pena que tantas mães e filhas o estejam evitando apenas por causa de seu braço.*

No entanto, a ideia de que Dora seria empurrada para Albert a afligia de uma maneira muito vaga. Não parecia certo ser usada em um esquema para laçar o irmão mais velho dele. Além disso, Dora tinha certeza de que não conseguiria sentir amor por *ninguém*, e um homem doce como Albert merecia ser amado.

— Está chateada, Dora? — perguntou Vanessa aos sussurros.

A preocupação era evidente na voz da prima. Era raro Dora sentir alguma coisa com intensidade suficiente para transparecer no próprio rosto.

— Meu estômago está embrulhado — mentiu Dora com um murmúrio suave. Não queria que Vanessa se preocupasse muito. — E é verdade que prometi apresentá-la a Albert. Por favor, não deixe que eu passe por mentirosa.

Vanessa se esticou para apertar a mão de sua prima debaixo da mesa.

— Eu adoraria que você nos apresentasse — assegurou. — Prometo que vou me certificar de falar com ele.

Isso trouxe algum conforto para Dora, então ela apertou a mão de Vanessa de volta.

Cumprindo com sua palavra, a condessa levou todas para a butique logo após o café da manhã. A pobre costureira já estava visivelmente sobrecarregada, mas a condessa devia ser uma mulher influente, pois conseguiu dar um jeito de arranjar um horário. Depois que um dos alfaiates enfiou umas dúzias de alfinetes no vestido de Dora, elas o deixaram lá para apanharem mais tarde e foram até o Gunter's comprar aqueles sorvetes que Dora tinha ficado tão interessada em experimentar.

Quando terminaram os sorvetes, a postura de Vanessa parecia mais ereta, e havia uma estranha nova determinação em sua pose. Ela interagia com tia Frances e lady Hayworth com um entusiasmo exagerado, fazendo perguntas sobre como deveria abordar os filhos de lady Carroway e o que poderia fazer para encantar a própria dama. Mas Dora suspeitava que o interesse insistente de Vanessa no lorde Feiticeiro ainda não tinha sido esquecido, e jurou a si mesma monopolizar o homem odioso e mantê-lo bem longe da prima, considerando a hipótese improvável de que ele comparecesse ao baile de lady Carroway.

Alguns dias depois, com o vestido de Dora devidamente pronto, ela se viu envolvida nos preparativos de festa mais intensos que já havia experimentado. A condessa estava determinada a fazer com que a primeira apresentação oficial de Vanessa em Londres fosse excepcional, portanto, as quatro passaram o dia inteiro se arrumando. Dora se viu sussurrando aos empregados para que levassem lanches para ela e Vanessa, pois ambas estavam tão ocupadas que não podiam sair.

Quando enfim foi libertada do cativeiro e colocada diante de um espelho, Dora se sentiu brevemente arrebatada pelo que viu. O vestido cor-de-rosa de musselina a abraçava como se tivesse sido feito para ela; sob a orientação de lady Hayworth, a costureira havia baixado o decote apenas um pouco, de maneira que ficou ligeiramente mais ousado. A condessa também tinha se dignado a emprestar a Dora algumas pérolas de verdade, que pareciam alongar a linha do seu pescoço. As criadas haviam prendido o cabelo avermelhado de Dora em um coque, deixando soltos apenas alguns cachos delicados para emoldurar seu rosto.

Entretanto, embora a visão fosse um pouco mais cativante que o normal, não foi isso que fez Dora hesitar. Na verdade, havia uma leve preocupação no fundo de sua mente, e ela levou um longo instante para identificar exatamente o que era.

Estou com a mesma aparência que vi no espelho da loja de artigos de magia, pensou. *Exceto pelo fato de que acho que eu estava sangrando naquele reflexo.*

Dora se arrependeu de não ter perguntado ao dono da loja que tipo de feitiço havia no espelho. Mas, quando lady Hayworth as levou para a carruagem que as aguardava, o pensamento logo se dissipou, assim como acontecera na loja.

— Sobre quais assuntos lady Carroway prefere conversar? — tia Frances interrogou a filha, enquanto a carruagem partia para o baile.

— Bordados e obras de caridade — respondeu Vanessa, obediente. — E, acima de tudo, os filhos, óbvio.

Tia Frances sorriu para Vanessa com aprovação antes de voltar sua atenção para Dora.

— E o que você deve fazer antes do final do baile? — perguntou ela, autoritária.

— Devo dançar com Albert duas vezes — respondeu Dora, distraída. — Assim ele se sentirá obrigado a me visitar.

— Muito bem — disse tia Frances.

Dora não conseguiu evitar sentir um instante de prazer com o raro elogio, apesar de seu desconforto com a ideia não ter desaparecido.

— Certifique-se de que lady Carroway a *veja* dançando com Albert — sugeriu a condessa a Dora. — Isso a deixará tendendo de maneira favorável em relação a Vanessa e sua tia.

— Não sei bem como posso forçar lady Carroway a me ver dançar — refletiu Dora em voz alta. — Mas creio que farei o possível.

— Dora! — exclamou tia Frances em tom reprovador. — Não seja impertinente. Lady Hayworth tem sido gentil demais com você para esse tipo de resposta.

Dora pensou em apontar que lady Hayworth mal havia falado com ela desde que tinham chegado a Londres, mas, felizmente, seus instintos disseram a ela bem a tempo que seria uma péssima ideia. Em vez disso, ela assentiu.

— Peço desculpas, lady Hayworth — disse ela. — Estou apenas muito ansiosa para garantir que tudo dê certo para Vanessa.

— Está perdoada, querida — declarou a condessa. — Mas muito cuidado com esse seu jeito assim que entrarmos na festa. A alta sociedade pode ser impiedosa com erros desse tipo.

Neste caso, seria melhor que eu ficasse de boca fechada, Dora pensou.

Elas chegaram à Mansão Carroway logo depois do pôr do sol. Normalmente, segundo a condessa, teriam esperado um pouco mais para estarem atrasadas até um limite considerado elegante, mas, como haviam sido convidadas de um jeito tão pessoal, lady Hayworth pensou em aproveitar o ambiente mais vazio para conversar com lady Carroway e seus filhos. Além disso, todo mundo sabia que a própria condessa estava ansiosa para socializar mais.

Ao serem anunciadas no salão de baile, Dora foi tomada por uma estranha sensação de *déjà-vu*. Muitas velas brilhavam ao longo das paredes, tremulando pelo cômodo. Um quarteto tocava uma música, e duas jovens já dançavam juntas na pista, embora a anfitriã ainda não tivesse aberto oficialmente o baile. Em suma, a cena poderia ter saído diretamente do espelho da loja de artigos de magia.

Isso não é um bom presságio para o estado do meu vestido, pensou Dora. *Tampouco para minha saúde, imagino.*

Lady Carroway já estava cruzando o salão na direção delas, de braço dado com Albert. Ela era uma mulher baixa, com o mesmo cabelo castanho e os olhos gentis do filho, e Dora achou que o sorriso em seu rosto ao se aproximar do grupo delas devia ser mais que mera educação. Albert, por sua vez, estava particularmente atraente, em um colete verde-esmeralda e as mesmas botas hessianas altas de quando o conhecera. Ele estava usando luvas, cobrindo a prata em sua mão.

— Lady Hayworth! — exclamou a mãe de Albert, soltando o braço do filho o suficiente para segurar as mãos enluvadas da condessa. — Há quanto tempo! Estou tão feliz que pôde comparecer.

Lady Hayworth irradiou um entusiasmo educado em resposta, embora Dora achasse que não transmitia naturalidade.

— A senhora sabe que eu simplesmente jamais deixaria de vir — comentou ela. — E Dora insistiu muito para que viéssemos. Estava esperando conhecê-la, acredito eu. Esta é a senhorita Theodora Ettings. É a única filha do lorde Lockheed anterior.

Dora pensou que "insistir" era um exagero em relação ao seu entusiasmo pelo baile, mas tentou forçar um pouco de alegria desajeitada em seu sorriso quando lady Carroway voltou sua atenção para ela. A mãe de Albert reparou quase imediatamente nos olhos de cores diferentes e franziu a testa de leve, porém não teceu nenhum comentário sobre a óbvia estranheza.

— Que prazer conhecê-la, senhorita Ettings — cumprimentou ela. — Albert falou muito bem da sua pessoa. Espero que tenhamos a chance de conversar mais ao longo da noite.

Para tia Frances e para a condessa, esse convite era mais que positivo. Dora forçou outro sorriso.

— Estou muito lisonjeada, lady Carroway — declarou ela. — Tentarei corresponder aos seus elogios. — Dora olhou para Albert e acrescentou: — Espero que o senhor não tenha sido elogioso *demais*, ou terei uma tarefa impossível pela frente.

Albert riu e pegou a mão de Dora para fazer uma reverência.

— Medirei meus elogios no futuro, senhorita Ettings — afirmou ele. — Está muito bonita. Espero que me dê a honra de me reservar uma dança.

Obviamente, foi apenas um gesto educado da parte dele, visto que Albert havia garantido o convite dela, mas Dora sabia que aquelas palavras só tinham encorajado as mulheres ao redor deles a acreditar que ambos eram de alguma forma compatíveis. As linhas na testa de lady Carroway se suavizaram ao vê-los conversar, e Dora suspeitou que ela talvez estivesse fazendo planos de casamento em sua mente. Ela se perguntou se Albert estava ao menos um pouco ciente da armadilha em que havia caído.

— Nada me daria mais prazer que reservar uma dança para o senhor — assegurou Dora. — Na verdade, pode ter mais de uma dança, se quiser. — Foi um pouco ousado de sua parte, mas ela esperava que isso convencesse sua tia e a condessa de que estava demonstrando o devido interesse por ele. — Por favor — acrescentou ela —, permita-me apresentar minha prima, Vanessa Ettings. — Isso também foi atrevido da parte dela, mas, como Albert já havia insinuado que estava disposto a ser apresentado, era aceitável. — Vanessa, este é o senhor Albert Lowe. Devo reforçar os elogios que fiz e dizer que ele é bonito, educado *e* encantador, já que pelo jeito andou estabelecendo padrões elevados para mim pelas minhas costas. — Dora sorriu serenamente para Albert. — Dar o troco é uma jogada justa, senhor Lowe.

— Ponto para a senhorita Ettings — retorquiu Albert, olhando para Dora. Ele se virou para curvar-se sobre a mão de Vanessa. — É um prazer conhecê-la, senhorita Vanessa. Eu ficaria muito grato se reservasse uma dança para mim também.

Vanessa deu a Albert um sorriso radiante. A sinceridade da expressão apenas aumentava sua considerável beleza, e, ao olhar para ela, Dora pensou que sua prima provavelmente era a mulher mais linda de toda a Londres.

— Dora não exagerou nem um pouco — comentou Vanessa. — Que prazer conhecê-lo, senhor Lowe. Estou ansiosa para dançar com o senhor.

A condessa apresentou tia Frances, e em questão de segundos ela redirecionou delicadamente a conversa para Vanessa, envolvendo-a em um diálogo com lady Carroway. Enquanto os outros falavam, Albert estendeu o braço para Dora.

— O lorde Feiticeiro veio para a festa, apesar de tanto protestar — contou ele. — Admito que precisei fazer ameaças quanto a futuras traduções em troca de sua presença. Preciso enfrentá-lo agora, e gostaria de ter uma companhia de confiança ao meu lado enquanto o faço. Posso roubá-la de sua família?

Dora aceitou o braço oferecido.

— Pode, sim — respondeu ela. — Então o lorde Feiticeiro ainda está mal-humorado?

— Ele está quase sempre mal-humorado — relatou Albert. — Mas, se a pessoa conseguir suportar o comportamento desaforado dele, verá que ele também é uma pessoa bastante fascinante para se conversar. Tem sido um amigo muito leal para mim, por isso, em troca, estou determinado a vê-lo ambientado à alta sociedade.

Dora franziu os lábios enquanto se afastavam dos outros.

— Posso ser ousada e perguntar *por quê?* — indagou ela. — Parece-me que o lorde Feiticeiro não tem o menor apreço pela alta sociedade, nem ela por ele. Existe algo que o senhor espera que ele ganhe com todo esse esforço?

Albert considerou a questão por um momento.

— Aprecio a franqueza — expressou ele —, por isso responderei da mesma forma. Elias é um homem extremamente infeliz. Ele se envolve em assuntos muito sérios e raras vezes se dá a oportunidade de relaxar e se divertir. Não espero de jeito algum que ele de repente caia de amores pelos bailes da sociedade. Mas talvez uma refeição deliciosa e uma ou duas danças façam bem ao coração dele e atenuem o pior de seus tormentos.

Dora assentiu, assimilando as palavras.

— Então darei o melhor de mim para fazê-lo interagir mais — prometeu ela —, farei isso pelo senhor. Mas não posso prometer que tal interação permanecerá educada, caso ele exiba o comportamento habitual.

Albert sorriu.

— Confio na senhorita para lidar com ele como preferir — respondeu ele. — E obrigado. Considerarei isso um favor.

Eles estavam fora do alcance dos ouvidos alheios, então Dora pensou em avisar Albert sobre os planos sórdidos envolvendo seu irmão mais velho e ele próprio. No entanto, antes que pudesse fazer isso, avistaram Elias, que estava acomodado em uma cadeira com uma expressão dolorosamente entediada. Usava a mesma casaca branca e o colete prateado que Dora tinha visto no espelho da loja de artigos de magia, e a imagem a distraiu de uma maneira inquietante enquanto ela pensava outra vez na mancha carmesim que poderia em breve estampar seu vestido.

— Elias — cumprimentou-o Albert enquanto se aproximavam. — Vejo que já afugentou lorde Ferring. Acho que deve ter batido seu recorde de tempo. — Albert soltou o braço de Dora e gesticulou em sua direção. — Trouxe um desafio maior para você.

Elias arqueou uma sobrancelha loira.

— Estou vendo — retrucou ele, com a fala arrastada. — E o que quer que eu *faça* com seu cachorrinho, Albert? Devo levá-lo lá fora para passear? Preciso pegar alguns petiscos para ele?

Dora inclinou a cabeça na direção dele.

— O senhor poderia tentar me ensinar a falar — disse ela. — Mas receio que minha dicção já seja melhor que a sua, lorde Feiticeiro.

Albert riu, já parecendo satisfeito.

— Achei que você poderia conduzir a senhorita Ettings para a primeira dança — sugeriu ele. — Assim que minha mãe resolver dar início ao baile.

Elias observou os dois com desconfiança.

— Não estou gostando dessa conspiração — informou. — Um de cada vez já é ruim o suficiente. Os dois é completamente intolerável.

Dora virou-se com inocência para Albert.

— *Le sorcier insinue que nous serions intolérables* — observou ela. — *Quelle ironie.*

Albert lançou-lhe um olhar satisfeito.

— *Mais il a raison, non?* — respondeu ele. — *Si nous parlons français, ce n'est que pour le contrarier.*

— Ah, isso é passar dos limites! — esbravejou Elias. — Se vão me insultar, pelo menos tenham a decência de usar a língua do rei! Não travamos uma guerra com os franceses para que ficassem fora da Inglaterra?

— Insultar o senhor? — perguntou Dora. — Ora, não estávamos fazendo nada disso. Parece que cometi uma gafe, falando em uma língua que o senhor não compreende. Minhas mais profundas desculpas, lorde Feiticeiro.

Ela disse o título dele sem usar a pronúncia francesa e com uma expressão perfeitamente animada.

Elias abriu a boca, sem dúvida pronto para disparar uma réplica *mordaz*. Mas, antes que tivesse tempo para fazer isso, lady Carroway levantou-se para chamar a atenção de todos, anunciando a primeira dança. Albert lançou um olhar cheio de significado para o lorde Feiticeiro.

— Seja *razoavelmente* gentil com a senhorita Ettings, e trabalharei no seu livro amanhã cedo.

O lorde Feiticeiro soltou o ar com força, irritado. Mas levantou-se e estendeu a mão enluvada para Dora.

— Gostaria que ficasse registrado que só estou fazendo isso porque fui coagido — declarou, dirigindo-se a ambos.

— Pode anotar isso no meu cartão de dança mais tarde, se quiser — rebateu Dora.

Ela pegou a mão dele, sentindo certa estranheza. Era muito raro que Dora tivesse algum parceiro de dança, embora os homens às vezes a convidassem por pena. Por mais que o lorde Feiticeiro estivesse visivelmente descontente com a ideia, a mão dele era quente e seu toque era delicado. Ele desfez a notória carranca enquanto se dirigiam para a pista, e, por um momento, Dora fantasiou que estava dançando com um jovem bonito que *queria* estar ali com ela.

Elias olhou para ela quando iniciaram a dança, mantendo a expressão fria. Assim de perto, seus olhos dourados eram ainda mais cativantes, e Dora se pegou encarando-os.

— Isso a diverte, senhorita Ettings? — perguntou com acidez.

O tom dele atrapalhou o devaneio de Dora, e ela voltou ao momento presente.

— É raro que eu me divirta — respondeu Dora com sinceridade. — Mas gosto de verdade de dançar. E o senhor não é ruim nisso. Pensei que iria dançar mal de propósito.

— Não tenho o menor desejo de insultar Albert ou a família dele — declarou Elias, seco —, por mais que, às vezes, ele teste minha paciência. Admito que até passou pela minha cabeça pisar no seu pé, mas decidi não fazer isso.

— Que cavalheiresco da sua parte — disse Dora. Os olhos dele se estreitaram, e ela sorriu, distraída. — Ah, sim, esqueci que o senhor odeia ser chamado de cavalheiro. Considerando que poupou meus pés, vou me abster de chamá-lo assim outra vez. Parece justo.

Elias bufou de leve.

— Detesto festas — afirmou ele —, mas entendo o conceito de trégua. Acho difícil que eu consiga afugentá-la aos prantos, por mais que minhas tentativas envolvam esforço. Falemos então de algo minimamente interessante.

Dora assentiu para si mesma.

— Eu tenho um assunto interessante — anunciou ela. — Nossa conversa foi interrompida antes, na loja. Eu estava prestes a lhe contar o que tinha visto no espelho. Acontece que eu vi nós dois exatamente como estamos agora, em nossos melhores trajes. Mas acho que eu estava coberta de sangue, e isso me parece, na melhor das hipóteses, uma espécie de mau presságio.

Elias errou um passo e Dora se sobressaltou. Ele se virou para ela com os olhos arregalados.

— E só agora a senhorita pensou em mencionar esse pequeno detalhe? — questionou ele. — E com essa calma toda? Está tentando pregar uma peça em mim, senhorita Ettings?

Dora estremeceu. *Eu deveria ter soado mais angustiada*, pensou. A imagem no espelho *realmente* a incomodava. Na verdade, aquilo provocava dentro dela um medo terrível e assustador. Mas Dora não estava conseguindo expressar aquele sentimento com a mesma intensidade.

— Estou aflita — assegurou. — Mas fazendo o possível para manter a calma. Pela sua reação, presumo que eu deveria de fato estar preocupada, certo?

— Aquele espelho é um instrumento de vidência — informou Elias. — Mostra todo o tipo de coisa, se a pessoa estiver no estado de espírito adequado. Se tivesse me contado naquele dia o que viu, eu teria dito se era algo preocupante ou não. Mas, como a maior parte de sua visão já se concretizou, é mais provável que a senhorita tenha tido um vislumbre do futuro.

Dora franziu a testa de leve.

— Sim. Isso é muito angustiante. Por acaso o senhor saberia alguma maneira de evitar tal futuro?

— A adivinhação é uma arte muito imprecisa — declarou Elias com uma expressão fechada. — Mas por certo seria negligente da minha parte não tentar. A senhorita sabe onde se machucou?

Dora levou a mão ao peito, exatamente onde vira a horrível mancha, e a carranca dele se aprofundou. *Isso não é um bom sinal,* ela pensou.

A música terminou, e Elias começou a se retirar da pista de dança, segurando o braço dela com força. Porém, alguém tocou no ombro de Dora e, quando ela se virou, deu de cara com Albert parado atrás deles.

— Nada mais justo que eu a resgate de Elias por um momento — declarou Albert. — Pode me conceder a próxima dança, senhorita Ettings?

Dora abriu a boca para responder, mas Elias a interrompeu.

— Não — respondeu, ríspido. — Preciso discutir um assunto com a dama.

Albert lançou um olhar surpreso ao amigo.

— Entendo — disse ele. — Mas, nesse caso, é melhor permanecer na pista, Elias. Caso contrário, ela será obrigada a dançar com qualquer outro homem que a convidar.

Um horror leve e rápido surgiu no fundo da mente de Dora.

Duas danças com a mesma mulher mostram interesse, pensou ela. *As pessoas vão esperar que o lorde Feiticeiro vá me visitar.*

— Olhe — interveio Dora, mas as palavras saíram bem mais fracas do que ela pretendia. — Não, acho que não…

— Que seja — vociferou Elias, ignorando-a. Ele se virou para a pista de dança. — Que regrinhas ridículas — murmurou para si mesmo. — *Obrigada* a dançar, sério?

— Essa é uma péssima ideia — informou Dora.

No entanto, havia uma vivacidade no comportamento dele, e ocorreu a ela que a sugestão de algo mais mágico, misterioso e perigoso devia ter muito mais apelo para a sensibilidade do lorde Feiticeiro do que um baile normal da alta sociedade.

— Bobagem — contestou Elias. — É improvável que encontre alguém nesta festa mais adequado para resolver seu destino iminente, senhorita Ettings. Diga-me, consegue se lembrar de mais alguma coisa da imagem no espelho? Qualquer pequeno detalhe?

— Receio ter sido distraída pelo homem que apareceu atrás de mim — retrucou Dora. — A propósito, era o senhor. Só para deixar evidente.

Os olhos do lorde Feiticeiro se estreitaram, pensativos.

— Bem, que tipo de perigos se pode correr em uma festa como esta? — questionou. — Deve haver facas por aí, imagino. Duelos às vezes acontecem, depois que as pessoas exageram na bebida. Existe alguém que a deteste o suficiente para prejudicá-la de maneira tão grave, senhorita Ettings?

Dora balançou a cabeça.

— Não que eu saiba — disse ela. — No entanto...

Elias inclinou-se para a frente.

— No entanto? — repetiu, incitando-a a continuar.

Dora refletiu sobre a questão de sua maldição de longa data. Não parecia sensato trazer isso à tona com o lorde Feiticeiro, mas seu primeiro instinto havia lhe dito que a visão poderia ter algo a ver com lorde Hollowvale, e seria ainda *menos* sensato ignorar essa possibilidade.

— Existe um homem em Lockheed que me deseja mal — contou ela. — Ando com uma tesoura e ele a teme. Mas acho que essa tesoura também pode ser usada contra mim.

Elias estava confuso.

— Admito que está se mostrando muito mais interessante do que pensei, senhorita Ettings.

Dora passou por ele, conforme ditavam os passos da dança, e avistou Vanessa por perto, olhando-a com curiosidade. A prima de Dora estava segurando o que parecia ser uma taça de ponche vermelho-escuro.

— Dê a dança por encerrada esta noite e fique por perto. Se alguém perguntar a razão, pode dizer que machuquei seus dedos dos pés...

— Não — interrompeu Dora. — Espere. Acho que me enganei em uma coisa, milorde. — Ela o encarou outra vez. — Se fizer a gentileza de me trazer um pouco desse ponche, seria de imensa ajuda para mim.

Elias parecia totalmente desnorteado. A princípio, Dora pensou que ele se recusaria e a acusaria outra vez de tentar pregar uma peça nele. Mas, quando a segunda dança terminou, eles se retiraram da pista e Elias atendeu ao pedido dela, dirigindo-se para a mesa lateral onde estava a bebida.

Enquanto ele voltava com uma taça de ponche, Dora esperou com paciência, refletindo sobre a situação. Ela não tinha certeza do que esperar, ou mesmo de quando esperar. Mas, dito e feito, assim que o lorde Feiticeiro estava a alguns passos dela, um cavalheiro esbarrou por acidente no cotovelo de Elias. Ele reagiu girando com um ímpeto tão inesperado que várias pessoas ao redor se sobressaltaram e cambalearam para trás, e o giro fez o ponche espirrar, espalhando-se por toda a frente do vestido de Dora.

Elias ergueu o braço para o outro homem — para fazer o quê, Dora não tinha certeza —, mas se conteve a tempo e ficou paralisado, com a mão parcialmente estendida. Uma veia pulsava com força na base do pescoço do lorde Feiticeiro, e Dora pensou por um momento que um medo estranho perpassou aqueles olhos dourados. Elias respirou fundo e se aprumou.

— Olhe por onde anda — sibilou para o homem que esbarrara nele.

— Ah, Dora! — exclamou Vanessa, já correndo na direção da prima, horrorizada. — Ah, não, seu vestido!

Elias se virou para examinar Dora. Ao ver a mancha vermelha no vestido dela, um lampejo de consternação cruzou seu rosto. Mas Dora apenas sorriu para ele.

— Muito obrigada, lorde Feiticeiro. Estou muito aliviada.

Vanessa observou Dora com um olhar curioso, mas de certa forma estava acostumada com coisas muito mais estranhas vindas da prima.

— Dora? — murmurou ela. — O que está acontecendo?

— Nada de ruim — assegurou ela. — Mas, por favor, fique longe de mim. Eu ficaria chateada se manchasse seu vestido.

Dora se virou para Elias e fez um aceno com a cabeça. Em seguida começou a abrir caminho pela multidão.

— Com licença. Perdão. Sabe me informar onde posso me secar?

Quatro

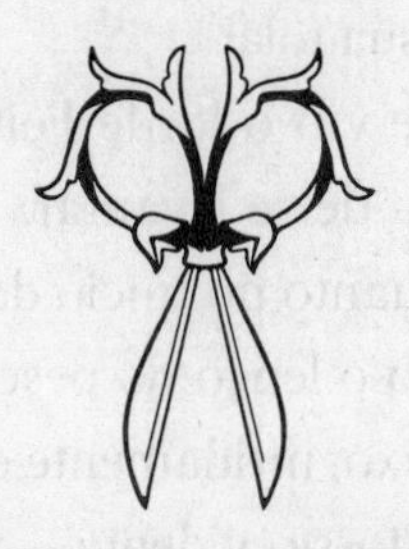

Dora passou algum tempo no toalete tentando limpar o vestido, mas logo ficou evidente que tudo o que tinha à mão era insuficiente para salvar a musselina, o que a deixou levemente decepcionada. Estava satisfeita por estar viva e ilesa, é óbvio, mas o vestido era muito bonito, além de ser o primeiro que tinha sido ajustado sob medida para ela.

Em vez de retornar à festa em seu vestido visivelmente arruinado, Dora escapuliu por uma das portas laterais para um jardim nos fundos. Tinha certeza de que tia Frances ficaria zangada com ela por não ter dançado com Albert, mas não conseguia imaginar que a gentileza do homem fosse tão longe a ponto de dançar com uma mulher suja de ponche.

Havia uma fonte muito bonita no meio do jardim, parecia uma flor desabrochando coroada por um delicado abacaxi. Dora se acomodou em um banco para admirá-la, refletindo sobre o futuro próximo. Lady Carroway tinha manifestado sua vontade de conversar com ela, mas isso também parecia improvável em seu estado atual. Talvez fosse melhor assim, se quisesse evitar que o pobre Albert fosse arrastado ao altar. Mas a questão era que Dora havia planejado aproveitar a conversa para exaltar as virtudes de Vanessa.

Enquanto olhava a fonte, franziu a testa levemente.

É bastante água, pensou. *O suficiente para ensopar meu vestido do jeito certo. Talvez eu possa limpar a maior parte da mancha antes que a festa acabe.*

Dora ficou de pé e tirou o vestido pela cabeça. Apenas um instante depois de mergulhar a peça inteira na fonte, no entanto, ouviu a voz de um homem proferir um palavrão atrás dela.

— O que está *fazendo,* sua tola?

Dora olhou para trás e viu o lorde Feiticeiro parado próximo ao banco de onde ela acabara de se levantar. A elegância de Elias estava tão imaculada e perfeita quanto no início da noite, exceto que agora ele havia afrouxado um pouco o lenço no pescoço. Seus olhos dourados a examinaram de cima a baixo, nitidamente escandalizados.

— Pensei que a situação fosse evidente — respondeu Dora com calma. — Um homem com seu extraordinário conhecimento precisa mesmo que lhe expliquem o conceito de lavagem de roupas?

Elias pinçou a ponte do nariz com os dedos, respirando fundo.

— Minha querida senhorita Ettings — disse ele bem devagar. — Está no meio do jardim dos fundos da casa de um visconde, trajando apenas roupa íntima e lavando seu vestido em uma fonte. Não tem mesmo noção da estranheza da situação?

Dora fez uma pausa, olhando para o vestido encharcado em suas mãos.

Ah, pensou. *Ele deve ter razão.*

— Não é à toa que sua prima está tão desesperada — resmungou Elias. — Se continuar se comportando assim, estará arruinada em uma semana.

Com isso, Dora virou-se totalmente para ele, preocupada.

— O que tem a minha prima? — perguntou. — Aconteceu alguma coisa com ela?

Elias gemeu baixinho.

— Por favor, ponha seu vestido de volta, senhorita Ettings — sugeriu ele. — Não posso dizer que não estou acostumado com a visão do corpo feminino, mas prefiro não ser pego em um escândalo que possa manchar a reputação da mãe de Albert. Tenho certeza de que jamais me deixariam em paz por isso.

Dora suspirou e tirou o vestido da fonte, torcendo a água o máximo que pôde. Pelo canto do olho, viu o lorde Feiticeiro sacar uma varinha de madeira polida da casaca. Ele a sacudiu uma vez, e o vestido se soltou das mãos dela, enrolando-se em uma bola apertada. A água tingida de rosa e vermelho pingava sobre a grama. Quando o vestido voltou para suas mãos, Dora viu que ele estava perfeitamente seco e desprovido de qualquer cor. Não havia vestígios da mancha de ponche — ainda que a musselina rosa agora fosse, sem dúvida, uma musselina *branca*.

— Ah — murmurou Dora. — Isso é muito gentil de sua parte, milorde. Obrigada.

Ela enfiou o vestido pela cabeça. Precisou de um pouco de esforço para assentá-lo do jeito certo sem a ajuda de uma criada, mas, em poucos instantes, estava pelo menos apresentável.

— Digamos que eu tive participação no estrago do vestido — comentou Elias com um quê de irritação.

— De certo modo, acho que o senhor estava fadado a estragar o vestido — afirmou Dora, empática. — Talvez devêssemos ambos culpar o espelho.

Elias fez uma careta.

— É por isso que odeio adivinhação — resmungou. Seus olhos se voltaram para a bainha de couro que ainda pendia sobre o peito de Dora, com os dois aros da tesoura de bordar escapando dele. — Sua... *tesoura* ainda está para fora — murmurou.

Ele pareceu um tanto desconcertado com a ideia, como se estivesse tentando entender se uma tesoura deveria ser considerada escandalosa ou não.

— Ah.

Dora olhou para baixo e escondeu o objeto por baixo do espartilho. Por alguma razão, isso pareceu tranquilizar o mago. Ele guardou a varinha e apontou para o banco.

— Sente-se — disse Elias. — Preciso examinar melhor a senhorita, agora que sei o que a aflige.

Dora sentou-se obediente no banco, e lançou um olhar cheio de curiosidade.

— O senhor *sabe* o que me aflige? — indagou ela. — Estou surpresa.

Elias deu a volta no banco para se postar bem na frente dela. Seus olhos dourados a estudaram de maneira penetrante, como se examinasse por baixo da pele dela. Dora cruzou os braços sobre o peito, levemente desconfortável com aquele olhar, de um jeito que nunca havia se sentido antes, nem mesmo quando estava apenas de roupas íntimas.

— Sua prima me contou que a senhorita foi amaldiçoada pelas fadas — revelou Elias. — Admito que evito os seres feéricos o máximo que posso, e nunca tinha visto ninguém amaldiçoado por fadas. Ainda assim... eu deveria ter notado que havia algo peculiar na senhorita.

Dora franziu a testa. O interesse de Vanessa pelo lorde Feiticeiro de repente fez muito sentido.

No momento em que deixei o salão, ela deve ter encurralado o homem e contado a história toda, pensou Dora.

— Vanessa não devia ter lhe contado isso — comentou ela. — Nossa família inteira pode ser prejudicada se a história se espalhar.

— Não tenho interesse em prejudicar sua família — respondeu Elias, indiferente. Ele continuou a analisar Dora com um interesse concentrado. — Mas tenho *muito* interesse em investigar o estranho e o anormal.

As palavras "estranho" e "anormal" se juntaram à pequena pilha de tormentos no fundo da mente de Dora. Mas ela se forçou a se endireitar e baixou os braços.

— Então o senhor jura? — perguntou a ele. — O senhor jura não contar a mais ninguém o que aconteceu comigo?

— Juramentos são perigosos para um mago, e eu não os faço de maneira leviana — declarou Elias. — Então não vou jurar. O que vou jurar é que não tenho nenhuma intenção de lhe fazer mal. Isso deve bastar. — Seu olhar pousou no rosto dela, e seus lábios se curvaram em uma carranca. — Seus olhos nem sempre foram de cores diferentes, estou certo? O olho cinza ficou assim depois que o feérico a capturou?

Dora desviou o olhar.

— Sim — disse ela. — Foi isso.

— Nos últimos tempos tenho tido motivos para estudar os sentimentos — contou Elias. — Eu me pergunto se o feérico pode ter drenado um deles da senhorita. — Ele colocou a mão no queixo. — Seria correto afirmar que suas emoções e habilidades cognitivas estão desreguladas, senhorita Ettings?

Dora fez que sim com a cabeça, devagar. Ela ainda estava incomodada com a ideia de confiar ao lorde Feiticeiro um segredo tão terrível, mas, considerando que Vanessa havia exposto sua situação, a única coisa sensata que lhe restava era satisfazer a curiosidade dele.

— Eu não sinto as coisas da mesma forma que as pessoas — revelou Dora. — A diferença entre meus sonhos e minha realidade é mínima. Às vezes me forço a agir de um jeito mais normal, mas é difícil, e acho que nunca consigo fazer isso apropriadamente.

Elias assentiu, pensativo.

— Até agora, não a vi expressar medo ou raiva — continuou ele. — A senhorita nem sequer se assustou quando me aproximei pelas suas costas na loja de artigos de magia. — Ele a encarou, estreitando os olhos. — Mas a senhorita sabe quando *deveria* estar com medo ou com raiva, não é? Deu uma resposta ríspida quando lhe chamei de cachorrinho. Deve ter restado algum fragmento de emoção verdadeira na senhorita, mesmo que esteja enterrado bem no fundo.

Dora refletiu de maneira racional.

— Deve ter, eu acho — respondeu ela com leve surpresa. — Muitas vezes acho que minhas emoções são... duradouras. Não tenho certeza se isso faz sentido. Não sinto o choque do medo, mas sinto o pavor... A imagem no espelho me deixou temerosa depois de pensar nela por um tempo. E, embora o senhor por si só não me enfureça, fico irritada quando penso na maneira como trata as pessoas.

Elias deu um sorriso astuto.

— Infelizmente essa irritação duradoura não a afugenta, então é inútil para mim. — Ele se afastou dela. — Já sentiu felicidade, senhorita Ettings? Ainda que do tipo duradoura?

Dora apoiou o queixo na mão.

— Não sei mais como é sentir felicidade — respondeu ela. — É o sentimento mais fugaz de todos, eu acho. Mas… me sinto em paz quando estou perto de Vanessa. Para mim, ela é como o calor de um lampião. Acho que deve ser porque ela me ama de maneira tão evidente. Quando estou perto dela, não preciso fingir ser algo que não sou.

Elias deu um tapinha na própria bochecha, reflexivo.

— Que intrigante — murmurou ele. — Bom! Isso exigirá mais investigação do que posso realizar em uma única noite. Terei que passar mais tempo com a senhorita de alguma forma, sem me distanciar muito de minhas obrigações atuais. — Ele balançou a cabeça. — Vou ter que pensar mais a respeito. Enquanto isso, pelo menos tente manter todas as roupas no corpo, senhorita Ettings. Minha especialidade está nas artes da feitiçaria e *não* em salvar moças de um escândalo.

Dora se levantou e pegou as luvas no banco onde as havia deixado.

— Não tenho intenção de fazer coisas escandalosas — garantiu. — Mas vou me esforçar mais para manter a cabeça no lugar. — Ela assentiu educadamente. — Agradeço por se interessar pela minha questão, lorde Feiticeiro. Espero que o senhor não arrume muitos problemas por minha causa.

— Eu arrumo tantos problemas quanto quero arrumar — afirmou Elias com um meio sorriso irônico. — E ninguém além do príncipe regente pode me obrigar a proceder de outro modo, eu garanto. — Ele fez uma pausa. — Às vezes até ele tem suas dificuldades.

Dora vestiu as luvas.

— Agradeço mesmo assim — insistiu ela. — Mas preciso ir. Lady Carroway comentou que gostaria de falar comigo esta noite, e evitá-la seria extremamente rude.

Elias saiu depressa do caminho, e Dora começou a andar de volta à festa.

Pelo menos Vanessa não está interessada em se casar com o lorde Feiticeiro, pensou Dora enquanto voltava furtivamente ao salão de baile. Então se deu conta de que talvez Vanessa tivesse arrastado todas elas a Londres apenas para encontrar uma cura para Dora, e isso também a incomodava.

Em breve, Dora sabia, teria que encurralar a prima e exigir uma explicação.

~

Não demorou muito para encontrar Vanessa no salão de baile. A prima de Dora havia reunido uma respeitável multidão de homens e mulheres ao seu redor. Vanessa era tão generosa ao dedicar atenção e aprovação que isso acontecia com frequência. As pessoas descobriam que ela era uma ouvinte genuinamente interessada e aos poucos se aglomeravam para contar suas anedotas favoritas. As mulheres mais velhas já mostravam sinais de estarem se derretendo por ela, e os homens cobiçados começavam a avaliar se teriam chances com minha prima.

Quando Dora se aproximou, porém, os olhos de Vanessa se fixaram nela, e ela se moveu para abrir espaço para a prima.

— Dora! — exclamou. — Seu vestido! Como o deixou tão limpo?

Ela franziu suas sobrancelhas em uma expressão desconfiada ao notar a sutil mudança de cor. Era provável que poucas pessoas no salão se lembrariam da diferença entre o vestido rosa-claro que Dora usava antes e o branco que trajava naquele momento, mas, como o vestido tinha sido da própria Vanessa, ela não deixaria de notar a transformação.

— A mancha não era tão ruim assim — respondeu Dora. — Mas acabou dando algum trabalho. — Ela prosseguiu antes que Vanessa fizesse mais perguntas. — Tem tanta gente aqui… Nunca me senti tão sufocada. Poderia se juntar a mim por um momento na sacada?

Vanessa assentiu e virou-se no mesmo instante para se desculpar com as pessoas mais próximas a ela. Pelo menos um homem que a estivera rondando com a óbvia intenção de lhe pedir uma dança recuou desajeitadamente para deixá-la passar. Vanessa pegou Dora pelo braço, e as duas se dirigiram para a sacada.

— Você costuma se preocupar quando *me* deixa sozinha — afirmou Dora à prima em voz baixa, enquanto atravessavam o salão. — Mas veja só: eu a deixei por apenas um momentinho, e você revelou o pior segredo de nossa família para o lorde Feiticeiro. No que estava pensando, Vanessa?

Sua prima franziu a testa.

— Eu estava pensando que, se alguém pode lhe curar, Dora, esse alguém é o mago que faz três coisas impossíveis antes do café da manhã — respondeu ela. — E eu estava certa, não estava? Ele disse que iria investigar o assunto.

— Foi muito imprudente da sua parte. Agora me diga a verdade, Vanessa: você realmente está aqui para arrumar um marido, ou veio a Londres apenas para encontrar o lorde Feiticeiro?

Vanessa mordeu o lábio inferior, e Dora suspirou. *Exatamente como eu pensei.*

Elas saíram para a sacada, e Vanessa fechou a porta atrás de si com cuidado.

— Eu me ofereci em casamento para o lorde Feiticeiro se ele conseguir curar você — admitiu ela. — Sei que não é uma grande oferta para um homem da posição dele, mas eu não tinha muito mais a propor e acho que entrei em pânico.

Dora balançou a cabeça, desapontada.

— Eu avisei que ele era um homem terrível — disse ela. — Por favor, me diga que ele não aceitou sua oferta.

Vanessa teve a decência de parecer envergonhada.

— Ele não aceitou. Falou que, se quisesse uma coisa bonita para enfeitar sua lareira, poderia comprar algo bem mais barato que uma esposa. Mas ele *realmente* disse que tentaria encontrar uma cura para você. E é isso, Dora, o que importa.

— Não é o que importa — retrucou Dora. — Pois agora estamos em Londres, e tia Frances e a condessa estão preparadas para uma guerra.

Se eu não errar o meu alvo, você logo terá um marido, quer queira quer não, Vanessa. É melhor começar a pensar no tipo de marido que gostaria de ter, antes que elas escolham um *por* você.

Vanessa juntou as mãos atrás de si, olhando para o chão.

— Não gosto nem um pouco de como falam de armar para que um homem se case comigo — confessou ela, com um suspiro. — É ingênuo de minha parte pensar que eu poderia apenas conhecer alguém agradável e então perguntar se ele *me* acha agradável?

— Sim, muito ingênuo — confirmou Dora. — Tia Frances sempre disse que você deveria ser uma princesa. Estou surpresa que ela esteja disposta a cogitar algo tão inferior quanto um futuro visconde, dadas as aspirações dela.

Vanessa se encolheu.

— Tenho certeza de que a essa altura já dancei com todos os filhos de lady Carroway — informou ela. — Não há nada de errado com nenhum deles, exceto pelo fato de que ainda não consigo associar os rostos aos nomes.

— Com exceção de Albert, é claro — completou Dora.

— Com exceção de Albert — concordou Vanessa no mesmo instante. — Sabe de uma coisa? Acho que ele deve ser o preferido da mãe. Foi dançando com ele que lady Carroway sorriu com mais gosto, e está o tempo todo voltando para ver o que ele está fazendo.

Albert é o favorito dela porque é um filho com deficiência. Ela sente que deve compensar isso com uma dose extra de amor; é o mesmo que Vanessa sente em relação a mim, pensou Dora.

E era por isso, concluiu Dora em seus pensamentos, que Vanessa sempre se lembraria de Albert, mesmo que não se lembrasse dos irmãos dele. Havia uma estranha atitude defensiva em seus afetos, de tal maneira que eles se voltavam para quem ainda não tinham afeto suficiente. Era uma qualidade admirável, desde que fosse comedida.

— Bem — disse Dora. — Preciso falar com lady Carroway e devo dançar com Albert pelo menos uma vez. Mas pretendo avisá-lo sobre o plano das velhas maritacas. Vou dizer a ele que não foi ideia sua, pode deixar.

O rosto de Vanessa estampou um conflito preocupante. Ela cutucou a prima.

— Você… não *gosta* do Albert, Dora? — perguntou.

Dora piscou algumas vezes.

— Claro que gosto dele — respondeu ela. — Fui sincera em tudo o que disse sobre ele. Mas sou amaldiçoada pelas fadas e não devo me casar com ninguém. — Vanessa abriu a boca para protestar, mas Dora a silenciou. — Na pior das hipóteses, lorde Hollowvale pode voltar para me pegar. Eu não vou colocar mais ninguém entre mim e aquele feérico, e não tem como você me convencer de que tal coisa seria aceitável ou gentil. Talvez, se um dia eu for curada, eu pense na possibilidade.

— O lorde Feiticeiro vai encontrar uma cura — afirmou Vanessa com teimosia. — E você vai se casar com quem quiser.

Dora se inclinou para beijar a bochecha da prima.

— E você vai me lembrar deste momento, tenho certeza. — Ela se virou para abrir a porta do salão de baile. — Escolha logo seu futuro marido, Vanessa — sugeriu Dora. — Vamos precisar de muito tempo para tramar contra as maritacas se você quiser se casar com alguém de quem *gosta*.

Vanessa sorriu.

— Vou redobrar os esforços — prometeu ela.

Dora voltou para dentro e saiu em busca de um parceiro de dança.

Albert encontrou Dora em pouco tempo — ela suspeitava que a razão era porque nenhum dos dois estava ocupado na pista de dança. Enquanto ele se aproximava, Dora ficou apreciando as semelhanças entre os dois. *Eu sou diferente,* pensou Dora. *E Albert é diferente. E todo mundo está ciente disso, de alguma forma.* O pensamento a fez sentir como se fossem camaradas secretos, só esperando para trocar informações sobre as ações de todos os outros convidados.

— Deve ter causado uma ótima impressão, senhorita Ettings — observou Albert ao chegar perto o suficiente para ser ouvido. Ele parecia bastante satisfeito. — Nunca pensei que veria o dia em que Elias tomaria parte em uma dança sem ser obrigado.

— Não fique tão impressionado. Eu trapaceei. Dei a ele um enigma mágico para resolver.

Albert riu.

— Trapaceando ou não — retrucou ele —, foi um feito inédito. O lorde Feiticeiro deu a noite por encerrada e retornou às pesquisas dele, mas ouso dizer que talvez até tenha se divertido. — Ele estendeu a mão. — Pode me conceder a dança que ele roubou de mim? Se a senhorita não estiver muito cansada.

Dora pegou a mão de Albert de bom grado.

— Não estou nada cansada — assegurou ela. Enquanto se dirigiam para a pista, ela o observou com curiosidade. — Está ciente da grande conspiração que está acontecendo pelas suas costas, senhor Lowe?

Albert ergueu uma sobrancelha.

— Vai precisar ser mais específica — requisitou ele. — Esses bailes são verdadeiros ninhos de fofocas e conspirações.

Dora assentiu.

— Com certeza — concordou ela. — Estou me referindo às três matronas que decidiram que o senhor e eu deveríamos nos casar, por diversos motivos do interesse delas.

Albert riu de novo.

— Eu perdi um braço, senhorita Ettings — declarou ele —, não os olhos nem os ouvidos. Minha mãe já está extremamente indignada com Elias por tentar roubá-la de mim… palavras dela, não minhas. Eu disse a ela que Elias estava atuando com a grave deficiência da própria personalidade e que ela não deveria censurá-lo por isso.

Dora dirigiu a Albert um olhar confuso.

— Tenho certeza de que o lorde Feiticeiro ficaria horrorizado com a suposição — comentou ela. — De qualquer forma, achei melhor avisá-lo. Não tenho intenção de me casar no momento, então é uma questão que nem vale a pena discutir.

Albert ergueu a outra sobrancelha.

— Não tem intenção de se casar? — perguntou ele. — Que estranho... Achei que casamento fosse o motivo pelo qual a maioria das jovens vinha a festas como esta. Tenho certeza de que nem todo mundo que está aqui veio apenas para comemorar o aniversário de Edward.

Dora balançou a cabeça.

— Seria muito imprudente uma pessoa se casar comigo — afirmou ela. — Porém, o lorde Feiticeiro gentilmente se ofereceu para me ajudar com meu dilema. Talvez ele até o resolva, se for tão genial quanto ouvi dizer.

Albert estava ouvindo tudo o que Dora dizia com uma expressão tensa, mas, após ouvir essa declaração, as linhas de sua testa se suavizaram e ele pareceu bastante satisfeito novamente.

— Seus problemas acabaram, então — comentou ele. — Porque Elias *é* mesmo genial. E ele está se sentindo muito solidário em relação à senhorita por algum motivo, o que eu acho ótimo. — Um sorriso contente cruzou seu rosto. — Não se preocupe, senhorita Ettings. Vou me assegurar de acabar com as esperanças de minha mãe antes que a noite acabe. Para isso, concentrarei minha atenção na dama mais inatingível que puder encontrar, e elas logo me deixarão em paz por pena.

Dora sorriu.

— Que esperto — elogiou ela. — Gostaria de poder imitá-lo, mas minhas estratégias precisam ser mais dissimuladas. É muito mais difícil frustrar essas conspirações quando se é mulher. Se as maritacas suspeitarem que estou sendo pouco atraente para os pretendentes de propósito, elas podem simplesmente me leiloar para o primeiro que ousar dar um lance.

Albert refletiu seriamente sobre o que Dora disse.

— Que inconveniente — disse ele. — Bem... deixe-me pensar um pouco. Talvez eu consiga ter mais uma boa ideia.

Passaram por outro casal enquanto ele pensava no assunto.

— Ah! Sim, já sei. Vou obrigar Elias a visitá-la amanhã. As mães da alta sociedade podem considerá-lo desagradável, mas não consigo pensar em nenhum homem que seja tolo o suficiente para entrar em um leilão contra ele, por assim dizer.

Dora balançou a cabeça.

— Imagino que ele não vai gostar disso — comentou ela. — Nós realmente não nos damos bem, senhor Lowe, não importa o que esteja pensando.

A música terminou, e Albert fez uma reverência para Dora. Ele a apoiou pelo braço e a conduziu para fora da pista, e ela pensou ter visto um vislumbre de malícia em seus olhos.

— Acho que se deram muito bem — opinou Albert. — Mas pouco importa. Se Elias pretende ter mais contato com a senhorita, ele precisará de uma desculpa. Por que não usar esta? De fato, resolverá seus problemas perfeitamente.

— Não vou contestar sua lógica — disse Dora. — Apenas sua segurança. Mas não vou duvidar do senhor, considerando que me surpreendeu mais de uma vez esta noite.

— Muito bem — disse Albert, com os lábios se curvando de leve. — Esteja pronta amanhã cedo, senhorita Ettings. Elias acorda com as galinhas. — Albert levou Dora de volta à mesa dela, onde tia Frances e Vanessa já estavam sentadas. — Obrigado por sua benevolência, lady Lockheed. Acredito ter devolvido sua protegida com os dedos dos pés ilesos.

Tia Frances fez um aceno com a mão, magnânima.

— Não me preocupo nem um pouco em deixar minha Dora aos seus cuidados, senhor Lowe — declarou ela. — O senhor é um perfeito cavalheiro. — A tia de Dora lançou um olhar significativo para ela. — Não tem nenhuma outra dança em seu cartão agora, querida? Pode continuar dançando se quiser.

As palavras tinham sido nitidamente dirigidas a Albert, mas nem mesmo tia Frances era tão obstinada para empurrar Dora de volta para ele de maneira tão direta.

Entretanto, os olhos de Albert recaíram em Vanessa, e ele estendeu a mão para ela.

— Senhorita Vanessa — convidou ele. — Posso ousar pedir-lhe outra dança?

Vanessa o fitou surpresa. Tia Frances arregalou os olhos bem ao lado da filha, e Dora imaginou que conseguia ouvir o som de todos os intrincados planos de sua tia se estilhaçando no chão.

Vanessa teria aceitado a dança de qualquer maneira, é óbvio. Mas, ainda que ela não estivesse disposta a aceitar, seria difícil recusar Albert sem parecer indelicada. A família dele iria desprezá-la se Vanessa o fizesse, e depois viriam as fofocas.

— Eu adoraria outra dança — respondeu Vanessa, animada. — Obrigada por me convidar, senhor Lowe.

Eis uma dama inatingível de verdade, pensou Dora, ao ver os dois saírem para dançar. Ela se perguntou se Albert estava ciente de todas as implicações do que havia feito. Realmente, ele era muito esperto.

— O que você *fez*? — sibilou tia Frances para ela, consternada. — Não pode ser tão difícil prender a atenção de um homem, Dora.

Dora inclinou a cabeça.

— Ora, não tem a ver com o que eu fiz ou deixei de fazer — argumentou ela. — Vanessa está linda demais. A senhora pode mesmo culpar o senhor Lowe pelo interesse dele?

Tia Frances ficou desconcertada, sem conseguir encontrar uma resposta adequada. Ela certamente não poderia negar a popularidade de sua filha.

No entanto, Dora se sentiu mal *de verdade* por lady Carroway, que assistia à dança com uma expressão muito triste e concentrada. Seu único pecado fora esperar que o filho tivesse encontrado uma mulher que também se interessasse por ele. E, agora, ele tinha jogado essa chance fora para perseguir uma mulher com muitos outros pretendentes em potencial.

Ainda assim, a mãe de Albert encontrou uma oportunidade de se aproximar da mesa. E, pela expressão em seu rosto, Dora suspeitou que a dama ainda nutria alguma determinação para frustrar a insensatez de seu filho.

— Senhorita Ettings — cumprimentou lady Carroway. — Estou muito feliz que a falta de jeito do lorde Feiticeiro não tenha resultado na sua ausência esta noite. — Seus olhos se estreitaram ao pronunciar o título de Elias, e Dora teve que esconder um sorriso satisfeito. — Estava ansiosa para saber mais sobre seu amor pelo trabalho de caridade antes de a senhorita partir.

Dora piscou, atônita.

— Meu amor pelo trabalho de caridade? — repetiu.

Tia Frances beliscou a perna de Dora por baixo da mesa, e Dora se forçou a assentir.

— Lógico — corrigiu-se. — Eu não sabia que isso era de conhecimento público.

Era o mais próximo de uma mentira deslavada que Dora já havia chegado, mas não havia como contornar o assunto com tia Frances olhando para ela como um falcão.

— Lady Hayworth mencionou isso certa vez — contou a mãe de Albert. Havia um sorriso estranhamente satisfeito em seu rosto. — Ela disse que a senhorita esperava encontrar mais oportunidades de praticar a caridade enquanto estivesse em Londres. Se me permite a sugestão, meu filho Albert costuma prestar serviços aos necessitados. Tenho certeza de que ele poderia levá-la com ele um dia desses. Com uma acompanhante adequada, é lógico.

Oh, céus, pensou Dora. *Obviamente Albert puxou a esperteza da mãe.*

— Que oferta generosa, lady Carroway — observou tia Frances, radiante. — Teremos o maior prazer em ajudar com as providências necessárias.

Dora teve a nítida impressão de que as duas haviam se comunicado silenciosamente, passando por cima dela.

— Parece adorável, lady Carroway, obrigada — retorquiu Dora, porque era o que esperavam dela. — No entanto, eu detestaria incomodar o senhor Lowe enquanto ele está fazendo seu trabalho.

Os olhos dela seguiam Albert e Vanessa enquanto dançavam.

— Não seria incômodo algum — garantiu lady Carroway a Dora. — Albert mencionou mais de uma vez como seria útil ter uma assistente. O arranjo não poderia ser mais perfeito.

Dora desistiu. *Boa sorte para sair desta, senhor Lowe,* ela disse a Albert em pensamento.

— Pois bem, então está combinado — arrematou tia Frances. — E que coincidência extraordinária, lady Carroway!

A coincidência, refletiu Dora, tinha muito mais a ver com três maritacas intrometidas que qualquer outra coisa.

Vanessa dirigiu a Dora um olhar curioso quando retornou, mas elas não tiveram a chance de engatar em outra conversa secreta antes que Vanessa fosse levada por mais um possível pretendente. Com isso Dora passou o restante das danças sentada, dedicando sua atenção à nova enrascada em que se encontrava.

Cinco

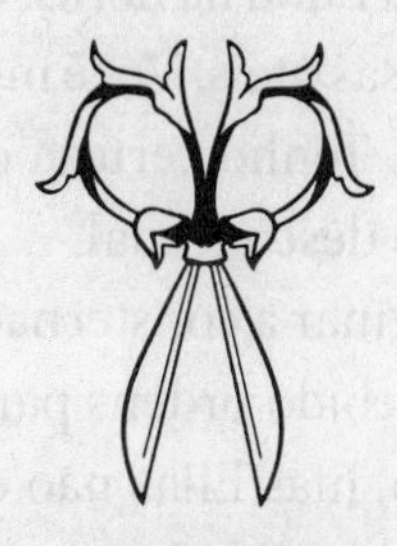

O pequeno grupo de Dora deixou o baile bem tarde, mas havia uma sensação de triunfo amargo na carruagem durante a volta para a casa de lady Hayworth. A noite não tinha sido o sucesso absoluto que tia Frances e a condessa desejaram, mas Dora podia ver que ambas estavam muito satisfeitas consigo mesmas por se adaptarem a dificuldades tão inesperadas. As duas discutiram a melhor forma de aproveitar a proximidade entre Dora e Albert, mesmo enquanto ela cochilava no ombro de Vanessa.

Dora estava muito sonolenta quando chegaram em casa e caiu na cama quase imediatamente. Nem lhe passou pela cabeça pedir que a acordassem bem cedo — mas ela *foi* acordada mesmo assim, e um pouco antes do que alguns considerariam uma hora apropriada para a manhã seguinte de um baile.

— Dora! — Vanessa sibilou seu nome, sacudindo-a para acordá-la. — Dora, você precisa acordar! O lorde Feiticeiro veio fazer uma visita. Ele quer vê-la, mas o mordomo está fazendo o possível para mandá-lo embora.

Dora bocejou lentamente, sentando-se e esfregando os olhos.

— Minha nossa! — exclamou ela. — Acho que isso não vai acabar muito bem. — Ela se levantou da cama e foi procurar as meias. — Você terá que me ajudar a me vestir às pressas.

Dora não perdeu tempo: foi se enfiando em seu vestido de algodão de ficar em casa e se dirigindo para as escadas. Uma voz familiar veio lá de baixo.

— ... muito cedo para uma visita? — perguntou Elias, em um tom conciso e irritado. — O sol já raiou há horas. O resto do mundo civilizado está acordado e fazendo coisas úteis. Você mesmo está de pé e atendendo portas, pelo amor de Deus. Tenho certeza de que a dama pode sair da cama sem fazer um esforço descomunal.

Dora podia apenas imaginar a consternação do pobre mordomo. Era provável que ele tivesse recebido ordens para forçar o lorde Feiticeiro a ir embora a qualquer custo, mas Elias não era o tipo de homem que se intimidaria por causa de formalidades, o que talvez fosse a única arma digna de nota que Dora supunha estar no arsenal do empregado.

— Na verdade — gaguejou o mordomo —, a dama não está em casa.

— Ah, não está? — indagou Elias. Sua voz destilava uma incredulidade cínica. — Entendo. Não tem problema. Então vou primeiro para a minha missão de investigar uma peste, mas voltarei logo depois de terminar, considerando que a dama *não está em casa*.

Seguiu-se um silêncio horrorizado enquanto o mordomo considerava a possibilidade de o lorde Feiticeiro retornar à casa mais tarde contaminado por alguma peste.

— Talvez você devesse verificar novamente com a dona da casa e ver se a senhorita Ettings apareceu — retrucou Elias secamente. — Ela poderia procurar embaixo dos móveis, caso a dama esteja se escondendo.

Dora desceu as escadas. Assim que o vão da porta entrou em seu campo de visão, ela viu Elias encostado no batente, pairando sobre o mordomo de maneira um tanto ameaçadora. O lorde Feiticeiro estava trajado de maneira óbvia para os deveres que acabara de mencionar, vestido principalmente de preto e marrom. Seu lenço de pescoço estava mal amarrado. Se Dora conseguisse sentir constrangimento, poderia ter se sentido assim naquele instante.

Não sei se devo ficar constrangida por ele ou por mim, pensou ela. *Esta é de longe a visita menos respeitosa de que já ouvi falar.*

— Ah! — exclamou Dora. Ela ergueu a voz para se fazer ouvir enquanto se aproximava. — Eu não sabia que o senhor faria uma visita esta manhã, milorde.

Elias olhou para ela com uma carranca sombria.

— Um milagre! — declarou ele. — A dama surgiu de repente. — Ele a fitou com os olhos semicerrados. — Estava de fato se escondendo debaixo dos móveis, senhorita Ettings?

Dora sorriu serenamente.

— Atrás do sofá — respondeu a ele. — Mas aqui estou. Como posso ser útil?

A carranca no rosto de Elias se aprofundou. Um lampejo de diversão perpassou a mente de Dora quando ela percebeu que Elias estava se preparando para dizer algo muito desagradável.

— Desejo continuar nossa conversa de ontem à noite — respondeu Elias. — Esperar por um evento inútil para falar com a senhorita não me convinha.

Dora deu alguns passos em direção à porta, juntando as mãos diante do corpo.

— Entendo. O senhor é um homem ocupado, ao que parece, e estou muito lisonjeada. — E, então, sem conseguir conter um impulso estranho e provocador que borbulhava dentro dela, acrescentou: — Mas deveria ter mandado flores.

Elias apenas a encarou. Aos poucos, seus olhos dourados foram tomados por uma espécie de olhar mortífero.

— Perdão? — disse ele, pronunciando cada sílaba. — Não tenho certeza se a ouvi corretamente, senhorita Ettings.

— Desculpe-me — retrucou Dora. — Já fui informada de que às vezes não me comunico com muita clareza. Eu disse que o senhor deveria primeiro enviar flores com seu cartão de visita e depois vir me visitar... talvez amanhã, em um horário apropriado. É assim que as coisas funcionam. O senhor Lowe me contou que o senhor nem sempre tem conhecimento das expectativas da sociedade, então pensei que apreciaria minha franqueza.

Elias empertigou-se com um longo suspiro para se acalmar. Dora se perguntou por um momento se ele perderia a pouca compostura que havia demonstrado. Mas, passado esse momento, ele se controlou e forçou um sorriso sarcástico.

— Entendo — disse ele. — Terá que perdoar minha falta de jeito, senhorita Ettings. Estou grato pelo conselho.

Na verdade, Dora não queria enxotar Elias, visto que ele estava ali em benefício *dela*. Como o mordomo ainda o encarava horrorizado, e não olhava na direção de Dora, ela piscou para Elias de maneira muito séria e pomposa.

— No entanto, eu detestaria lhe causar um inconveniente — continuou ela —, considerando que o senhor já está na porta. Espero que a condessa não se ofenda se eu o convidar para um chá. Terei que perguntar a ela, o senhor entende, pois sou uma hóspede nesta casa.

— Claro — rebateu Elias, seco. Ele se recostou outra vez no batente da porta. — Aguardarei com toda a paciência.

Dora tomou a liberdade de se aventurar pela casa, perguntando por lady Hayworth. Não foi difícil encontrar a condessa — ela estava de mau humor, pois havia sido informada da presença do lorde Feiticeiro em sua porta alguns minutos antes.

— O lorde Feiticeiro veio fazer uma visita, milady — Dora lhe contou inocentemente, como se não tivesse ideia de que a mulher já soubesse. — Devo convidá-lo para um chá?

Lady Hayworth lançou a Dora um olhar incrédulo.

— Não me diga que falou com ele, senhorita Ettings! — exclamou ela.

— Não deveria? — questionou Dora. — Me desculpe. Não sabia o que fazer.

A condessa apertou o nariz com a ponta dos dedos.

— Agora não podemos nos livrar dele — murmurou ela. — Isso é terrível. E a falta de *educação* desse homem! Eu deveria mandá-lo embora.

Ainda assim, a reputação de Elias garantiu um momento de hesitação, até mesmo da implacável lady Hayworth.

— Sim, tudo bem. — Ela suspirou. — Receba o lorde Feiticeiro para um chá. Se tivermos sorte, ele logo ficará entediado com você... mas isso pouco importa, desde que você exerça o trabalho de caridade do senhor Lowe com entusiasmo.

Dora assentiu, obediente.

— Vou ver se consigo desencorajar o interesse do lorde Feiticeiro — prometeu ela. — Não serei nem um pouco simpática com ele.

Isso, refletiu Dora, faria a condessa ignorar os momentos de gentileza entre eles.

Lady Hayworth assentiu e se empertigou.

— Vou ter que ser sua dama de companhia — observou ela. — Não se preocupe, Dora. Consigo lidar com um sem-vergonha como o lorde Feiticeiro.

Não tenho certeza disso, Dora pensou consigo mesma enquanto se dirigiam para a sala de estar matinal e chamavam um empregado para fazer Elias entrar. *Mas estou ansiosa para vê-la tentar.*

Dito isso, foi *muito* complicado que a condessa decidisse se sentar tão perto de Dora. A mulher estava quase em cima dela quando Elias entrou na sala com outra expressão abertamente mal-humorada e resplandecente em seu rosto delicado.

— Lady Hayworth — cumprimentou ele brevemente, à guisa de saudação. — A senhora não mudou nada desde nossa última interação.

A condessa sorriu, serena.

— O senhor tampouco, lorde Feiticeiro — retrucou ela. — Embora fosse de se esperar que tivesse melhorado seus modos depois de ter sido exposto ao *beau monde*.

O termo em francês fez Elias estreitar os olhos, e Dora se perguntou se a condessa sabia como o francês dele era deplorável.

— Deus me livre de me tornar um homem de bons modos, lady Hayworth — respondeu Elias, em um tom ácido. — Trata-se do pior tipo de gente. As pessoas *decentes* ficam devidamente zangadas quando estão diante de uma injustiça terrível, mas as pessoas de bons modos nunca o fazem.

A condessa arqueou uma sobrancelha, com frieza.

— Certamente poderíamos entreter sua propensão a discursos políticos grosseiros, lorde Feiticeiro — devolveu ela. — Mas tive a impressão de que veio aqui hoje com um propósito *um tanto* menos deprimente.

Elias piscou e olhou para Dora.

— Sim — concordou. — Bom. — Ele limpou a garganta. — A senhorita Ettings e eu temos assuntos a discutir. Mas vejo pela postura da senhora que ficará grudada em nós o tempo todo.

Dada a atmosfera honesta na sala, a condessa não se deu ao trabalho de discordar.

— A jovem dama está sob o meu teto, e, portanto, cuidarei para que ela esteja devidamente acompanhada — argumentou ela.

Elias olhou feio para lady Hayworth, caminhou até a cadeira mais próxima de Dora e se acomodou.

— Sobre a questão da adivinhação — disse ele a Dora, como se pudessem recomeçar de onde ele havia parado na noite anterior —, eu me aprofundei um pouco mais no assunto, por mais que nunca tenha sido minha preferência.

— Ah, sim? — disse Dora. — Isso é muito gentil de sua parte. Não precisava ter tido tanto trabalho para satisfazer minha curiosidade passageira.

Dora não sabia bem por que o lorde Feiticeiro achava que a adivinhação era relevante para a situação dela, mas achou melhor dar a ele uma desculpa para a conversa.

— De fato — prosseguiu Elias —, foi ainda menos interessante do que eu me lembrava. Mas tem suas aplicações. — Dora viu pela primeira vez que ele trazia consigo uma bolsa de couro, daquelas que um médico costuma portar. Elias abriu a bolsa para pegar um pequeno espelho de mão prateado, que ofereceu a ela. — Este é um pouco parecido com o espelho que a senhorita viu na loja de artigos de magia de John. Os encantamentos são bastante simples, pois dependem principalmente da aptidão da pessoa que se olha no espelho.

Dora pegou o espelho, surpresa.

— Eu não saberia que aptidão eu poderia ter nesse assunto — comentou ela. — Certamente não sou uma maga, lorde Feiticeiro.

Elias recostou-se na cadeira com um olhar pensativo.

— Ainda assim — prosseguiu ele —, fiz sua vontade, senhorita Ettings. Agora, faça a minha em retribuição. O que vê quando se olha neste espelho?

Dora olhou para o reflexo na superfície do espelho. A princípio, viu apenas a si mesma: o cabelo cor de ferrugem estava meio despenteado pelo fato de ela ter se arrumado com tanta pressa e algumas sardas salpicavam seu nariz. Mas, após um tempo, o reflexo foi tomado por um preto intenso, e Dora inclinou a cabeça na direção do espelho em suas mãos.

— O senhor não está lançando algum tipo de feitiço perverso na garota, está, lorde Feiticeiro? — indagou lady Hayworth, desconfiada.

A voz dela soou distante de repente, como se estivesse falando de um lugar longínquo.

— Se estivesse, lady Hayworth, admitir isso faria de mim um grande tolo — disse Elias com uma voz arrastada. Ele parecia igualmente distante, e sua voz baixa e melodiosa oscilava de modo estranho, como se fosse um diapasão. — Mas, se a senhora tivesse um pingo de conhecimento de magia, saberia que não preciso de um espelho para enfeitiçar uma jovem frágil. Na verdade, eu poderia fazê-lo de longe, desde que possuísse algo que pertencesse a ela.

A vastidão obscura dentro do espelho recuou aos poucos. O rosto do lorde Feiticeiro apareceu em seu lugar, mas Dora soube no mesmo instante que havia algo diferente nele. Dava para notar um medo real e terrível em suas belas feições, e sua testa estava manchada de sangue seco. Ao ver isso, Dora de repente sentiu-se tola por ter confundido ponche com sangue: a coisa real era bastante diferente e muito mais assustadora.

Elias estava parado com vários outros homens na extremidade de uma ponte. Ele usava um uniforme que parecia não ser lavado havia algum tempo. Ainda assim, o cabelo louro-claro despenteado se destacava entre os outros, e o fogo brilhante que dançava entre seus dedos chamava atenção. Os homens à sua volta disparavam mosquetes, de maneira que ela não conseguia distinguir entre a fumaça das armas e a das chamas.

O lorde Feiticeiro não portava um mosquete... nem precisava de um, considerando a arma muito mais mortal em suas mãos.

— ... quero dizer, isso se eu fosse um mago que mexesse com magia sombria — continuou Elias, distante, e seu tom parecia duro. — Mas não sou, lady Hayworth. E, se pretende me acusar disso, é melhor estar disposta a repetir suas palavras perante o príncipe regente. É basicamente o mago da corte que se coloca entre a Inglaterra e as artes das trevas. Não posso cumprir esse papel se houver rumores de que abuso da minha magia.

Uma nuvem de poeira se ergueu, e um caos repentino se abateu sobre os homens. A princípio, Dora perdeu Elias de vista, mas então ela o encontrou no chão, violentamente jogado para trás por alguma força brutal. O fogo em suas mãos havia se apagado, e ainda mais sangue manchava seu uniforme.

Com a boca aberta, seu rosto demonstrava agonia. Dora levou um tempo para entender que ele estava gritando, pois não ouviu som algum.

— Retiro o que disse, lorde Feiticeiro — murmurou lady Hayworth com relutância. — Ninguém nesta casa vai contestar sua lealdade à Inglaterra. Sua falta de refinamento, por outro lado, é uma questão de conhecimento público.

Dora olhou para a imagem do lorde Feiticeiro se debatendo, incapaz de conciliar a visão com o homem que lhe entregara o espelho. O caos de toda a cena a perturbou muito; ela sabia que aquilo iria assombrá-la de maneira muito mais terrível que até mesmo a pilha de palavras inconvenientes que ela mantinha no fundo da mente.

A guerra é isto?, perguntou-se Dora. *Deve ser o que os soldados estavam fazendo na França há pouco tempo.*

— Felizmente — declarou Elias com leveza —, falta de refinamento não é considerado um crime. Embora eu tenha certeza de que lorde Hayworth possa levar a questão à tona na próxima reunião da Câmara dos Lordes. A senhora deveria sugerir isso a ele.

Um soldado cambaleou na direção do lorde Feiticeiro, visivelmente transtornado. Quando ele caiu de joelhos diante de Elias, Dora reconheceu o cabelo castanho de Albert e seu rosto, que estava sujo.

Os homens, em pânico, foram cercando os dois. Dora viu todos eles gritando coisas, mas não conseguia identificar quais eram as palavras. Albert, ainda atordoado e sangrando, rasgou o uniforme do lorde Feiticeiro. Então Dora avistou dois ferimentos de aparência horrorosa — um no braço direito de Elias e outro no ombro. O sangue era apavorante, mas muito pior era a forma como a pele de Elias parecia queimar. Era essa queimadura, ponderou Dora em pensamento, que o fazia gritar de maneira tão dolorosa. Mas certamente não ajudava o fato de Albert ter começado a cavar aqueles ferimentos com seu bisturi.

Eu deveria estar passando mal por estar vendo isso, Dora pensou. Pela primeira vez, ela estava contente por não ser capaz de sentir as emoções. A terrível cena no espelho poderia assombrar seus pesadelos, mas pelo menos não a fazia estremecer ou chorar.

Albert arrancou um pedaço de estilhaço ensanguentado e de aparência pontiaguda do ferimento no ombro de Elias. Quando ele o jogou de lado, a queimação na região diminuiu até desaparecer. O segundo pedaço pontiagudo de metal foi muito mais difícil de extrair, e Dora desejou muito poder desviar o olhar. Mas havia uma sensação peculiar de que ela não estava no próprio corpo e, portanto, não sabia como virar a cabeça.

Albert continuou enfiando o bisturi, e os olhos do lorde Feiticeiro se reviraram. Ele parecia prestes a desmaiar, mas, assim que Albert retirou o outro pedaço de estilhaço, deu um tapa na bochecha de Elias e murmurou algo que forçou o amigo a se concentrar.

Homens caíam ao redor de ambos: uns apenas feridos, outros com os olhos vidrados da morte. Mas um grupo se abaixou para erguer Elias e o colocar de pé, e Dora ficou atordoada ao ver aquele fogo infernal reaparecer entre as mãos dele.

Por sorte, o espelho ficou preto e a visão desapareceu antes que ela visse os resultados dos feitos mágicos do lorde Feiticeiro.

— Senhorita Ettings? — chamou Elias.

Dora olhou para ele de um jeito brusco. Parecia errado para ela, de repente, que ele tivesse uma aparência tão limpa e relativamente relaxada. Mas ele *estava* relaxado? No mesmo momento, Dora se lembrou de como ele se sobressaltara com aquele toque por acidente em seu cotovelo durante o baile. A confusão em seu rosto, ela percebeu, tinha sido um sentimento distante do medo aterrorizante que ele sentira no campo de batalha.

Elias a olhou com a testa franzida.

— Então a senhorita *viu* alguma coisa — concluiu ele.

Havia uma nota de triunfo em sua voz, sugerindo que ele comprovara algum tipo de teoria.

— Eu vi — confirmou Dora. Uma leve náusea revirou seu estômago, mas, como sempre, a reação não conseguiu alterar sua voz. — Acredito que vi o senhor Lowe salvar sua vida.

Os olhos do lorde Feiticeiro se arregalaram de maneira discreta, e Dora soube que ele não previra que ela veria uma cena tão horrível.

— Isso é... interessante — disse Elias devagar. Parecia genuinamente perturbado. — Aceite minhas desculpas. Aquele foi... um dia infeliz.

Dora mordeu o lábio. Ela queria fazer todo tipo de perguntas sobre o que tinha visto, mas sabia que a condessa estava ouvindo com atenção cada palavra que eles falavam. Se lady Hayworth soubesse que Elias estava lhe mostrando aquele tipo de coisa, provavelmente o expulsaria no mesmo instante.

— Eu vi o passado — observou Dora, dispensando com delicadeza seu pedido de desculpas. — Isso é novidade. Eu não sabia que era possível.

— É possível — ponderou Elias —, porém muito improvável. Já é a segunda vez que a senhorita vê algo, o que significa que a primeira vez não foi por acaso. É particularmente propensa a adivinhações, senhorita Ettings.

— Que absurdo — murmurou lady Hayworth. — A senhorita Ettings não é uma feiticeira, milorde. Certamente já teríamos notado.

— Concordo — disse Elias. — Ela não é. Mas o feitiço neste espelho foi obra minha, não dela. A senhorita Ettings apenas tem a mente necessária para adivinhar de forma confiável. — Ele sorriu com gosto. — Alguns sonhadores errantes são capazes de adivinhação, nas circunstâncias apropriadas. Aqueles que se deparam com seres feéricos em geral também têm visões fantásticas enquanto estão do outro lado. Suponho que o simples ato de colocar um pé no mundo das fadas pode oferecer tais visões... embora possamos constatar, uma vez que a senhorita Ettings está sentada conosco neste salão de chá, que ela seja apenas uma sonhadora excepcionalmente talentosa.

Dora franziu a testa. Era evidente que ele havia acrescentado a última parte sobre os sonhadores por causa de lady Hayworth. Era a conexão de Dora com os seres feéricos que preocupava o lorde Feiticeiro. *Um pé no mundo das fadas*, ela pensou. Mas o que isso significava? Os dois pés de Dora estavam bem firmes na Inglaterra agora, no chão da sala de estar da casa de lady Hayworth.

— Espero que não tenha vindo aqui para insultar a jovem — expressou a condessa com certa malícia.

— Não vim — respondeu Elias, soando reflexivo. Ele se levantou, e Dora percebeu que Elias havia deixado o chá intocado. — Na verdade — continuou ele —, acredito que virei visitá-la novamente. — Elias fixou os estranhos olhos dourados em Dora, e ela se viu tentada pela primeira vez a desviar o olhar. Ainda assim, forçou-se a encará-lo. — As damas gostam muito de passear no Hyde Park, certo? Estarei ocupado hoje e amanhã, mas trarei uma carruagem para a senhora e a senhorita às quatro e meia, daqui a dois dias.

Lady Hayworth bufou.

— Parece bastante confiante de que será recebido, lorde Feiticeiro — disse ela. — A senhorita Ettings já tem outros planos. Não se pode esperar que ela reorganize a agenda por causa do senhor de uma hora para outra.

Elias franziu a testa olhando diretamente para Dora, e ela suspirou.

— Estarei... ocupada, lorde Feiticeiro — afirmou Dora. Não seria nada bom chamar a condessa de mentirosa em sua própria casa. — Se deixar o seu cartão, verei o senhor quando for possível.

Lady Hayworth sorriu para Dora com aprovação. As palavras de Dora sugeriam que ela nunca mais veria o lorde Feiticeiro.

Você não pode ser tão burro que não entenda isso, disse Dora em pensamento para Elias, irritada. *A condessa está bem aqui ao meu lado.*

Não posso simplesmente aceitar. Ela sustentou o olhar dele, desejando que o mago compreendesse.

Elias deu de ombros.

— Entendo — replicou ele. — Obviamente, eu deveria ter mais juízo e não sair batendo na porta de gente de tão bons modos. — Ele acenou com a cabeça para Dora. — Eu a verei quando for possível, então, senhorita Ettings.

Dora fechou os olhos com um suspiro.

Tanto barulho por nada, ela pensou com desânimo. *O lorde Feiticeiro tem coisas melhores a fazer que discutir com a condessa para poder investigar minha maldição. Vanessa ficará muito decepcionada.*

— Lorde Feiticeiro — chamou lady Hayworth. — Seu espelho.

Dora abriu os olhos. Elias fez uma pausa rápida.

— Não é necessário — respondeu ele. — A senhorita Ettings pode ficar com ele, se desejar.

Lady Hayworth fez menção de objetar, certamente não era apropriado que o lorde Feiticeiro presenteasse Dora, mas ele se foi antes que a condessa pudesse abrir a boca.

— Você precisa se livrar dessa coisa imediatamente — sugeriu lady Hayworth a Dora com o cenho franzido. — Não pode aceitar bugigangas mágicas daquele homem. O que vão falar?

Dora segurou o espelho mais perto de si, tentando pensar depressa.

— Eu não poderia insultar o lorde Feiticeiro e recusar o presente — argumentou ela. — Ele deixou o espelho de propósito, lady Hayworth. Se eu o descartar, terei sete anos de azar, com certeza.

A condessa fez uma careta, mas Dora percebeu que ela estava repensando.

— Que homem absolutamente desagradável — murmurou lady Hayworth. — Enfim, esconda-o em uma cômoda em algum lugar e não o tire de lá. Somos as duas únicas pessoas que sabem disso, e nenhuma de nós deve contar a ninguém que você o aceitou.

Dora assentiu, relaxando um pouco.

— Farei isso agora mesmo — assegurou ela. — Obrigado por sua ajuda, lady Hayworth. Não sei se conseguiria ter lidado com ele sozinha.

O elogio acalmou a condessa, de modo que ela deixou Dora ir para o quarto.

No andar de cima, Dora se sentou na beira da cama e se olhou no espelho. Por apenas um segundo, ela achou ter visto aquela escuridão novamente, mas ela desapareceu quando Dora piscou, e apenas o fundo prateado do espelho permaneceu.

Dora guardou o espelho em sua cômoda, imaginando se o lorde Feiticeiro realmente havia entendido sua indireta. Mas Elias não teria deixado o espelho se não houvesse entendido, concluiu Dora.

A imagem do rosto ensanguentado e agoniado do lorde Feiticeiro voltou à sua mente enquanto estava parada e desconcertada na frente da cômoda.

Sem se ater ao fato, ela notou que suas mãos tremiam.

Isso nunca aconteceu antes, pensou Dora. *Que curioso.*

Em poucos minutos, porém, o tremor parou… e, como era de costume, Dora desviou a atenção quando percebeu que não tinha comido nenhum dos deliciosos biscoitos que foram servidos no andar de baixo.

Seis

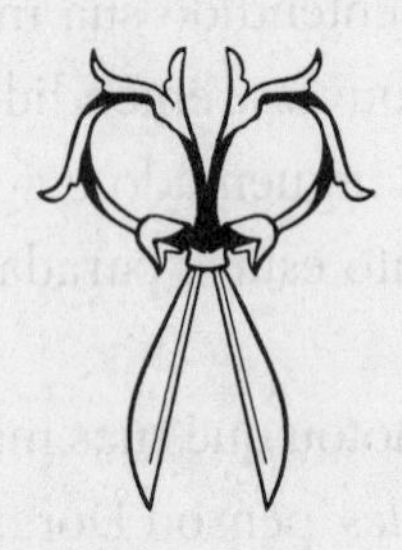

Vanessa estava desesperada para saber tudo o que o lorde Feiticeiro havia conversado com Dora — a ponto de entrar furtivamente no quarto da prima naquela noite, depois do jantar, e se recusar a sair até que Dora lhe contasse cada pequeno detalhe.

— Um pé no mundo das fadas? — perguntou Vanessa assim que Dora terminou o relato. — Mas o que ele quis dizer com isso?

— Terei o maior prazer de fazer essa pergunta ao lorde Feiticeiro, se conseguir falar com ele — retrucou Dora, com um suspiro. — Mas a condessa está determinada a mantê-lo longe de mim, e, mesmo enquanto ele *estava* aqui, ela passou o tempo todo ouvindo atentamente cada palavra que ele dizia. Eu não ficaria surpresa se ele desistisse de toda essa encenação e nunca mais quisesse saber de mim.

Vanessa franziu a testa.

— Não acredito que isso vá acontecer — declarou ela. — Fiz minhas investigações sobre o lorde Feiticeiro, e, se tem uma coisa com que todos concordam, é que ele é ainda mais teimoso quando sente que está sendo contrariado. Talvez isso seja bom, Dora: se a condessa tornar as coisas muito difíceis para ele, o lorde Feiticeiro não perderá o interesse pela sua maldição. — Vanessa sorriu com um pensamento aleatório. — Talvez até se case com você! De um jeito ou de outro, ele veio te cortejar hoje, não é mesmo?

— A visita faz parte de uma farsa, Vanessa — contestou Dora. — E eu não recomendaria que você apostasse suas fichas em uma ideia tão tola.

Depois disso, Dora empurrou Vanessa para fora do quarto, forçando-a a ir para cama. A prima tinha ganhado mais de um buquê de flores naquele dia, o que significava que ela começaria a receber pretendentes a qualquer momento. Não seria bom ela estar com a cara amassada e a aparência cansada quando eles chegassem.

Dora estava se preparando para dormir, mas, antes de colocar a cabeça no travesseiro, pegou o espelho do lorde Feiticeiro da cômoda e o segurou diante de si enquanto se acomodava na beira da cama.

A lembrança da terrível cena que havia testemunhado mais cedo naquele dia ainda lhe causava uma leve sensação de náusea. Mas o lorde Feiticeiro insinuara que existia uma conexão, ainda que tênue, entre a maldição de Dora e as coisas que ela via no espelho. Ela sabia que, se conseguisse provocar essas visões com mais eficiência, isso só iria beneficiá-la.

No entanto, o fundo prateado do espelho permaneceu visível, por mais que ela tentasse empurrá-lo para aquela escuridão opaca.

Dora mordeu o lábio. *Eu vi o futuro uma vez, e depois o passado,* pensou. *Nas duas vezes, teve algo a ver com o lorde Feiticeiro, mesmo que ele estivesse apenas envolvido.*

Talvez, conjecturou Dora, ela devesse se concentrar em tentar ver mais alguma coisa relacionada a *ele.*

No mesmo instante em que ela pensou isso, o fundo prateado do espelho ondulou como as águas de um lago. Dora concentrou os pensamentos no lorde Feiticeiro, imaginando Elias parado diante dela como o vira no início do dia: cabelo desgrenhado, olhos dourados e o jeito descuidado de se vestir.

A escuridão invadiu o espelho. Muito lentamente, a imagem do lorde Feiticeiro se solidificou, tornando-se cada vez mais real. Ele estava sentado a uma escrivaninha, examinando à luz de uma vela um dos livros volumosos que comprara na loja de artigos de magia. Estava sem o paletó e sem o lenço no pescoço, e o colete estava desabotoado. Se Dora sentisse alguma emoção, poderia ter ficado constrangida ao vê-lo tão despido. Mesmo assim, ela não conseguia deixar de olhar.

— Ah, você chegou — disse Elias de repente. Ele ainda estava com os olhos fixos no livro à sua frente, e Dora precisou de um momento para perceber que ele se *dirigia* a ela. — Eu estava começando a achar que precisaria lhe enviar instruções passo a passo, senhorita Ettings.

— Instruções passo a passo teriam sido uma boa ideia — retrucou Dora. Ela fez uma pausa, percebendo que acabara de falar com uma de suas visões. Isso não havia acontecido com as outras. — Posso perguntar que raios está acontecendo?

Elias virou-se na cadeira.

— As visões do passado e do futuro são, na melhor das hipóteses, imprevisíveis — afirmou ele. — Mas é possível ter visões de pessoas ou terras distantes de maneira mais confiável. Em geral eu me protejo contra tais intrusões, mas o espelho que a senhorita segura pode contornar essas proteções, se for da minha vontade. Foi uma magia um tanto complicada, se me permite dizer.

Dora franziu a testa distraidamente.

— Então está em casa agora? — indagou.

Ela olhou para si mesma e se deu conta de que estava apenas de camisola. Isso era, em muitos aspectos, muito pior do que ser flagrada pelo lorde Feiticeiro apenas de espartilho e roupas íntimas, mas ele não parecia nem um pouco intimidado, então Dora concluiu que ela também não deveria se intimidar.

— Estou em casa — confirmou Elias. — Foi um dia longo e péssimo, devo acrescentar. Ficarei feliz em desviar minha atenção para algo menos irritante por um breve período. — Ele fechou o livro sobre a mesa e recostou-se na cadeira para examiná-la. — Admito que me preocupei se a senhorita hesitaria em continuar a usar a vidência depois do que viu hoje. Preciso me desculpar novamente por isso.

Dora fez uma careta, juntando as sobrancelhas. Eram palavras totalmente sinceras. Mas, por ironia do destino, o lorde Feiticeiro havia enfim escolhido se desculpar com Dora justo quando ela não exigia um pedido de desculpas.

— Não sei por que deveria se desculpar — respondeu. — O que vi foi algo real, por mais que fosse aterrorizante. Tenho certeza de que foi muito mais penoso para o senhor passar por aquilo do que foi para mim assistir. — Ela desviou o olhar, sem conseguir encará-lo. — Fico contente por ter visto, por mais que me perturbasse. Percebo agora quão terrivelmente equivocada eu estava sobre a guerra. Na minha cabeça, tratava-se de homens em uniformes brilhantes e formações organizadas apenas sendo corajosos o tempo todo. Sou eu quem deve pedir desculpas ao senhor por minha deplorável estupidez.

Um longo silêncio se estendeu. Depois de um tempo, Dora voltou a olhar para o lorde Feiticeiro e descobriu que ele a estudava com uma expressão estranha.

— A senhorita não foi estúpida — declarou ele por fim. — Não tinha como saber. Homens de bons modos não vão lhe falar sobre esse lado da guerra porque é angustiante. Mulheres de bons modos, como a condessa, não ouvirão os homens falarem disso na presença delas. Dessa forma, as partes terríveis não passam pela cabeça dos que não estiveram lá. — Um cansaço amargo perpassou seu rosto. — Não posso deixar de pensar que, se tivéssemos menos pessoas de bons modos, talvez também houvesse menos dessas guerras horríveis.

Por algum motivo, as palavras de Elias provocaram em Dora uma leve sensação de vergonha. Naquele instante, em completa privacidade com o lorde Feiticeiro, ela pensou que talvez compreendesse como ele havia se tornado o que era. Essa vergonha aos poucos se transformou em uma tristeza entorpecida, que ela acreditou que poderia examinar com mais profundidade em outra hora.

Elias pigarreou, e Dora voltou sua atenção para ele.

— Tenho uma teoria sobre a sua condição, senhorita Ettings — informou ele, mudando de assunto.

Dora se espantou. A sugestão de um sentimento desconhecido atravessou seu peito. Não era exatamente a sensação de felicidade, por si só.

Era mais leve que a maioria das emoções, no entanto, e ela imaginou que talvez fosse um tantinho de esperança.

— Fico muito satisfeita em ouvir isso — asseverou. Então, porque tinha certeza de que sua voz não havia transmitido seus sentimentos com precisão suficiente, ela acrescentou: — De verdade. Temo que minha capacidade de me expressar não seja suficiente para a tarefa de agradecer ao senhor da forma mais adequada.

Elias sorriu. Pela primeira vez, não era um sorriso amargo ou sarcástico. Era meigo e talvez aliviado. A expressão mudou completamente seu semblante, e Dora pensou naquele momento que ele era de fato muito bonito.

— Talvez não se sinta tão grata quando eu lhe contar qual é a minha teoria — retrucou Elias. — Ainda estou tentando descobrir exatamente o que fazer a respeito.

— Mesmo assim, ter uma teoria é mais do que eu esperava.

Elias assentiu devagar.

— Bom — prosseguiu ele —, por mais estranho que possa parecer, acredito que parte da senhorita *está* no mundo das fadas, senhorita Ettings. Qualquer que seja a parte que o feérico roubou, ele a levou consigo para as próprias terras do outro lado. A parte que falta na senhorita ainda deve resistir por lá, considerando que a senhorita consegue ter visões quando recebe o instrumento adequado. Eu poderia até ir mais longe e afirmar que a senhorita conseguiria enxergar essas coisas em um espelho normal, caso se esforçasse.

Dora meditou a respeito.

— Então eu precisaria roubar essa parte de volta? — perguntou ela. — É isto que o preocupa: eu precisaria entrar no mundo das fadas?

Elias balançou a cabeça, incrédulo.

— A senhorita não entraria no mundo das fadas, senhorita Ettings — protestou ele. — Que ideia absurda. Se fosse o caso, *eu* entraria no mundo das fadas. — Ele franziu a testa profundamente e acrescentou: — Mas, como evito o lugar a todo custo, deixaremos isso apenas como um último e mais desesperado recurso.

— Eu não poderia lhe pedir que fizesse algo tão perigoso, milorde — disse Dora. — Nem sequer pensaria nisso, na verdade.

Elias ergueu uma sobrancelha.

— Faço questão que usem o "milorde" apenas quando pretendo intimidar alguém — revelou. — Pode me chamar de Elias, pelo menos em particular. É mais curto e não faz meu estômago se revirar.

Dora sabia que deveria se sentir envergonhada com isso. Independentemente do que o lorde Feiticeiro pensasse, o uso do primeiro nome entre homens e mulheres era um escândalo por si só. Mas não estava sentindo constrangimento algum, e ela não viu razão para negar o pedido se isso fosse mantê-lo solidário a ela.

— Como quiser, hum... *Elias.* — Dora teve que se esforçar para dizer o nome em voz alta. Desta vez, *houve* um lampejo de constrangimento, mas desapareceu rapidamente. — Acho que deveria me chamar de Dora então, por uma questão de justiça.

— Hum. — Elias refletiu por um instante. — Dora. É um nome bonito e direto. Presumo que a versão mais comprida seja bizarra e complicada, estou certo?

Dora suspirou. *Por um tempo ele foi tão mais agradável*, pensou.

— Meu nome completo é Theodora Eloisa...

— Ah, Deus do céu, não me revele seu nome inteiro! — disparou Elias. Diante do olhar confuso de Dora, ele acrescentou: — Jamais diga seu nome completo a um mago. Nem para um ser feérico, aliás. Isso lhes dá poder sobre você.

Dora comprimiu os lábios.

— Na verdade, já estou inteiramente em suas mãos para que isso tenha importância. Você conhece o segredo que pode arruinar minha família, e é a melhor chance que tenho de qualquer tipo de cura. Em comparação, um nome é uma coisa ínfima.

Elias franziu a testa, nitidamente sem conseguir encontrar uma réplica lógica.

— Acho que você está certa — redarguiu ele, por fim. — Mas não desejo possuir o seu nome, senhorita Ettings.

Um sorriso se abriu nos lábios dela.

— Deveria me chamar de Dora — ela o lembrou.

Isso o desconcertou, mas apenas porque ela o pegou descumprindo o próprio pedido.

— Sim, tudo bem — murmurou Elias. — *Dora.*

O sorriso dela se esticou mais intensamente.

— Posso perguntar, *Elias*, se sabe exatamente o que o marquês de Hollowvale roubou de mim?

Elias ergueu uma sobrancelha ao ouvir o nome, mas não teceu comentários.

— Tenho minhas suspeitas — respondeu ele. — Mas são difíceis de provar, de um jeito ou de outro.

Dora assentiu.

— Então talvez possa me contar quais são suas suspeitas — sugeriu ela.

Elias esfregou o queixo.

— *Suspeito* que o feérico tenha roubado muito mais que apenas seus sentimentos — contou ele. — É possível que tenha tomado metade de toda a sua alma. — Ele fez uma pausa. — Provavelmente o feérico pretendia tomar tudo, mas você me contou que ele foi interrompido. Já ouvi falar de fadas roubando almas... embora isso tenha acontecido antes do meu tempo... mas acho que um feérico roubar apenas *metade* de uma alma deve ser algo sem precedentes. Se eu estiver correto, seu caso é provavelmente o primeiro.

Dora suspirou.

— Oh, céus! — exclamou ela. — Isso significa que será difícil de resolver.

— Não vai ser fácil — confirmou Elias.

No entanto, o brilho penetrante em seus olhos ao dizer essas palavras fez Dora desconfiar de que ele considerava isso uma coisa boa.

Vanessa de fato disse que ele gosta de coisas difíceis, lembrou-se.

— Bem... — disse Dora lentamente. — Se você não pode roubar minha alma de volta, então não sei bem quais possibilidades me restam.

— Ah, restam várias — retrucou Elias, com leveza. — Podemos tentar roubá-la de longe. Podemos até tentar regenerá-la... Isso nunca aconteceu antes, então quem sabe o que é ou não possível? Terei que continuar pesquisando e refletindo sobre o assunto, mas avisarei quando tiver algo novo para experimentar.

Dora olhou além de Elias, para o livro em sua escrivaninha.

— Você tem outras coisas com que se preocupar, é óbvio — objetou ela. — Está realmente investigando uma peste?

A escuridão que ela vira em Elias voltou de supetão, recaindo sobre ele feito um manto pesado, e Dora se arrependeu da pergunta.

— Estou — respondeu Elias. — Mas isso não é do seu interesse. — Dora notou o tom peremptório em sua voz e entendeu que ele estava encerrando a conversa. — Deveria ir para cama, senhorita... Dora.

— Gostaria de ir me deitar, Elias — disse Dora, tranquila. — Mas não sei como *parar* de praticar a vidência.

Elias contraiu os lábios levemente.

— Você precisa focar em si mesma, e não em mim — orientou ele. — Pense em seus arredores e nas sensações reais que você tem.

Dora tentou fazer o que ele pediu. Ela tentou focar a atenção no quarto; tentou imaginar a solidez do espelho em sua mão e a sensação da cama macia embaixo dela. Mas sua mente vagou distraidamente, e ela logo se pegou imaginando o que um feérico como lorde Hollowvale poderia ver quando olhasse para ela, se ela realmente estivesse com metade da alma faltando. Os fios de sua alma estariam esfarrapados e rasgados? Talvez estivessem simplesmente opacos e sem cor, como o outro olho...

— Dora — chamou Elias secamente. — Você ainda está aqui.

Dora se sobressaltou.

— Ah. Sinto muito. Receio que focar em mim mesma seja muito difícil.

Elias balançou a cabeça.

— Entendo. Bem... pelo menos por enquanto, acho que posso lhe dar uma ajudinha.

Ele ergueu uma das mãos, e Dora sentiu uma espécie de pressão no peito. Ele a enxotou com os dedos...

... e ela se viu sentada em sua cama, na casa de lady Hayworth, olhando para um espelho de prata.

Sete

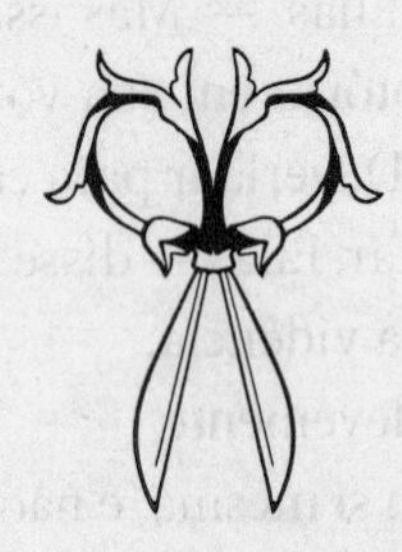

No dia seguinte, Dora foi tirada da cama bem cedo. Uma das criadas começou a arrumá-la como se ela fosse sair para algum lugar, mas a empregada ou não podia ou não queria dizer a ela para onde iria. Pelo menos, Dora pensou, a vestiram com um de seus vestidos mais práticos e podia usar o par de botinas mais robustas que levara do campo, em vez das proteções desajeitadas que eram colocadas nos calçados, chamadas de *pattens*.

Por um momento, Dora se perguntou se Elias havia aparecido e passado por cima da condessa novamente. A ideia de compartilhar a manhã com ele acendeu nela um leve interesse que Dora não conseguia identificar muito bem.

Essa centelha se apagou de forma decepcionante, no entanto, quando Dora desceu as escadas e viu Albert na sala de estar matinal com tia Frances e a condessa, mais outra mulher que ela não reconheceu de imediato. Albert também trajava roupas bem práticas e trazia consigo sua maleta de médico. Ele conversava muito cordialmente com as duas maritacas e a terceira mulher, mas, quando entrou na sala, Dora percebeu o tom de impaciência em sua voz.

— ... absolutamente inadequado para uma dama — dizia Albert. — Já discuti por um longo tempo o assunto com minha mãe, mas ela se recusa a entender como isso é diferente do trabalho de caridade que ela faz.

— Sua preocupação é muito comovente — respondeu tia Frances com um sorriso educado. — Mas o senhor descobrirá que nossa querida Dora é bastante resiliente. A afeição dela pelos necessitados é tão forte que a faz perseverar quando outras damas poderiam se intimidar.

A mentira era tão escandalosa que Dora quase riu. Mas apenas pigarreou com delicadeza, juntando as mãos na frente do corpo.

— Que prazer revê-lo, senhor Lowe — saudou ela. — A que devemos o prazer?

Albert lançou-lhe um olhar desolado.

— Senhorita Ettings — cumprimentou-a. — Minha mãe me informou que a senhorita está ansiosíssima para me ajudar em meu trabalho de caridade. — Dora percebeu pelo tom de Albert que ele sabia muito bem *quem* estava ansiosíssima com aquele arranjo todo, e que esse alguém não era ela. — Achei que poderia tentar dissuadi-la da ideia. Estou escalado para ir a um lugar muito desconfortável hoje.

Dora sorriu, desculpando-se.

— O desconforto não me incomoda — declarou ela, percebendo que tia Frances e a condessa a observavam feito falcões. — Farei o possível para não atrapalhar seu trabalho.

Albert suspirou profundamente.

— Pois então não mais colocarei empecilhos — retrucou ele. — Do contrário, minha mãe inventará um plano ainda mais descabido.

Ele ficou de pé e estendeu o braço para Dora, que o aceitou de bom grado.

— A senhorita Henrietta Jennings irá como acompanhante — afirmou a condessa, e Dora olhou para a terceira mulher, que até então se mantivera calada. — Lady Lockheed e eu estamos ocupadas hoje, mas a senhorita Jennings foi a governanta de minha filha durante um tempo, e será uma ótima substituta em nossa ausência.

A senhorita Jennings — uma mulher de cabelo escuro, bem arrumada, e na casa dos 30 anos — não parecia lá muito satisfeita com aqueles planos. Mas ela se levantou e inclinou a cabeça na direção de Albert e Dora.

— Tenho certeza de que não haverá nada com que se preocuparem enquanto a senhorita Ettings estiver envolvida em trabalhos de caridade — garantiu ela. — Mas estarei por perto por uma questão de decoro.

Albert respirou fundo. O coitado já seria obrigado a tomar conta de *uma* mulher enquanto fazia seu trabalho. Provavelmente estava se perguntando se daria para fazer alguma coisa útil enquanto tomava conta de *duas* mulheres.

— Que seja — disse ele por fim. — Bem, então vamos partir. Tenho muitos afazeres e pouco tempo até o sol se por.

Albert e Dora se viraram na direção da porta da frente, mas tia Frances a deteve por um instante, encorajando Albert a ir na frente. Quando Dora lhe lançou um olhar curioso, tia Frances sorriu para ela de um jeito maternal.

— Já discutimos o assunto com a senhorita Jennings — contou tia Frances. — Ela será muito complacente com você e o senhor Lowe, Dora. Você terá muitas oportunidades de atrair o interesse dele da maneira que preferir.

Dora hesitou.

— Tia Frances… está insinuando que eu devo flertar abertamente com o senhor Lowe?

Talvez Dora não devesse estar surpresa. Tia Frances estava menos preocupada em manter a reputação de Dora e mais preocupada em laçar o pobre Albert e conquistar a simpatia de lady Carroway em favor de Vanessa.

— Você ajudará o senhor Lowe diretamente — explicou tia Frances. — Não tenho certeza do que isso envolve, mas como se trata de uma causa nobre e caridosa, sem dúvida será perdoada se sem querer encostar a mão na dele ou precisar se inclinar para perto. Esta situação é realmente uma bênção, Dora, e você deve aproveitá-la ao máximo.

Dora resistiu à vontade de suspirar abertamente.

— Sim, tia Frances — disse ela.

Aquele dia prometia ficar cada vez pior para Albert, e Dora pensou consigo mesma que deveria se desculpar com ele assim que conseguisse.

Quando Dora se juntou a Albert e à senhorita Jennings na porta da frente, viu que ele estava em uma carruagem sem identificação. O condutor era um homem mais velho, de postura rígida, calvo e com um impressionante bigode grisalho. Dora notou que o sujeito portava uma pistola exposta sem pudor, como se para alertar preventivamente os encrenqueiros. Ele lançou a Albert um olhar confuso quando as duas damas embarcaram na carruagem.

— Fico feliz que tenha se vestido de maneira prática, pelo menos — comentou Albert dirigindo-se a Dora enquanto os três se acomodavam na carruagem. — Mas confesso que não sei bem o que fazer com a senhorita. Mencionei a necessidade de uma assistente, mas irei cuidar de doentes e feridos, e quase tudo exigirá que suje as mãos. Algumas situações serão realmente muito angustiantes.

Dora deu de ombros.

— Tia Frances estava sendo sincera quando disse que tenho um temperamento muito resiliente. Pode me passar qualquer tarefa que seja útil. Prometo avisar se me sentir muito aflita.

Albert franziu a testa, mas Dora suspeitou que ele estava realmente considerando suas palavras enquanto a carruagem avançava. De sua parte, Dora esperava que Albert levasse o que ela dissera a sério. Ela não era propensa a ficar perturbada, e se sentiria melhor por participar daquele plano disparatado se pudesse pelo menos oferecer ao rapaz o mínimo de ajuda em seu trabalho.

Quando a carruagem parou, Albert entregou lenços para Dora e para a senhorita Jennings, aconselhando-as a enrolar o pano em volta do nariz e da boca, e rapidamente ele mesmo fez isso.

— O local está cheio de secreções — avisou. — Certifiquem-se de se manterem o mais limpas possível enquanto estivermos aqui.

Aqui acabou se revelando um imponente edifício semelhante a uma prisão que Albert informou ser a Casa de Trabalho da Cleveland Street, um lugar que funcionava como abrigo para pobres, doentes e indigentes.

Quando entraram, Dora ficou aliviada por ter o lenço sobre o nariz, pois o cheiro era absolutamente abominável; havia no ar um odor úmido e forte de lixívia, que fez seus pulmões arderem, misturado com podridão. A coitada da senhorita Jennings parecia prestes a desmaiar; Dora enlaçou o braço no dela, só para garantir, e sentiu que a ex-governanta se apoiou nela de leve.

Dora havia escutado apenas coisas genéricas sobre as casas de trabalho, mas nunca tivera a oportunidade de entrar em uma. O salão de jantar, não muito longe do saguão, estava abarrotado de homens, mulheres e crianças em diversos estados de sofrimento. Alguns dos homens estavam obviamente muito doentes ou estavam com alguma deficiência; as mulheres pareciam cansadas e desamparadas, e algumas crianças não tinham todos os dedos da mão. Mesmo que ali não houvesse um odor terrível no ar, eles ainda assim teriam problemas para respirar, por conta do confinamento e da enorme quantidade de pessoas no local.

Embora estivessem em um tipo de refeitório, no momento não estavam comendo. A maioria das pessoas ocupava lugares à mesa ou se recostava nas paredes. Todas elas tinham uma corda de cânhamo rústica no colo, que desfaziam fio por fio. O trabalho parecia terrível; muitos dos trabalhadores estavam com as mãos ensanguentadas, mas tinham parado de notar seus ferimentos muito tempo atrás.

Os internos da casa de trabalho — pois eram nitidamente internos e não casos de caridade benevolente, como Dora tinha ouvido dizer — demonstraram pouco interesse na entrada do grupo. Alguns reconheceram Albert, pois ele recebeu acenos de cabeça e murmúrios em sua direção. Em pouco tempo, um dos internos se levantou e desapareceu por um corredor; depois voltou com um sujeito alto e de aparência abatida em roupas um pouco mais conservadas, que apertou a mão de Albert e os conduziu para longe do pandemônio em direção a uma ala diferente do prédio. Esta área, embora escura e úmida, pelo menos era um pouco mais silenciosa, pois a maioria dos ocupantes estava deitada, abatida, dois a três em cada cama encostada nas paredes.

— Temos alguns casos de tosse, vômitos e simples fraqueza — observou o homem de ar cabisbaixo. Albert o apresentara às damas como

George Ricks, o dirigente da casa de trabalho, embora o tom de voz indiferente do médico sugerisse a Dora que ele não gostava muito do homem. — Temos uma nova grávida, infelizmente.

— Infelizmente? — repetiu Albert, ao se aproximar de uma das camas. — Por que isso é tão lamentável?

O dirigente da casa de trabalho lançou a Albert um olhar resignado.

— Recém-nascidos não podem trabalhar para ganhar o próprio sustento — respondeu ele. — Não passará de um peso para nós assim que nascer.

— Que triste para o senhor — comentou Dora com tranquilidade, antes que pudesse se conter.

Albert lançou-lhe um olhar de soslaio, mas ela viu uma concordância muda e frustrada por trás de seus olhos normalmente calorosos.

George Ricks olhou para ela com superioridade.

— Não sabia que traria damas com o senhor — disse a Albert. — Elas são moles demais para esse serviço. Nada além de problemas, anote minhas palavras. — Antes que qualquer um deles respondesse, o homem acrescentou: — Tenho outras coisas para resolver. Pode chamar uma das enfermeiras, se quiser.

Quando ele saiu do recinto, Dora aproximou-se de Albert, observando-o enquanto ele abria a maleta de médico. Ele tirou as luvas, enfiando-as na maleta; a ação revelou o brilho prateado de sua mão direita, que era muito fascinante de se olhar.

— Devo admitir que agora desejo causar problemas — comentou Dora. — Aquele homem desagradável praticamente está implorando por isso.

A senhorita Jennings fungou sob o lenço que usava em volta do rosto.

— Moles, uma ova! — exclamou ela. — Eu queria ver aquele homem tentar cuidar de um berçário decente e depois chamar as mulheres de *moles*. Esta enfermaria está uma bagunça absurda.

Era a primeira vez que a mulher manifestava algo além de saudações educadas ou murmúrios neutros de concordância na presença deles. Dora ficou satisfeita com a pitada de insubordinação em sua personalidade.

— Está mesmo, não é? — concordou Dora. — Tenho certeza de que podemos fazer *alguma coisa* a respeito, embora pouco a ser feito devido à falta de espaço. A roupa de cama certamente precisa ser trocada.

A senhorita Jennings virou-se para Albert.

— Deve haver uma lavanderia neste lugar — observou ela. — Eu consigo sentir o cheiro de lixívia daqui.

Albert assentiu, e Dora viu uma agradável surpresa estampada em seu rosto.

— Esta casa de trabalho presta serviços de lavanderia por uma taxa — informou ele. — A lavanderia fica lá embaixo em um porão. Acho que é de onde o cheiro vem.

Albert conduziu a senhorita Jennings até uma das enfermeiras internas, uma mulher mais velha chamada Susan, que tinha um olhar distraído e mãos trêmulas. As duas desceram as escadas para buscar alguns lençóis limpos, e Dora percebeu logo depois que a senhorita Jennings havia atendido de forma excepcional o pedido de tia Frances e deixado Dora sozinha com Albert.

— Sinto muito por tudo isso — disse Dora prontamente, enquanto Albert começava a examinar os pacientes um por um. De vez em quando, ele pedia que ela ajudasse um paciente a se sentar ou que segurasse sua maleta enquanto ele trabalhava. — Farei o possível para não ser um estorvo. Mas também devo avisá-lo que a senhorita Jennings foi orientada a me dar bastante espaço para que eu possa tocar sua mão e seduzi-lo, ou algo estúpido assim.

Albert balançou a cabeça, incrédulo.

— Isso tudo é muito ridículo — comentou ele. — Eu tinha uma ideia de até onde as mães da alta sociedade estão dispostas a ir para arranjar maridos para suas filhas... mas mandá-la para uma casa de trabalho, senhorita Ettings? Suas tutoras não têm apreço pela sua segurança?

Dora olhou ao redor distraidamente.

— Não sei se elas realmente têm noção das condições daqui — retrucou ela. — Pessoas de bons modos não falam de coisas desagradáveis, você sabe.

Albert lançou a Dora um olhar espantado, e ela percebeu que praticamente havia repetido o que Elias lhe dissera.

— Quase esqueci que a senhorita esteve com Elias ontem — comentou Albert, como se lesse a mente dela. — Ele deve ter causado a impressão habitual.

Dora refletiu a respeito.

— Acredito que sim. Embora eu ache que ele causou na condessa uma impressão muito diferente da que causou em mim. — Ela franziu a testa. — Eu não sabia que o senhor havia salvado a vida dele durante a guerra. Faz sentido, é lógico, por conta do relacionamento de vocês. Foi por isso que ele fez esse braço para o senhor, não foi?

Albert olhou por impulso para a mão direita. Era totalmente lisa, com uma aparência quase natural, se não fosse pelo material artificial.

— Suponho que sim — respondeu ele. — Mas Elias vai alegar que o fez para o caso de eu precisar operá-lo de novo. Ele não gosta de reconhecer os próprios impulsos generosos. — Albert olhou para Dora, e ela viu surpresa em seus olhos. — Não é de conhecimento público que eu salvei a vida dele. Elias contou isso a você pessoalmente?

Dora apoiou o peso do corpo em outro pé.

— Ele contou... de certa maneira — explicou ela devagar. — Mais por acidente, eu diria. — Ela não achou uma boa ideia explicar a Albert quão pessoalmente havia testemunhado o passado dele. — É com a guerra que ele está zangado, não é? Todo aquele horror e o fato de as pessoas não falarem sobre o que está acontecendo?

Albert respirou fundo. Ele parecia desconfortável de verdade.

— Elias está zangado com muitas coisas — retrucou. — E tenho certeza de que ele lhe contaria por muitas horas sobre todas elas se a senhorita perguntasse. Mas ele se apega a essa raiva de um jeito que é ao mesmo tempo bastante produtivo e absurdamente sofrido. — Ele escolheu as palavras seguintes com muito cuidado. — Acho que Elias está zangado há tanto tempo que tem medo de se libertar do que sente... Acho que tem medo de ficar muito complacente e se tornar todas as coisas que tanto despreza nos outros.

Dora assentiu devagar. Ela não conhecia o lorde Feiticeiro tão bem quanto Albert, mas a análise parecia muito precisa.

— Acho isso tão triste — murmurou ela, e não pôde deixar de olhar de novo para a mão prateada de Albert.

Alguém que se importou o suficiente para criar algo assim não merece ser eternamente infeliz, pensou Dora.

Quando ela ergueu o rosto, viu que a região dos olhos de Albert estava enrugada e achou que ele estava sorrindo para ela por baixo do lenço.

— Acredito que a senhorita deve ser uma das únicas pessoas no mundo que acha isso, senhorita Ettings — afirmou Albert. — Elias é bom demais em convencer as pessoas a detestá-lo.

Dora abriu um pequeno sorriso.

— Sou uma pessoa do contra desde criancinha — disse ela. — Assim que ficou evidente para mim quanto o lorde Feiticeiro queria que eu o odiasse, acho que resolvi fazer justamente o contrário.

Albert riu.

— Ele nunca a sobrepujou, senhorita Ettings — comentou ele. — Nunca, desde o momento em que a conheceu. Admito que também tenho uma tendência a ser do contra... Adoro vê-lo se digladiar com a senhorita. É o espetáculo mais divertido que já presenciei.

Dora fez uma expressão de assombro, erguendo as sobrancelhas.

— O senhor esconde bem a sua insubordinação, senhor Lowe — ressaltou ela. — Estou impressionada.

Albert voltou a se concentrar no trabalho. A senhorita Jennings e Susan entraram e saíram mais de uma vez, tirando lençóis e substituindo-os por novos, enquanto Dora caminhava com ele. De vez em quando, Dora pegava a senhorita Jennings olhando em sua direção, mas ficou evidente que a ex-governanta estava sendo bastante descuidada com seus deveres como dama de companhia. Em certo momento, Dora pousou a mão no ombro de Albert enquanto a senhorita Jennings observava, para o caso de a acompanhante ter que relatar à tia Frances e à condessa os esforços de Dora.

Depois de um tempo, Albert e Dora se aproximaram de um menino com um grande corte na perna, que sangrava lentamente coberto por um pano. Albert removeu o pano com delicadeza, enquanto Dora segurava a mão do menino e baixava o lenço para lhe dar um sorriso encorajador.

— Meu nome é Dora — disse ao menino. — Qual é o seu?

Os olhos do menino baixaram, desconfiados, para a própria perna, mas ele logo os forçou a voltar para Dora, tentando não parecer amedrontado.

— Roger, milady — murmurou.

As palavras soaram estranhas, e Dora suspeitou que ele não estivesse muito acostumado a usar boas maneiras.

— Lamento que esteja ferido, Roger — prosseguiu Dora. — Mas você está sendo muito corajoso. Estou bastante admirada.

Isso fez com que Roger se endireitasse um pouco na maca, e Dora ficou surpresa ao sentir um leve indício de orgulho. Ela era apenas uma lady, e a maioria dos homens tendia a lançar olhares de estranhamento ou compassivos assim que reparavam em seus olhos de cores diferentes. Mas Roger não tinha a noção de que Dora pudesse ser outra coisa senão alguém totalmente respeitável, e sua curiosa necessidade de impressioná-la deixou o sorriso dela um pouco mais genuíno.

Albert se encolheu ao ver o ferimento.

— Vai precisar de pontos — informou ele. Então olhou para Dora, hesitante. — Quer ajudar com isso?

Roger empalideceu com a sugestão, e Dora apertou a mão dele de maneira tranquilizadora.

— Sei fazer todos os tipos diferentes de pontos — revelou Dora a Albert. — Mas nunca tentei costurar pele antes. Estou disposta a tentar.

Albert pareceu atônito.

— Eu *certamente* não estava sugerindo que a senhorita o costurasse! — exclamou, horrorizado. — Eu só gostaria que segurasse a pele para mim enquanto realizo o procedimento. — Ele fez uma pausa e acrescentou: — Isso já é ruim o suficiente, estou ciente disso.

Dora assentiu.

— Eu posso fazer isso — assegurou ela. — Por favor, não se preocupe comigo.

Albert insistiu que primeiro lavassem as mãos com água quente. Dora perguntou por que e ficou perplexa com a resposta honesta:

— Não faço a menor ideia, mas outro cirurgião me recomendou, e parece funcionar bem.

Ouvir isso era revigorante, refletiu Dora. Ela não conseguia pensar em nenhum outro cavalheiro que já tivesse admitido para ela não saber de alguma coisa.

O pobre Roger quase desmaiou quando viu Albert sacar uma agulha de aparência assustadora. Dora tentou consolá-lo, mas ele já se contorcia de desconforto.

— Você vai precisar ficar parado — disse Albert, gentil, porém firme.

O corte na perna do menino era realmente uma coisa horrível de se ver. Pela primeira vez na vida, Dora glorificou em silêncio a metade perdida de sua alma quando se inclinou para pinçar as bordas sangrentas do corte com os dedos. Roger soltou um gemido baixinho quando Albert começou a costurá-lo, e Dora percebeu que outros internos os observavam maravilhados.

Que horror, pensou. *Se bem que eles não devem ter nada mais interesse para ver.*

Felizmente, Albert foi rápido. Ele arrematou os pontos e limpou o ferimento.

— Isso deve bastar por enquanto — disse a Roger. — Mas, se começar a cheirar mal ou se ficar ainda mais dolorido, você deve pedir ao dirigente da casa de trabalho que mande me buscar na mesma hora.

— Ele não vai mandar buscar o senhor — retrucou Roger, com ceticismo. — Seria um incômodo para ele.

Albert suspirou.

— Voltarei a visitá-lo em breve, então — afirmou ele. — Só para verificar.

Quando prosseguiram, Dora olhou para Albert por baixo do lenço.

— O senhor aprendeu a operar durante a guerra, senhor Lowe — disse ela devagar, a testa franzida. — Mas soube que é médico agora.

Albert balançou a cabeça com tristeza por algum motivo.

— Prefiro a cirurgia. Sei que as credenciais de médico são consideradas mais respeitáveis, mas, sendo sincero, senhorita Ettings, os médicos propriamente ditos têm as ideias clínicas mais estranhas. A obsessão deles por sangrar me deixa muito confuso. Nunca soube que sangrar fazia um paciente *melhorar*... embora acredite que de fato os aquiete. — Ele refletiu sobre o assunto com seriedade, e então acrescentou: — A propósito, eu poderia prescrever sangramento para Elias um dia desses. Mas só porque de vez em quando faria bem ele se aquietar.

Dora abafou a risada, que saiu pelo nariz, mas ela não respondeu.

Eles continuaram a ronda, passando inclusive por outras salas. Dora logo percebeu que havia *várias* enfermarias. Na verdade, parecia que havia mais pessoas doentes e feridas naquele lugar do que pessoas saudáveis. Nenhuma delas estava em uma condição muito boa, e Dora sentiu empatia pela senhorita Jennings, que assumira uma tarefa maior do que esperava.

No canto de um desses cômodos ela se deparou com uma visão peculiar. Em uma cama de solteiro posta de lado, uma garotinha encolhida dormia um sono profundo. As outras camas haviam sido afastadas da dela, e Dora notou que os outros internos se recusavam a compartilhar aquela cama em particular.

Albert olhou para a cama e sua expressão era tão cautelosa que Dora entendeu de imediato que ele sabia o que estava acontecendo.

— Faz quanto tempo que ela não acorda? — perguntou Albert a um dos homens próximos.

— Dois dias — respondeu o interno, e fez um sinal da cruz sobre o peito, temeroso. — Vai tirar ela daqui? A garota não tem mãe para impedi-lo, doutor, e seria um grande alívio.

Dora deu um passo em direção à cama, mas Albert estendeu a mão para detê-la.

— Vá chamar o dirigente, por favor — Albert pediu ao homem.

Assim que ele saiu, Dora voltou-se para Albert.

— O que está acontecendo? — indagou.

Uma expressão sombria surgiu no rosto de Albert.

— Uma peste do sono — explicou. — As vítimas adormecem e simplesmente não acordam. Tenho encontrado isso por todas as casas de trabalho. Nós ainda não sabemos como ela se espalha, mas as crianças, em particular, são propensas à doença por algum motivo.

— Nós? — repetiu Dora.

Albert pressionou a ponte do nariz.

— Elias e eu — disse ele. — Vou mandar chamá-lo. Ele acha que a peste tem um componente de magia, e não posso dizer que discordo. Certamente está além de qualquer tratamento que experimentei até agora.

Dora olhou para a garotinha na cama. Sua aparência não estava muito boa: o cabelo fino e oleoso desgrenhado se misturava com as marcas de varíola em seu rostinho. Isso era terrível por si só, então Dora sentiu um nó no estômago ao pensar no fato de que nenhuma mãe sentiria falta dela.

— Por que ela está aqui? — perguntou Dora em voz baixa.

Ela queria perguntar mais que isso. Queria saber por que aquele lugar era tão pavoroso. Que tipo de gente permitiria que uma garotinha dormisse naquelas condições? Não havia ninguém compassivo que pudesse encontrar para aquela criança uma cama limpa e boa, longe de todo aquele horror?

— Não sei — respondeu Albert.

Embora ele estivesse respondendo apenas à pergunta óbvia, um cansaço terrível emanava de sua voz, sugerindo que ele já havia feito todas as *outras* perguntas a si mesmo muitas vezes.

Dora fitou com tristeza a menina adormecida. E, embora ela não conseguisse sentir as coisas com muita intensidade, pensou que talvez uma pequena fração da raiva amarga que o lorde Feiticeiro sentia a tinha infectado, lá no fundo.

Oito

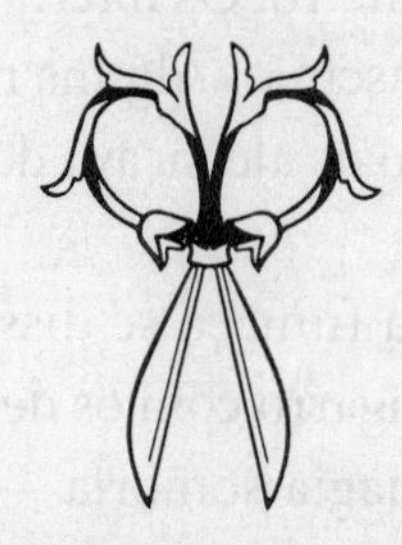

Elias levou menos de uma hora para chegar à casa de trabalho, depois que o recado foi enviado para convocá-lo. Ele entrou na enfermaria feito uma tempestade de verão, com o cabelo despenteado e os olhos dourados faiscando. Estava mais uma vez vestido de maneira informal, com o traje prático marrom e preto e o lenço afrouxado no pescoço. Não usava o lenço em volta da boca, o odor acre não parecia incomodá-lo.

Albert mal precisou apontar para a cama no canto dos fundos, estava bastante óbvio onde estava a garotinha enxotada pelos outros internos.

— Há quanto tempo ela está dormindo? — perguntou Elias de um jeito brusco.

Ainda não tinha notado Dora, e ela imaginou que fosse devido ao grande foco de sua atenção no assunto.

— Uns dois dias, segundo nos disseram — respondeu Albert.

— Então a encontramos um pouco mais cedo que os demais — disse Elias.

Ele retirou um cigarro do paletó e o colocou entre os lábios. Com um movimento da outra mão, o fogo cintilou entre seus dedos, acendendo a ponta do cigarro.

Dora observava atenta, com a testa franzida. Ela nunca tinha visto o lorde Feiticeiro se entregando ao hábito de fumar, nem sentido cheiro de tabaco emanando dele. Mas aquilo parecia ser mais uma questão prática que prazerosa: quando Elias soltou um véu de fumaça, ela flutuou de maneira sobrenatural pelo cômodo, disparando pelos cantos feito um gato. Por onde passava, deixava um leve brilho prateado, que desvanecia lentamente.

A fumaça envolveu a enfermaria, permanecendo pelo menos alguns segundos sobre cada centímetro. Os internos a observaram passar, uns com medo e outros com fascínio. Alguns recuavam quando ela os tocava, mas o brilho prateado os alcançava de um jeito ou de outro antes de desaparecer.

Depois de um tempo, a fumaça se dissipou por completo, e Elias franziu a testa. Apagou o cigarro com os dedos.

— Nenhum traço de magia sombria — declarou com firmeza. — Nada que o tabaco possa mostrar, pelo menos. Minha expectativa era de que encontraríamos algum indício, uma vez que a doença começou faz pouco tempo.

Dora deu um passo para o lado de onde estava para poder enxergar além de Elias.

— O que isso significa? — perguntou a ele.

Elias se assustou com a pergunta. Seus olhos dourados se fixaram em Dora, e de repente ele pareceu perplexo.

— O que está fazendo aqui, senhorita Ettings?

— É uma longa história — admitiu Dora. — Mas o senhor pensou que a peste poderia ser de natureza mágica. Isso significa que não é?

Elias estreitou os olhos e respondeu:

— Isso significa que, *se* de fato há magia envolvida, então é do tipo que causa o dano e depois vai embora. Mas, nesse caso, não explica por que a peste às vezes se espalha. — Com essas palavras, os internos começaram a murmurar, e Elias olhou para eles. — Para outras *crianças* — enfatizou com o ar sombrio.

E então, como que para fazer uma demonstração, cruzou o espaço que ainda havia entre ele e a cama, puxou as cobertas puídas e ergueu a menina em seus braços.

Albert deu um passo para o lado, e Dora percebeu que Elias pretendia levar a garota com ele. Ela começou a segui-lo sem nem mesmo perceber.

— Aonde o senhor vai? — quis saber ela.

Elias virou a cabeça para encará-la, e outra vez Dora viu um lampejo de confusão cruzar seu rosto, quase como se ele tivesse esquecido que ela estava lá.

— Para outro lugar — disse ele. — Onde eu possa investigar melhor, em paz.

Dora olhou para a menina nos braços de Elias. Ela era pequena e leve o bastante para que ele a segurasse praticamente de pé, com o rosto pressionado junto ao ombro dele. Não parecia uma paciente febril e em sofrimento, mas uma marionete apática com os cordões cortados.

— Eu gostaria de ir com o senhor — declarou Dora.

Elias franziu o cenho.

— Por quê? — questionou.

Seu tom de voz era mais perplexo do que confrontador, e Dora achou que ele devia estar realmente desejando uma resposta.

Dora refletiu sobre o assunto por mais um instante. Mas fosse qual fosse o instinto que a levara a manifestar aquela vontade, era como uma vitória-régia flutuando na água sem qualquer tipo de raiz. *Estava ali*, mas ela não conseguia identificar a causa.

— Não sei dizer — admitiu ela por fim.

Albert lançou um olhar curioso para Dora. Mas Elias, ciente da condição dela, assentiu.

— Se quiser vir, tudo bem — cedeu o lorde Feiticeiro. — Mas eu não sou Albert. Não vou paparicar a senhorita.

— Estou bem-informada a respeito de sua natureza para não esperar tal coisa — retrucou Dora secamente. Ela olhou para Albert. — Espero que o senhor não fique chateado se eu o abandonar. Ainda mais considerando que não me queria aqui desde o começo.

Albert corou com a observação direta.

— Não irei impedi-la, de maneira alguma — respondeu ele. — Mas gostaria de retratar minhas preocupações anteriores, senhorita Ettings.

A senhorita de fato foi de grande ajuda hoje, e eu não irei me opor se quiser me acompanhar outra vez. — Ele franziu a testa. — Mas devo lembrá-la de que, se deseja partir com Elias, precisa levar consigo sua dama de companhia muito ausente. Onde será que ela está?

— A senhorita Jennings está um cômodo à nossa frente, creio eu — falou Dora, distraída. — Vou buscá-la.

Ao fazer isso, encontrou a senhorita Jennings discutindo com um paciente inconformado, que a acusava de querer roubar a roupa de cama.

— Vamos embora — informou Dora a ela. — O lorde Feiticeiro está removendo uma criança doente do local. — Então, pensando melhor, ela acrescentou: — O senhor Lowe sugeriu que o acompanhássemos.

Era uma mentira deslavada, e Dora esperava que Albert não se ressentisse com ela, pois aparentemente ela lhe havia sido útil naquele dia.

A senhorita Jennings olhou para o velho na cama.

— *Alguém* vai precisar arrancar esses lençóis imundos do senhor — declarou. — Mas parece que não serei eu. — Ela girou nos calcanhares e pegou Dora pelo braço. — Já é início da tarde, se não me engano. Precisamos levá-la para casa bem antes de escurecer, senhorita Ettings.

— Sim, claro — disse Dora.

A senhorita Jennings não havia reagido mal à menção do lorde Feiticeiro, e Dora concluiu que tia Frances e a condessa não haviam comentado sobre a aversão que sentiam por ele. Um descuido útil, pelo menos.

As duas tiveram que caminhar rapidamente para alcançar Elias, que havia saído para providenciar uma carruagem de aluguel. A senhorita Jennings fitou o veículo pequeno com uma carranca.

— É apertado, inadequado para todos nós — observou a ex-governanta.

Elias olhou para ela com desgosto.

— Esta é a sua acompanhante? — perguntou a Dora, que assentiu ligeiramente.

Ele se virou para a senhorita Jennings e deu de ombros.

— A senhorita pode ir andando, se preferir.

Elias passou um endereço ao condutor e entrou no veículo. Dora entrou atrás dele, o que exigiu que a senhorita Jennings se apressasse em fazer o mesmo.

A carruagem não os levou muito longe. Ela parou apenas alguns minutos depois, do lado de fora de um pequeno prédio decadente localizado na Strand. Este pelo menos tinha um pequeno jardim na entrada e até algumas flores em cores alegres. Elias se deteve na porta da frente ainda segurando seu fardo adormecido, de modo que Dora bateu nela para ele.

Uma senhora robusta, de vestido e avental, atendeu de imediato. Ela pareceu tão pouco surpresa ao ver o lorde Feiticeiro que nem se incomodou em cumprimentá-lo. Seus olhos escuros fitaram a garotinha e ela suspirou.

— Ah, não — suspirou ela. — Mais uma?

— Presumo que o quarto de cima ainda esteja livre, senhora Dun, estou certo? — falou Elias, à guisa de resposta.

— Está — confirmou ela, suavemente.

Seus olhos passaram por ele, em direção a Dora e a senhorita Jennings, e ela franziu a testa com espanto. Pelo jeito, a senhora Dun não estava acostumada a ver o lorde Feiticeiro aparecer com companhia. Ainda assim, não disse nada enquanto as duas o seguiam para dentro.

O imóvel era iluminado e arejado, com muitas janelas, todas abertas. Dora pensou que antigamente poderia ter sido a casa de algum comerciante próspero. Mas tudo o que ela via eram crianças espiando-os pelas frestas das portas dos quartos enquanto eles passavam. Era difícil vê-las bem, pois se posicionavam com cuidado fora de vista, mas não pareciam sujas ou miseráveis como as crianças da casa de trabalho. A senhora Dun parava para enxotá-las gentilmente para trás, fechando as portas conforme avançavam. Ela conduziu Elias escada acima em direção a uma espécie de quarto isolado que havia sido marcado com um X vermelho pintado com tinta.

Dora achou que algo ameaçador estivesse atrás daquela porta, mas, quando a senhora Dun a abriu para eles, ela ficou surpresa ao ver que era apenas um quarto pequeno e razoavelmente agradável. Havia uma janela ampla e ensolarada e duas camas pequenas, ambas vazias.

Elias levou a menina para uma daquelas camas. A senhora Dun afastou as cobertas e ele deitou a menina com muito cuidado.

Dora observava toda aquela movimentação com um sentimento peculiar no peito. As coisas tinham começado a parecer confusas e incertas desde que ela engolira aquela fração de raiva confusa de Elias. Mas, enquanto via Elias colocar a menina na cama, ocorreu-lhe que ela tinha desejado com ardor que ao menos alguém aparecesse e levasse a menina para algum lugar melhor. E eis que alguém *tinha feito* isso.

Um olhar inconfundível de tristeza e frustração estampava o rosto do lorde Feiticeiro enquanto ele olhava para a cama. Dora sentiu uma pontada incômoda no coração.

— O que posso fazer? — perguntou Dora, antes de pensar melhor.

Elias olhou para ela. O fogo em seus olhos estava esgotado e subjugado, mas ele refletiu sobre a pergunta mesmo assim.

— Vou demorar um pouco para me preparar — avisou ele. — Mas percebo que a criança não parece muito confortável. A senhorita pode ajudar a senhora Dun a limpá-la e encontrar algo menos sujo para ela vestir enquanto eu estiver ocupado.

Elias saiu do quarto, e restaram apenas Dora, a senhora Dun e a senhorita Jennings apinhadas naquele espaço pequeno.

— O cavalheiro poderia pelo menos ter se dado ao trabalho de fazer as apresentações — murmurou a senhorita Jennings, franzindo o nariz.

— Não o chame de cavalheiro — alertou Dora automaticamente. — Ele não gosta nem um pouco disso.

Ao ouvir essas palavras, a senhora Dun abriu um sorriso para Dora. A matrona inclinou a cabeça para as duas mulheres.

— Eu sou a senhora Martha Dun — apresentou-se. — Administro esta casa em nome do conselho beneficente de senhoras. Normalmente funcionamos como um orfanato, mas o lorde Feiticeiro precisava de um lugar para isolar esses pacientes. Como ele fornece uma parte considerável de nossos fundos, não vi mal em atendê-lo.

Dora piscou.

— Ele nunca mencionou nada a respeito — comentou ela.

Por alguma razão, a revelação se misturou à pontada que sentia no coração com um sentimento estranho e palpitante.

Albert de fato disse que Elias odeia reconhecer seus impulsos generosos, pensou ela.

O sorriso da senhora Dun tornou-se irônico.

— Isso não me surpreende nem um pouco — foi tudo o que ela disse.

Dora apresentou a si mesma e a senhorita Jennings à senhora Dun. Em seguida, elas se dedicaram à tarefa de limpar a menina adormecida, que, na falta de um nome, Dora resolveu chamar de *Jane*. A tarefa teria sido pesada se houvesse apenas uma ou duas delas, mas com as três o trabalho foi bem mais tranquilo. A casa de trabalho não era nem um pouco asseada, e, pela maneira como a senhora Dun manuseava as roupas velhas de Jane, Dora desconfiou que a mulher pretendia queimar todas elas. Elas esfregaram a garotinha com panos úmidos e a vestiram com uma roupa simples e limpa de algodão.

O cabelo de Jane estava tão emaranhado que, quando elas começaram a tratar dele, a senhora Dun suspirou e avisou que teriam que cortar a maior parte. Nesse ponto, a pobre senhorita Jennings estava começando visivelmente a perder as forças; ela havia corrido tanto para cima e para baixo na casa de trabalho que agora suas mãos tremiam. Dora teve pena da mulher — afinal de contas, tinham lhe informado que ela seria apenas uma acompanhante — e perguntou se a senhora Dun poderia oferecer à senhorita Jennings uma xícara de chá.

— Eu tenho minha própria tesoura — revelou Dora. — Eu a mantenho bastante afiada, por razões pessoais. Posso cuidar do cabelo de Jane.

A senhorita Jennings aceitou a sugestão com grande alívio, e as duas mulheres desceram as escadas, deixando Dora sozinha com a garota. Ela sacou a tesoura que Vanessa lhe dera havia tanto tempo e começou a cortar os chumaços com os nós mais complicados.

Elias bateu educadamente na porta, e Dora o convidou a entrar. Quando parou atrás dela, Dora sentiu o olhar penetrante dele em suas costas.

— O que você está *sentindo*, Dora? — perguntou Elias baixinho. — Já pensou nisso?

Dora olhou para a tesoura na mão.

— Estou confusa — respondeu com suavidade. — Na casa de trabalho, houve um momento em que... fiquei profundamente furiosa. Um sentimento duradouro, Elias. Estou nauseada até agora. Se eu fosse normal, acho que ia sentir vontade de gritar com alguém ou chorar. Mas essas coisas não acontecem naturalmente comigo e não costumam me dar alívio.

O silêncio pairou entre eles. Dora sentiu um nó na garganta e tentou engoli-lo.

— Fiquei muito aliviada por você a trazer para cá — disse ela. — Mas ainda estou frustrada. Por que as casas de trabalho são *daquele jeito*? Eu achava que eram uma obra de caridade.

Ele pousou uma das mãos no ombro de Dora e o apertou.

— *Este* lugar é uma obra de caridade — afirmou Elias. — As casas de trabalho são lugares para varrer pessoas indesejáveis para longe da vista.

Lágrimas ardiam nos olhos de Dora, mas representavam apenas a superfície daquele poço muito profundo de angústia que permanecia dentro dela.

— Aquele tal de George Ricks — prosseguiu ela. — Acho que na verdade ele odeia todas as pessoas de quem cuida. É como se nem as enxergasse. Eu não sabia que era possível ser tão insensível.

Elias virou Dora com delicadeza para si. Ele deslizou o braço em volta dos ombros dela completamente, e Dora se viu pressionada junto ao peito dele, como Jane estivera antes. Ele era muito quente de perto, e suas roupas exalavam um aroma doce de mirra misturado ao cheiro da fumaça de tabaco que usara na casa de trabalho.

Dora não conseguia se lembrar de ter ficado com tanta raiva antes. Já tinha se sentido triste ou cansada algumas vezes, e Vanessa frequentemente a abraçava quando isso acontecia, até que o calor do lampião conseguisse expulsar aqueles sentimentos desagradáveis. Havia um calor de lampião em Elias também, Dora percebeu naquele instante. Era mais quente e não tão suave quanto o de Vanessa, mas de alguma forma era ainda mais reconfortante por causa disso. Dora sabia que ele também estava furioso, e era um alívio saber que havia mais uma pessoa no mundo que considerava aquelas coisas obviamente intoleráveis.

— Este mundo tem coisas ruins — Elias disse a ela baixinho. — Não adianta desviar o olhar. Não adianta *apenas* olhar. — Os dedos dele acariciaram o cabelo dela, e ela estremeceu. — Mas, às vezes, quando a pessoa não consegue forçar o mundo a acordar para a realidade, precisa se contentar em apenas acabar com um pouco das coisas ruins diante de si.

Aquelas poucas lágrimas estranhas molharam o colete dele. Dora assentiu, entorpecida. Porém, por mais que quisesse se afastar e deixar Elias fazer seu trabalho, percebeu que não conseguia se mexer. Havia um conforto único em recostar-se nele daquele jeito, e ela sabia que talvez nunca tivesse esse conforto novamente, uma vez que o interrompesse.

Permaneceram abraçados por alguns minutos. E, talvez Dora estivesse imaginando coisas, mas ela achou que Elias poderia estar pensando algo semelhante — que o abraço também lhe dava algum pequeno conforto e que seria difícil para ele abrir mão daquilo.

Ouviu-se uma batida na porta, no entanto, e isso fez Elias ficar tenso e afastar Dora de perto. A mão dele, agora sem luva, roçou na dela, o que fez o coração de Dora bater de um jeito estranho no peito. Mas então ele soltou um sibilo surpreso de dor, e ela viu que Elias havia tocado a tesoura por acidente. Dora se espantou e deixou a tesoura de lado, estendendo a mão para pegar a dele.

— O senhor está bem? — indagou ela. — Esqueci que estava segurando a tesoura. Por favor, diga que eu não lhe cortei.

A senhora Dun entrou, e Dora aos poucos se deu conta da situação imprópria em que estava. Eles não apenas tinham estado juntos no quarto *sozinhos*, como Dora arruinara a tentativa de Elias de salvar a dignidade dela ao pegar a mão dele e *tocá-lo*. Mas, certamente, ela concluiu, uma mulher prática como a senhora Dun iria compreender caso Elias tivesse sido *ferido*.

Elias puxou a própria mão para trás, com brusquidão. Mas Dora viu antes dele que não havia sangue, apenas um pequeno arranhão vermelho na forma da ponta de sua tesoura.

— Estou bem — disse Elias, formal, cobrindo a mão. — Foi só o susto.

A senhora Dun olhou de um para o outro. Por um segundo, Dora temeu que a mulher pudesse comentar algo sobre a proximidade deles, mas, em vez disso, sorriu com simpatia e amenizou a questão como se nada inconveniente estivesse acontecendo.

— A senhorita Jennings mencionou que tanto ela quanto a senhorita Ettings estão sem comer já faz algum tempo — relatou a mulher. — Preparei um lanchinho, se quiser resolver isso, senhorita Ettings.

Dora assentiu.

— Estou quase terminando o cabelo da Jane — informou ela. — Vou descer em seguida.

— Jane? — perguntou Elias. — Esse é o nome dela?

Dora evitou olhar para ele.

— É assim que a estou chamando por enquanto — respondeu ela —, pois não temos como saber seu nome verdadeiro até que ela acorde.

Por algum motivo, Elias se retraiu ao ouvir isso. Mas, o que quer que estivesse pensando, não manifestou em voz alta. Dora voltou a atenção para o cabelo de Jane, fazendo um trabalho um pouco mais rápido do que pretendia. Enquanto a senhora Dun esperava educadamente, pairando do lado de fora da porta, Dora murmurou para Elias:

— Então, tanto os seres feéricos quanto os magos têm medo de tesouras?

Em vez de olhar para ela, Elias observava a parede com uma expressão rígida.

— É o ferro — corrigiu-a, tranquilamente. — É uma maldição para as fadas e um anátema para toda a magia. Eu agradeceria se não voltasse a falar nisso, senhorita Ettings.

Dora estreitou os olhos. Ela baixou ainda mais o tom de voz.

— E foi por isso que sua magia falhou no campo de batalha, não foi? — indagou. — Você foi perfurado por um objeto de ferro. Ficou sem poder usar a magia até que o senhor Lowe removesse os fragmentos de seu corpo.

— Não é de conhecimento público — disse Elias em voz baixa. — Por favor, não conte por aí, Dora.

Dora assentiu com seriedade.

— Não tenho motivos para fazer isso — declarou. — Você está guardando meus segredos. Irei guardar o seu também.

Quando a última mecha de cabelo emaranhado de Jane caiu sob a tesoura, ela se virou para encará-lo.

— Mas os magos são *queimados* pelo ferro, Elias?

Seus olhos dourados se fecharam, e Dora teve certeza de que uma nova cautela havia brotado nos modos dele.

— Não vou insistir no assunto — continuou ela. — Sei que tem trabalho a fazer.

Elias assentiu brevemente, e ela se levantou, passando por ele rumo ao corredor.

Como Dora logo descobriu, a senhora Dun havia arranjado muito mais que um lanchinho. Ela se dera ao trabalho de preparar um almoço completo para elas, e, enquanto Dora comia, percebeu como estava faminta. Depois, Dora ousou subir as escadas para verificar o progresso do lorde Feiticeiro, mas, como a porta estava fechada, ela não quis bater e possivelmente atrapalhá-lo, portanto desceu novamente e foi ver a senhora Dun e algumas das outras crianças.

Ficou sabendo que dezoito crianças moravam na casa, sem contar Jane, que todas elas tinham sido removidas de casas de trabalho e realocadas, e que muitas delas eram pacientes que Albert havia tratado em algum momento. A senhora Dun, que Dora descobriu ser viúva, administrava a casa, e a extensão de seus deveres era exaustiva. Na maior parte do tempo, ela era responsável por cozinhar, limpar e educar todas as dezoito crianças, embora algumas das mais velhas tivessem aprendido a ajudá-la. Era visível que as crianças a adoravam, e Dora não pôde deixar de comparar positivamente os modos austeros, porém amorosos, da senhora Dun com a rigidez terrível que vira em George Ricks.

A senhorita Jennings, apesar de cansada, sentiu-se no mesmo instante à vontade com as crianças, de uma forma que Dora não conseguiu. A ex-governanta sorria para elas e ouvia suas histórias, de vez em quando estendendo a mão para ajeitar distraidamente o colarinho de uma camisa ou limpar uma bochecha.

Passado um tempo, Elias reapareceu ao pé da escada com uma carranca irritada.

— Senhorita Ettings! — gritou ele.

Dora o olhou sem nada dizer.

— A senhorita compreende francês razoavelmente, certo? — questionou ele.

— Sim, razoável — concordou Dora.

Elias gesticulou em direção às escadas.

— Preciso da sua opinião quanto a uma tradução.

Dora se levantou e o seguiu. Para sua leve decepção, a senhorita Jennings a seguiu.

Quando chegaram ao andar de cima, Elias colocou Dora diante de um daqueles tomos franceses medievais, e ela lutou para traduzir as propriedades do humor fleumático. Depois que leu para ele várias vezes, o lorde Feiticeiro meneou a cabeça e sacou sua varinha de madeira, sacudindo-a sobre Jane. Nada de especial aconteceu que Dora pudesse ver, e Elias franziu a testa, consternado.

— Esperava algo em particular, milorde? — perguntou a senhorita Jennings, curiosa.

Ao que parecia, a ex-governanta não era indiferente à novidade de assistir ao trabalho de um mago.

— Se estamos lidando com um desequilíbrio de sentimentos, então a fleuma parece ser a culpada mais provável — explicou Elias devagar, como se pensasse em voz alta. — De acordo com esses estudiosos, uma quantidade excessiva pode levar à sonolência. E, se a fleuma está associada à água, como dizem, então eu deveria conseguir detectar uma superabundância. Mas ela tem uma quantidade ínfima de fleuma infantil, ao que parece, e não superabundância.

Elias voltou-se para as duas mulheres.

— Posso comparar com uma de vocês? Senhorita Ettings...— Ele se deteve e balançou a cabeça, e Dora supôs que ele devia ter se lembrado tarde demais de que era improvável que ela também tivesse uma configuração normal de sentimentos. — Senhorita Jennings — corrigiu-se. — Se não se importa.

A ex-governanta concordou, com aquele tipo de sorriso que sugeria que ela contaria a história de ter sido examinada pelo lorde Feiticeiro por semanas. Elias passou a varinha diante dela, e, desta vez o instrumento pareceu oscilar em sua mão para um lado e para outro, como se puxado por uma maré invisível.

Isso não pareceu agradá-lo, uma vez que o levava de volta à estaca zero — a senhorita Jennings tinha ainda mais fleuma que Jane, e a ex--governanta estava bem acordada. Elias bufou e fechou o livro na frente de Dora.

— Não são os sentimentos, então! — exclamou ele, irritado. — Que inútil. — Elias dispensou-as com um gesto. — Vou ficar nisso a noite toda. A menos que as duas pretendam dormir na outra cama, é melhor partirem em breve.

— Isso não parece tão ruim — observou Dora.

A senhorita Jennings lançou-lhe um olhar perplexo, e Dora percebeu que, mais uma vez, tinha dito algo estranho.

— Eu estava… tentando fazer uma piada — emendou Dora. — Por favor, me perdoem.

Ela não tinha entendido qual parte da conversa tinha sido tão desconcertante, mas a senhorita Jennings pareceu tão *instantaneamente* chocada que Dora supôs que tivesse algo a ver com seus deveres de acompanhante.

— Vamos partir, então — informou a senhorita Jennings a Elias.

Ela pegou o braço de Dora, e as duas se dirigiram para a porta. No entanto, Dora não resistiu e olhou por cima do ombro enquanto saíam.

A última coisa que viu foi o vulto tenso e frustrado do lorde Feiticeiro sentando-se em uma cadeira e se preparando para buscar uma nova teoria.

Nove

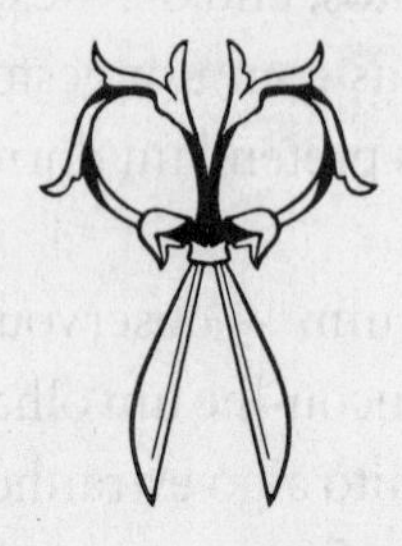

Tia Frances estava em casa quando Dora chegou com a senhorita Jennings. Ela ficou imediatamente ansiosa para saber como tinha sido o dia de Dora e se ela havia conseguido fisgar a atenção de Albert. Dora percebeu que estava se sentindo menos paciente com aquela bobagem do que o normal, por conta das coisas que vira naquela tarde, mas sua tia não conseguia distinguir a diferença entre a distração normal de Dora e seu comportamento de agora, o que, para variar, acabou por beneficiá-la. Dora mencionou a afirmação de Albert de que ela seria bem-vinda para se juntar a ele em seu trabalho novamente, o que agradou tanto sua tia que ela apenas franziu a testa de leve quando soube que Dora havia passado parte da tarde ajudando o lorde Feiticeiro em vez de Albert.

Dora recebeu a informação de que Vanessa participaria de um jantar privado naquela noite, então ela jantou no quarto, encarando a cômoda, sentindo-se tentada. De alguma forma, conseguiu se segurar por mais uma hora até pegar o espelho.

A mente de Dora estava tão concentrada em Elias que não demorou muito para formar a figura dele em sua imaginação. A imagem do lorde

Feiticeiro ondulou diante dela, sentado em uma cadeira ao lado da cama de Jane, com uma expressão péssima e cansada.

Como Elias havia sentido a presença dela da outra vez, Dora presumiu que ele já estivesse ciente de sua intromissão. Ainda assim, fez-se um longo silêncio antes que ela encontrasse o que dizer.

— As coisas não estão indo bem — observou Dora sem emoção.

O sentimento era mais forte que sua capacidade de expressá-lo de maneira adequada.

— Passei esse tempo todo formulando teorias e testes para quando encontrássemos outra vítima — contou Elias, exausto. — Tinha certeza de que desta vez uma de minhas ideias funcionaria. Mas já tentei de tudo na minha lista e estou sem ideias de novo.

Havia uma sensação de fatalidade sombria naquela afirmação, algo que Dora não gostou muito.

— Mas você tem tempo — objetou ela lentamente. — Encontrou a vítima bem mais cedo, não foi isso que você disse? E Jane não parece estar febril ou em sofrimento.

Elias fechou os olhos.

— É difícil manter viva uma pessoa que não consegue comer ou beber por conta própria — explicou. — A senhora Dun fará o possível. Mas não posso, em sã consciência, deixá-la esperançosa.

Dora se acomodou na cama vazia ao lado. Não havia pressão nem textura sob seus dedos. Mas Dora concluiu que era tão fácil para ela esquecer como eram as coisas reais que dificilmente fazia diferença se estava acordada, sonhando ou praticando vidência.

Ela *estava* chateada, isso era óbvio. A desesperança no rosto de Elias transmitia uma percepção melancólica de que mesmo aquela tentativa pequena e específica de consertar as coisas provavelmente não daria em nada. Mas Dora refletiu que Elias sentia tanto as emoções duradouras quanto as repentinas, e ela não conseguia imaginar quão arrasado ele estava se sentindo com aquela situação.

Jane não tinha sido a primeira vítima a se deitar naquele quarto. Naquela tarde, a senhora Dun revelara a elas que Elias havia levado mais de uma criança ali para tentar entender a condição. Ele dera a cada criança uma cama macia e sossegada e um pouco de luz solar, mas havia fracassado em todas as tentativas de impedir a inevitável deterioração enquanto dormiam até o final de suas vidas.

Dora estendeu a mão no braço da cadeira até tocar a de Elias. Os dedos dela encontraram algum tipo de resistência, mas havia um estranho torpor sugerindo que nenhum dos dois conseguia sentir muita coisa. Mesmo assim ela manteve o toque, por falta de algo melhor para oferecer.

Elias fechou os dedos em volta dos dela, embora fosse como tentar agarrar a mão de um fantasma.

Eu gostaria de estar com ele pessoalmente, pensou Dora.

— Então você vai insistir até o fim — comentou ela, quebrando o silêncio desolador que se instalara. — Ficando aqui, ou procurando por mais livros, ou pesquisando novas ideias?

Elias assentiu devagar.

— Não vou desistir e abandoná-la — murmurou ele.

Dora tentou apertar a mão dele, mas, pela falta de reação, soube que o gesto em nada adiantara.

— Você é a melhor pessoa para tentar, é lógico — afirmou ela. — Mas, talvez, enquanto estiver experimentando com a magia, o senhor Lowe e eu possamos procurar respostas por outros meios. Todas as crianças afetadas até agora moravam em casas de trabalho?

Elias franziu a testa. Dora o viu lutando contra a derrota vidrada em seus olhos.

— Sim — respondeu ele. — Mas isso não quer dizer muita coisa. Albert visita as casas de trabalho com frequência, e foi assim que ele descobriu essa peste. É bem possível que, se ele visitasse com mais frequência o campo, trouxesse os primeiros casos de lá.

Dora refletiu por um instante.

— Seja como for — disse ela —, você nunca viu um adulto com essa doença estranha. Se falarmos com as crianças nas casas de trabalho e as observarmos de perto, talvez possamos encontrar algo em comum entre as vítimas. Se a peste é causada por magia, como você suspeita, então todas elas tiveram contato com a fonte causadora em *algum* momento.

Elias respirou fundo. Parte do terrível mal-estar desapareceu da postura dele, aliviando a sensação de impotência da própria Dora quando percebeu que tinha sido a causa.

— Essa é… uma boa ideia — retrucou ele. — Eu ficaria grato a vocês dois se pudessem prosseguir com isso. — Ele se virou para olhá-la, e seus olhos dourados piscaram com incerteza. — Entretanto, temo que não conseguirei pesquisar sua maldição por um tempo, agora que há outra vítima. Sinto muito, Dora.

Dora balançou a cabeça.

— De que adiantaria recuperar meus sentimentos, se for para ver todo esse sofrimento? — questionou ela. — Prefiro ver isso resolvido antes que você gaste mais um minuto comigo. Meus problemas não são urgentes.

Elias conseguiu abrir um pequeno sorriso.

— Sabe, Dora... — murmurou. — Conheço muitos seres humanos com a alma completa que não têm metade da compaixão ou do senso prático que você tem. Em um dia ruim, eu diria que isso é uma espécie de acusação contra a alma humana. Mas agora acredito que você é abastada com ambas qualidades. — Ele encontrou os olhos de Dora, e ela sentiu o calor dele impregnar seu ser, como um bálsamo em torno de suas extremidades esfarrapadas. — Resumindo, embora eu seja péssimo em dizer essas coisas… Estou contente que você esteja aqui.

A gratidão no rosto dele paralisou Dora. Era mais uma expressão que ela nunca esperara ver no lorde Feiticeiro. Como ele era diferente do homem que havia tentado assustá-la na loja de artigos de magia em Berkeley Square! No entanto, não tinha sido o homem em si que havia mudado tanto, e sim o conhecimento que ela tinha dele. Elias ainda era desagradável para toda a sociedade e a polidez de bom-tom. Mas, quando Dora examinou a si mesma, percebeu que ele havia conquistado o cantinho quentinho de seu coração que ela normalmente não concedia a ninguém além de sua prima mais querida. E que Elias parecia ter descoberto um carinho semelhante por ela, mesmo que por um instante, despertando outra vez aquelas palpitações leves e confusas para as quais ela ainda não tinha nome.

— Acho que você é uma boa pessoa, Elias — disse a ele, à guisa de resposta. Em público, talvez tivesse censurado o pensamento, mas fazer isso lhe exigia um esforço incomum, e ela estava começando a achar que era agradavelmente desnecessário fazer este esforço perto dele. — E quer tenhamos sucesso desta vez ou não, acho que Jane tem sorte de contar com sua dedicação. — Dora olhou para a menina na cama e lembrou-se da corrente de pavor que ainda fluía sua mente, pensando em quão pouco tempo lhe restava. — Se precisar de mais traduções e o senhor Lowe estiver ocupado, estarei à disposição — acrescentou ela.

Uma estranha confusão surgiu no rosto do mago enquanto ela falava. Dora não sabia bem qual seria o motivo da reação; na verdade, ela pensou que havia sido direta até *demais*, para que sua intenção não fosse mal interpretada.

Elias alisou o rosto e voltou a exibir o sorriso sarcástico habitual.

— Tenha certeza de que vou aceitar sua oferta — informou. — Embora para isso eu tenha que driblar os dragões que a protegem. Vou me certificar de deixar meus apetrechos para matar dragões à mão.

Dora ficou com Elias por mais algum tempo, acomodada em um silêncio cúmplice enquanto ele continuava a considerar as próprias opções. Já era bastante tarde quando ela piscou e se viu deitada na cama, com a bochecha no espelho e os pensamentos confusos.

No dia seguinte, quando Dora despertou, ficou satisfeita ao descobrir que tomaria um raro desjejum sozinha com Vanessa, pois estivera dormindo durante a primeira metade dele. Infelizmente, Vanessa ouvira falar do encontro de Dora com o lorde Feiticeiro no dia anterior e estava ansiosa por notícias do progresso de seu caso. Quando Dora contou a Vanessa que o lorde Feiticeiro não tinha intenção de buscar a cura por enquanto, a prima ficou transtornada.

— Mas ele precisa continuar! — gritou Vanessa, e Dora teve que silenciá-la antes que atraísse o tipo ruim de atenção. Vanessa baixou o tom com relutância, mas sua expressão estava angustiada. — Se ele não vai curar você, então não sei quem vai, Dora. E o que faremos quando nossa estadia em Londres terminar e você precisar voltar para Lockheed?

Dora balançou a cabeça.

— Você entendeu mal, Vanessa. Eu também não vou buscar minha cura por enquanto. Algumas questões mais importantes estão acontecendo, e eu não posso, em sã consciência, fingir que elas não existem.

Dora tentou relatar as coisas horríveis que vira na casa de trabalho e sua preocupação com Jane, que enfraquecia mais e mais a cada hora. Mas, para surpresa de Dora, Vanessa não a escutou com a atenção que ela esperava. O lindo rosto da prima se manteve distante e preocupado, e Dora suspeitou que, enquanto Vanessa a ouvia, por dentro arquitetava algum novo plano para salvar a alma de Dora.

— Vanessa! — chamou a atenção da prima. — Não está escutando? Existem pessoas sofrendo horrores muito maiores que o meu.

— Ah, Dora! — retrucou Vanessa, com lágrimas nos olhos. — *Sempre* tem gente passando por coisa pior, tenho certeza. Mas você é minha prima, e é quem eu mais amo. É tão errado da minha parte colocar você em primeiro lugar, depois de todos esses anos vendo que suporta tantas privações?

Dora ficou perplexa. Era exatamente o tipo de discurso emocionado que esperaria de Vanessa. Mas, pela primeira vez, o assunto a levou a um momento de hesitação desconfortável.

— Vanessa... sempre tive o maior apreço por sua bondade e generosidade. Estou mais que surpresa... ou melhor, *decepcionada*... por ouvi-la sugerir que eu deveria deixar uma garotinha morrer em prol de minhas próprias necessidades.

Vanessa esmoreceu. Dora viu o grande esforço no rosto de sua prima enquanto ela tentava conciliar os próprios impulsos. Vanessa levou a mão à boca e parou de falar.

Pela primeira vez, Dora viu a prima de um jeito diferente. Com toda a certeza, seu amor e sua generosidade ainda eram profundos, mas esses sentimentos, de certa forma, também eram bastante simples e infantis.

Vanessa amava de uma maneira feroz e protetora, e sempre escolhia defender as pessoas que considerava desamparadas. Mas sua prima jamais havia demonstrado amor ou mesmo compaixão por alguém que ela não tivesse visto com os próprios olhos.

A descoberta desse defeito em sua prima deixou Dora bastante perturbada. Por muitos anos, ela havia considerado Vanessa o modelo perfeito de dama — a epítome de tudo a que deveria aspirar quando recuperasse a plenitude de suas faculdades. Mas, agora, mesmo que Vanessa fosse adorável em tantos aspectos, Dora tinha encontrado nela uma qualidade desagradável que despedaçou a imagem de perfeição que havia em sua mente.

— É isso que quer, então, Dora? — perguntou Vanessa em voz branda.

Dora franziu a testa.

— É o que você também deveria querer — reiterou ela, embora uma parte de si soubesse que estava sendo grosseira em sua insistência.

Vanessa olhou para baixo.

— Eu gostaria de mudar minha natureza — admitiu em voz baixa —, até porque odeio desapontá-la, Dora. Mas não posso fingir que gosto dessa decisão, exceto para agradar você. Irei apoiá-la, mesmo porque poucas vezes a vi tão chateada.

Dora comprimiu os lábios. Ela foi tomada por uma sensação terrível e desconexa que não conseguia se lembrar de ter sentido antes. Até então, sempre tinha concordado com Vanessa em todas as coisas que julgava mais importantes. Perder esse sentimento era uma dor quase tão terrível quanto a de perder a própria Vanessa.

— Venha comigo — suplicou Dora à prima.

Vanessa hesitou.

— Ir com você? — indagou. — O que… Para uma casa de trabalho, Dora? Mas não sou tão forte quanto você… Certamente eu passaria mal! Além disso, tia Frances e a condessa jamais permitiriam.

Dora estreitou os olhos.

— Apesar de tudo — disse ela —, sempre fomos honestas uma com a outra, Vanessa. E, por mais que eu ame você, estou achando que sempre me sentirei frustrada quando me lembrar desta conversa, a menos que um dia você me acompanhe em uma visita para ver como são as casas de trabalho com seus próprios olhos. — Ela fez uma pausa antes de acrescentar: — Se você conseguiu dar um jeito de vir a Londres para encontrar o lorde Feiticeiro, minha querida prima, acredito que consegue muito bem ir a uma casa de trabalho comigo.

Vanessa hesitou novamente. Dora podia ver a mente da prima se revirando, angustiada com a ideia.

Dora se levantou da mesa do café da manhã e inclinou a cabeça.

— Estou sendo tão sincera quanto sempre sou — continuou ela. — Se você se importa com o pouco que resta do meu coração, creio que encontrará uma maneira de atender ao meu pedido.

Enquanto Dora caminhava para o corredor, ouviu uma batida na porta da frente, não muito distante. O mordomo murmurou com alguém, e a porta se fechou.

— O que foi? — indagou tia Frances em voz alta. — Que nova bruxaria está diante de nós *agora*?

Dora desviou de seu caminho e foi na direção da entrada, onde sua tia encarava o mordomo. O empregado segurava nos braços uma nova entrega de rosas — mas não eram rosas que Dora já tivesse visto antes, e ela suspeitava que dificilmente seriam vistas por alguém outra vez. Metade das flores tinha pétalas de um verde-esmeralda sobrenatural, que parecia brilhar com seu próprio tipo extravagante de luz. A outra metade era etérea e incorpórea, e, enquanto se maravilhava com elas, Dora percebeu que eram feitas inteiramente de uma fumaça cinza-prateada que parecia ondular no ar frio da casa.

As flores eram das cores exatas de seus olhos.

Tia Frances voltou-se para Dora com os olhos arregalados.

— Isso é despeito! — arrulhou ela. — O mago tem algum rancor disparatado desta família! Não consigo imaginar o que fizemos para merecer tamanha ira!

Dora inclinou a cabeça, confusa.

— Não acho que ele mandaria flores tão lindas por despeito, tia Frances — argumentou. — Embora… como eu de fato o provoquei com a questão das flores, posso ver a natureza perversa que o fez enviá-las *agora*.

Em seu íntimo, Dora desconfiou que as flores fossem uma espécie de pedido de desculpas pela demora em sua cura, mas não disse isso em voz alta.

— Ele faz o possível para atrapalhar sua conexão com o homem que ele chama de amigo — resmungou tia Frances, como se não tivesse ouvido uma palavra. — Que homem horrível e desagradável! Se não tem a intenção de se casar com você, então por que insiste em cortejá-la? Deve ser para envergonhar a todas nós!

O comentário deixou Dora cabisbaixa. Sabia que Elias só havia aceitado a tola função de cortejá-la para proteger Albert e ela dos propósitos das velhas maritacas. Mas ouvir em voz alta que ele *não tinha* intenção de se casar com ela deixou uma espécie de vazio dentro de Dora.

Por que a verdade me deixa tão aflita?, Dora se perguntou. *Eu estava satisfeita por ter uma desculpa para não me casar nesta temporada. É generoso de Elias prosseguir com a farsa, considerando quão freneticamente ocupado ele está.*

— No entanto — disse Dora à tia —, não é bom jogar presentes mágicos fora. — Ela alegou isso principalmente porque viu que tia Frances estava examinando as flores com grande desgosto, e a ideia de perdê-las a incomodou demais. — Por favor, não alimente o despeito dele, tia Frances. Ele é muito ocupado e, em algum momento, esse sentimento deve desaparecer se não o contrariarmos.

Tia Frances suspirou profundamente e balançou a cabeça para o mordomo.

— Ah! — exclamou ela. — Esconda essas flores em algum lugar! Meus nervos não suportam a visão delas.

Em seguida, a mulher saiu da casa às pressas, e Dora correu em direção ao mordomo na mesma hora.

— Deixe as flores comigo, eu me livro delas — assegurou ela.

Dora levou as flores para o quarto e as colocou na cômoda, acima da gaveta onde havia escondido o espelho. Pensou que elas eram realmente muito bonitas, embora fosse provável que, para alguém com o prodigioso talento do lorde Feiticeiro, tivessem exigido apenas poucos segundos de trabalho. Dora ficou olhando para elas por mais tempo que deveria. Por fim, percebeu um cartão de visita aninhado em meio ao buquê. Ela o puxou para ler.

Lorde Elias Wilder, dizia o cartão em uma letra cursiva num garrancho. E, embora o nome não fosse nenhuma surpresa, Dora sentiu-se quente e um tanto confusa enquanto o observava. O nome estava meio torto, e ela se perguntou se Elias havia escrito o cartão de próprio punho. Parecia o tipo de coisa que ele faria. Tia Frances provavelmente teria considerado isso outro insulto, mas a mente de Dora se agarrou com satisfação à ideia por algum motivo.

Já pensou, soou uma voz baixa no fundo de sua mente, *se essas flores tivessem sido mandadas com um propósito sincero.*

Era um pensamento desconcertante. Dora não sabia de onde tinha vindo. Ela nunca havia sido muito apaixonada por flores nem sonhado em recebê-las. Mas *aquelas* flores lhe agradavam muito, e era particularmente estranho desejar que fossem dela ainda que ao mesmo tempo já *pertencessem* a ela.

Tenho assuntos bem mais importantes para cuidar que flores, Dora lembrou a si mesma, assim como havia lembrado a Vanessa.

Ela se forçou a abandonar a contemplação inútil, e as deixou na cômoda atrás de si.

Dez

Albert provavelmente tinha falado com Elias, porque ele apareceu para ver Dora vários dias seguidos, para grande alegria das maritacas. Albert não estava muito satisfeito em dar a elas motivos para esperar pelos sinos de casamento, mas tanto ele quanto Dora tinham ciência de que trabalhavam contra o tempo, e assim ele aturou a empolgação das mulheres com o clássico estoicismo inglês. Levou Dora a cada uma das casas de trabalho em que haviam encontrado casos da peste, para que interrogassem os internos.

Dora chegou a alimentar uma vaga esperança de que a Casa de Trabalho da Cleveland Street fosse uma exceção horripilante e que as demais casas fossem melhores, mas logo foi forçada a descartar a hipótese. As outras casas de trabalho eram igualmente terríveis à sua maneira, todas abarrotadas, miseráveis e repletas de doenças. Nem todos os internos dessas casas de trabalho se dedicavam à tarefa de desfiar cordas de cânhamo; alguns ficavam nos pátios quebrando pedras, enquanto muitas das mulheres e crianças se ocupavam em fiar e costurar em um ritmo desumano, a exaustão estampada no rosto.

Embora a senhorita Jennings tenha sido obviamente forçada a acompanhá-los, ela se mostrou uma bênção inesperada para toda a situação:

Dora não era muito boa em prender a atenção das crianças, mas a ex-governanta sabia como fazê-las se comportarem enquanto Dora fazia perguntas a elas. Depois disso, muitas vezes Dora viu a mulher dando guloseimas para as crianças mais obedientes a fim de compensar suas dificuldades.

Certamente havia uma inquietação geral em torno da peste e muita especulação relacionada à sua origem. Dora logo começou a perceber que havia mais conjecturas e superstições do que fatos concretos. Muitas das crianças com quem conversou tinham os próprios rituais e cuidados que juravam funcionar para protegê-las de serem infectadas, cada um totalmente diferente dos outros.

— Será que tem algo nos ramalhetes? — observou a senhorita Jennings, enquanto voltavam para o posto de Albert na enfermaria.

A ex-governanta se interessara quase tanto pela tarefa quanto Dora; estava até carregando consigo um pequeno diário para fazer anotações.

— Talvez — disse Dora. — Pelo menos tomamos nota disso. Se houver realmente algum valor mágico protetor na flor, então suponho que o lorde Feiticeiro saberá avaliar. — Ela balançou a cabeça. — A única coisa com que todas as crianças concordam é que o dirigente da casa de trabalho tem lançado um olhar maligno para todas que ele considera detestáveis. E, embora eu tenha certeza de que o dirigente Thomas é tão terrível quanto o dirigente Ricks, duvido que *todos* os dirigentes de casas de trabalho com crianças que pegaram esta doença sejam magos em segredo.

— Anotei isso também — declarou a senhorita Jennings com certa teimosia. — Não somos especialistas, senhorita Ettings, por isso não sabemos o que é relevante.

— Parece muito empenhada em nosso trabalho, senhorita Jennings — comentou Dora. — Fico contente, mas confesso que estou surpresa. A senhorita poderia muito bem ter se acomodado em um canto e tomado chá o dia todo, considerando quão pouco suas empregadoras realmente desejam que me vigie.

A senhorita Jennings corou, e Dora percebeu que era provável que a ex-governanta só havia sido encorajada a relaxar na vigilância por meio de insinuações e sugestões, em vez de por falas explícitas. Mesmo assim, a acompanhante se recompôs.

— Receio que não sou muito boa em ficar sem fazer nada — alegou. — Admito que fere meu senso moral ser paga para *evitar* a supervisão. Mas uma mulher na minha posição não pode ser exigente quando se trata de dinheiro, senhorita Ettings, e estou sendo muito bem paga para fazer vista grossa ao seu comportamento. — Ela olhou com culpa para o diário em suas mãos. — Sempre adorei crianças, é óbvio. Mas acho que me dediquei ao assunto em parte para acalmar minha consciência.

Dora lançou um olhar interrogativo.

— E qual é a sua posição, senhorita Jennings? — perguntou, curiosa.

A ex-governanta a fitou com surpresa.

— Bom... eu sou uma mulher solteira, senhorita Ettings — respondeu ela. — Não tenho muito em termos de riqueza ou conexões, além do que lady Hayworth e sua filha generosamente me proporcionam. — Seu semblante mostrou preocupação. — Em termos técnicos, estou na mesma categoria que a senhorita, sabe? Meu pai era barão. Mas teve quatro filhas, e não consegui me casar antes de ele morrer. Tive a sorte de receber uma oferta de emprego como governanta. A filha de lady Hayworth me manteve em sua nova casa como dama de companhia, mas sei que o marido dela não gosta de me ter por perto.

Dora franziu a testa.

— Talvez eu também possa ser governanta, então — disse ela sem pensar.

A senhorita Jennings lançou um olhar aflito à Dora.

— Ah, com certeza não! — contestou ela. — Por favor, nem pense nisso, senhorita Ettings. Não é um trabalho tão bom quanto deve estar pensando, e a pessoa pode ser dispensada a qualquer momento. Algumas vezes, quando milady estava chateada comigo, eu temia que no futuro acabaria em um lugar como este. — Ela balançou a cabeça. — O senhor Lowe é um bom homem. Posso ver que ele não tem sua preferência, mas *precisa* pensar em seu futuro, senhorita Ettings. Tem alguma chance de conquistá-lo, e certamente deve aproveitá-la.

Dora franziu a testa.

Eu não deveria ter transparecido minha falta de interesse, pensou. *Espero que a senhorita Jennings não me dedure.*

Quando se encontraram novamente com Albert, ele admitiu que tinha tido pouca sorte com seus próprios interrogatórios, apesar de minuciosos. Dora pensou que eles iriam para outra casa de trabalho a fim de continuar suas investigações, mas ficou surpresa quando Albert ordenou que a carruagem voltasse para casa.

— Algo errado? — indagou ela.

Albert olhou para Dora com espanto.

— Não, nada — replicou ele. — Minha mãe insistiu que sua família jantasse conosco esta noite. Não foi informada?

Dora balançou a cabeça.

— Não — respondeu ela. — Embora alguém possa ter mencionado e eu não ter prestado atenção. Isso acontece às vezes.

— É bom se preparar, senhorita Ettings — sugeriu Albert, empático. — Pode ser que minha mãe insista em conversar mais com a senhorita. Caso se sinta oprimida, fale sobre arranjos de flores. É algo que ela não suporta, mas não vai querer tratá-la com indelicadeza. Talvez isso lhe garanta um momento para respirar.

Dora sorriu.

— Esse é um conselho extremamente útil, senhor Lowe — afirmou ela. — Farei o possível para resistir, mas é bom saber.

Dito e feito: Dora mal tinha pisado em casa e logo foi arrastada para o quarto e atacada pelas criadas. Ela não tinha muita coisa apropriada para vestir em um jantar com uma viscondessa, então foi obrigada a usar a musselina branca pela segunda vez. Isso não incomodou particularmente a própria Dora, embora tia Frances tenha resmungado por alguns minutos a caminho da Mansão Carroway. A condessa foi forçada a enviar suas desculpas por conta de uma dor de cabeça, ainda que estivesse disposta o bastante para acompanhá-las até a saída.

Vanessa estava absolutamente resplandecente, é obvio. Ela havia comprado um vestido azul-claro que combinava muito bem com seu tom de cabelo e de pele. Se Dora estivesse em um momento melhor com a prima, teria pensado que Vanessa estava tão linda quanto uma noiva no dia do casamento, mas um resquício de desconforto ainda não havia desaparecido, e Dora suspeitava que permaneceria até que Vanessa fosse com ela visitar uma das casas de trabalho.

Era estranho ser recebida na Mansão Carroway sem uma multidão ao redor. Os corredores estavam vazios em comparação à última visita, e elas foram conduzidas para um salão bem menor para o jantar.

Lady Carroway levantou-se para cumprimentá-las, oferecendo muitas saudações entusiasmadas e beijos no rosto das damas do grupo. O próprio lorde Carroway e os dois filhos mais velhos estavam presentes, assim como Albert, e o grupo foi apresentado a todos. Dora não deixou de notar o fato de que a colocaram para se sentar ao lado de Albert e a mãe dele, em uma das pontas da mesa. Vanessa tinha sido acomodada mais perto da outra extremidade, ao lado de tia Frances e em frente aos dois irmãos mais velhos de Albert, o que deve ter deliciado a tia de Dora.

— Ah, por favor, conte-me como está indo seu trabalho com meu filho, senhorita Ettings — pediu lady Carroway pouco depois de a sopa ser servida. — Ouvi dizer que vocês dois têm estado muito ocupados.

Albert colocou a mão sobre a boca e pigarreou.

— Acho que isso não é assunto para o jantar, mãe — alertou ele em voz baixa.

Lady Carroway dispensou-o com um gesto.

— Estamos na ponta da mesa — retrucou ela. — Tenho certeza de que podemos falar baixo para não incomodar ninguém.

Dora franziu a testa, forçando-se a se concentrar no presente. *Tenho que dar um jeito de me ater aos assuntos apropriados*, pensou ela.

— Nós já… estivemos em muitas casas de trabalho — disse lentamente. — São pessoas dignas de pena, lady Carroway, com certeza. Em especial as crianças.

— Ah, sim — concordou lady Carroway com empatia. — Estou sempre muito preocupada com as crianças. Nosso grupo de caridade administra um orfanato e acho que deve ser nosso trabalho mais importante.

— Eu sei — afirmou Dora, sentindo um carinho genuíno pela mulher. — Estive no orfanato. E é um trabalho muito importante. Quem dera se todas as crianças das casas de trabalho fossem tão bem-cuidadas, lady Carroway.

Lady Carroway sorriu.

— Talvez, senhorita Ettings, quando estiver casada, possa tentar patrocinar seu próprio orfanato — sugeriu ela. — Seria um esforço muito valoroso. Eu teria a maior satisfação em ajudar.

A mãe de Albert não conseguiu se segurar e contemplou o filho, que curvou os ombros de leve sob o olhar dela.

— É muita generosidade de sua parte, milady — comentou Dora. Não era difícil para ela manter um tom neutro, mas achou que Albert estava muito desconfortável, então mudou de assunto. — Talvez eu encha o orfanato de flores — acrescentou. — Eu amo flores. Acho que encheria o lugar com lavanda fresca se pudesse. Tem uma flor favorita, lady Carroway?

A mãe de Albert se encolheu quase imperceptivelmente, mas manteve o sorriso no rosto.

— Ah, eu… muitas vezes não consigo escolher — retrucou ela. — Lavanda parece ótimo.

— Mas os crisântemos têm um cheiro ainda mais doce, eu acho — continuou Dora. — Poxa. Agora também não consigo escolher. Acha que eu poderia juntar as duas, ou isso seria tolice?

Albert tinha se animado um pouco, e um sorriso brincou em sua boca.

— Mas as duas florescem na mesma época, senhorita Ettings? — indagou ele. — Confesso que não sei o suficiente sobre flores para dizer.

Lady Carroway lançou um olhar de reprovação ao filho, mas Dora fingiu não notar.

— Minha nossa, senhor Lowe — disse Dora. — Acredito que esteja certo. Os crisântemos florescem um pouco depois que a lavanda. Agora vou precisar mesmo escolher entre uma ou outra, e não gosto de escolher.

A mãe de Albert parecia desesperada para mudar de assunto. Mas, antes que ela pudesse intervir, um lacaio entrou na sala de jantar e pigarreou.

— Lorde Elias Wilder para o senhor Albert Lowe — informou o empregado.

Lady Carroway ficou boquiaberta.

— O quê? No meio do jantar? — questionou ela. — Por que raios você o deixou entrar, Chalmers? Deveria dizer a ele que já temos visitas!

— O entusiasmo de sua recepção continua inigualável, lady Carroway — comentou Elias, seco.

Ele já havia passado pelo lacaio e entrado na sala de jantar. Elias estava vestido praticamente da mesma forma de quando Dora o havia visto pela última vez. Ainda que suas roupas estivessem limpas, ela notou que ele estava abatido e cansado.

— Seus assuntos com certeza podem esperar — disse Lady Carroway a Elias, com os olhos semicerrados.

— Mas que bobagem!

A interjeição veio da ponta da mesa, onde lorde Carroway estava sentado. Ele se levantou e caminhou na direção de Elias.

— Eu mesmo já disse a Chalmers que o lorde Feiticeiro é sempre bem-vindo em nossa casa, querida — continuou lorde Carroway, dirigindo-se à esposa. — Ele prestou muitos serviços à nossa família, e jamais será tratado como um estranho.

Elias inclinou a cabeça levemente para o visconde em reconhecimento.

— Com certeza esgotarei esse acolhimento mais cedo ou mais tarde — declarou ele. — Mas, se o senhor é inconsequente o suficiente para me aceitar, então não irei protestar.

Lorde Carroway riu de um jeito caloroso e segurou Elias pelo braço.

— Venha, venha — convidou ele. — Sente-se à mesa, mago.

Elias balançou a cabeça.

— Estou no meio de um trabalho — explicou ele. — Preciso da ajuda de Albert…

— Está mesmo com uma aparência péssima — observou lorde Carroway. — Enfiou a cabeça nos livros e se esqueceu de comer, não é?

Lady Carroway arrancaria a *minha* cabeça se o senhor saísse daqui de estômago vazio.

A mãe de Albert estreitou os olhos ao ouvir o comentário. Ela certamente gostaria de dizer que não havia planejado outro lugar à mesa, que não estava preparada para um convidado extra e que tudo aquilo era uma terrível inconveniência para ela, mas não se atreveu a contradizer o marido diante das visitas. Apenas ficou em silêncio, sem vontade de expressar seus sentimentos de uma forma ou de outra.

— Por favor, sente-se — insistiu lorde Carroway. — Depois de comermos, o senhor e Albert podem se retirar para a sala de estudos. Chalmers! Peça a alguém que providencie mais uma cadeira na mesa para o lorde Feiticeiro.

Elias arqueou uma sobrancelha cansada.

— Como quiser, lorde Carroway — disse ele. — Mas imploro que me coloque ao lado de Albert, para que eu possa pelo menos iniciar a conversa com ele.

— Que pena — lamentou lorde Carroway. — Eu teria preferido o senhor perto de mim, para ouvir mais de suas péssimas ideias. — O sorriso largo do visconde sugeria que ele não considerava nada de Elias péssimo, o que Dora achou bastante fascinante. — Mas, tudo bem. Se estou roubando o senhor de seu trabalho, então pode se sentar onde quiser.

Isso significava, é lógico, que Elias estaria muito mais perto do lado da mesa de lady Carroway, um fato que não pareceu agradar a anfitriã. Quando Elias se virou para procurar Albert, no entanto, viu que Dora estava presente. Seus olhares se encontraram, e Dora pensou por um segundo ter visto os lábios do lorde Feiticeiro se contorcerem em algo perigosamente próximo a um sorriso.

— Ora! — exclamou Elias. — Que conveniente. Dois conhecedores de francês no mesmo jantar. Vou me sentar entre vocês, então, e solicitarei duas opiniões ao mesmo tempo.

Lady Carroway não poderia ter aparentado mais desgosto com essa reviravolta. Ela olhou para Albert, implorando em silêncio ao filho que dissesse alguma coisa. Mas Albert parecia satisfeito demais em cooperar e já foi se levantando e movendo sua cadeira mais para o lado a fim de abrir espaço.

Um dos empregados chegou para ajeitar o lugar de Elias; assim que o feiticeiro se acomodou, ele olhou para Dora.

— Senhorita Ettings — cumprimentou. — Como está elegante esta noite. Mas o vestido me parece familiar, estou enganado?

Dora sorriu para ele. Vindo de qualquer outra pessoa, o comentário teria sido um insulto, e certamente quase todos ali devem tê-lo interpretado como tal. Mas, como o próprio Elias havia descolorido o vestido, ela suspeitou que fosse um comentário amigável.

— Lorde Feiticeiro — replicou ela. — Receio que, por sua vez, o senhor não esteja tão elegante. Poderiam suspeitar que não tem dormido o suficiente. E sua roupa também parece familiar. Poderiam suspeitar que tenha dormido *com ela*.

Elias deu risada. Havia um estranho deleite naquele riso, algo que Dora nunca tinha ouvido.

— Não estou apto para duelar com a senhorita esta noite — declarou ele. — Estou tão cansado que ficarei em desvantagem. Mas acho que vou gostar de ser sumariamente derrotado.

— Fala como se eu nunca o tivesse derrotado antes — retrucou Dora, tranquila. — Acho que vou lhe dar um desconto por seu cansaço e fingir que já venceu uma vez, milorde.

Dessa vez, Albert também riu.

— Ora, agora temos um jantar *e* um espetáculo — brincou ele. — Brilhante! Estou pensando em fazer uma aposta. Alguém se atreve a apostar no lorde Feiticeiro, mesmo em seu estado atualmente enfraquecido?

— Albert! — repreendeu-o lady Carroway. — Juro por Deus que não sei quem o criou! Não pode ter sido eu.

— A senhora o criou perfeitamente bem, lady Carroway — afirmou Elias. — Temo que foi a França, e talvez eu mesmo, que o corromperam.

— Ainda bem que admite — murmurou lady Carroway, baixo o suficiente para que Dora a ouvisse, e mais ninguém.

— Ponha um pouco de comida na boca, Elias, antes que minha mãe o estrangule — ordenou Albert, alegre. — Prefiro que não morra sob este teto de barriga vazia. Tenho certeza de que isso seria uma desonra para nossa hospitalidade.

Elias aparentou satisfação em obedecer; depois de tomar um pouco de sopa, percebera quão faminto estava. Dora franziu a testa e o observou, preocupada. Decerto, tal exaustão não poderia fazer bem à saúde de Elias, e havia diversas outras doenças normais a serem contraídas além da própria peste.

— A senhora Dun não serviu nada para o senhor? — perguntou Dora quando ele acabou de tomar a última gota de sopa.

Elias abanou a mão como se ela fosse uma mosca.

— Aquela mulher tem dezoito crianças para alimentar — retrucou ele. — Não sou uma delas, nem pretendo ser.

Lady Carroway franziu o cenho.

— A senhora Dun? — indagou ela. — Certamente não é a mesma senhora Dun que dirige nosso orfanato, é?

Albert deu uma leve tossida. Elias piscou e depois corou. Dora ficou fascinada com o nítido rubor de vergonha no rosto dele. Ela abriu um sorriso.

— O lorde Feiticeiro doa muito dinheiro para o orfanato da senhora Dun — informou Dora à viscondessa. — Imagino que por isso ele a veja com alguma frequência.

Elias lançou a Dora um olhar desolado e traído.

— É mesmo? — perguntou lady Carroway, estreitando os olhos. — Que fascinante. Admira-me que um tópico tão relevante não tenha surgido em outros jantares.

— Não costumo jantar aqui — contestou Elias com seriedade.

Porém, a ponta de suas orelhas também estava vermelha, e ele parecia não ter coragem de olhar a viscondessa nos olhos.

— O lorde Feiticeiro gosta muito de crianças — acrescentou Dora. — Um dos pupilos da senhora Dun me contou que ele faz truques de mágica para os órfãos quando os visita.

Os olhos de lady Carroway brilhavam com um misto de triunfo e nova afeição, e Dora entendeu que aquela informação havia consertado qualquer dano que a corte fictícia de Elias tivesse causado à consideração da viscondessa por ele.

— Que encantador — elogiou lady Carroway. — Acho que me lembro que nosso doador anônimo surgiu não muito depois de Albert pedir para incluir mais três crianças ao orfanato.

— Estive pesquisando maldições históricas! — Elias exclamou para Dora, como se quisesse mudar o rumo da conversa. Suas orelhas ainda estavam vermelhas. — *Le Joyau* escreveu um tratado sobre o assunto, e estou cansado demais para traduzi-lo sozinho.

— Você raramente traduz alguma coisa sozinho, mesmo quando está cem por cento acordado — pontuou Albert com ironia.

— Ficarei contente em dar uma olhada no tratado depois do jantar, sem dúvida — disse Dora com gentileza.

— O senhor *vai* ficar sentado até o prato principal chegar, naturalmente — sugeriu lady Carroway a Elias. A transformação no comportamento dela foi tão repentina e mágica que pareceu alquimia. — Eu sempre falei que o senhor não cuida bem de si mesmo. Precisa *mesmo* encontrar uma esposa antes de se exaurir por completo.

Elias pôs o rosto entre as mãos.

— Eu preferia quando estava aborrecida comigo, lady Carroway — disparou ele sem rodeios. — Sua raiva é pelo menos mais reservada e menos *intrometida* que seu afeto.

Lady Carroway sorriu com gosto.

— Então posso saciar meu afeto e minha irritação ao mesmo tempo — declarou ela. — Que maravilha! — Ela gesticulou para um lacaio, que se aproximou dela. — Por favor, traga uma taça de vinho para o lorde Feiticeiro.

Elias ergueu o rosto e lançou um olhar fulminante para a viscondessa. No entanto, um impulso surgiu em sua mente cansada, e de repente ele se virou para Dora.

— Senhorita Ettings — interpelou Elias. — Tem planos de ir a outros bailes? Eu costumo evitá-los, mas farei o esforço de comparecer a pelo menos um se a senhorita me prometer uma dança.

Dora ficou olhando para Elias, surpresa. Ela estava preparando algum insulto espirituoso à altura dele, mas o comentário inesperado a fez se recostar na cadeira. Sua mente ficou em branco, e ela se viu procurando em vão por uma resposta adequada enquanto aqueles olhos dourados e nebulosos se concentravam nela com intensidade.

O que é isso?, Dora se perguntou. A sensação distante e palpitante havia voltado ao seu estômago, agora com o dobro da força. Era um calor de lampião misturado com confusão e apenas uma pitada de nervosismo. Era uma sensação agradável ou desconfortável? Ela não conseguia saber.

Elias ainda encarava Dora, e ela de alguma forma não queria que ele desviasse o olhar.

— Vanessa e eu vamos ao baile de lady Cushing — respondeu Dora. — Mas não vou lhe reservar nenhuma dança, milorde, pressupondo que não irá aparecer. Se por acaso o senhor de fato se aventurar nas garras da alta sociedade, então acho que poderei recompensar sua sociabilidade incomum com duas danças de sua preferência.

Elias sorriu, sombrio.

— A senhorita subestima minha determinação — devolveu ele.

Dora viu, porém, que ele havia direcionado o comentário em parte a lady Carroway e demorou para perceber que o intuito de toda a conversa tinha sido apenas enfurecer a mãe de Albert mais uma vez.

As palpitações tornaram-se ainda mais intensas, e Dora concluiu que, no fim das contas, aquela *não* era uma sensação agradável.

Lady Carroway estava com uma expressão fechada. Mas, ainda que Elias a tivesse nitidamente provocado, a expressão era mais de incerteza do que frustrada. A mãe de Albert fitou Dora, que baixou os olhos para a sopa pela metade.

— Sabe — disse lady Carroway lentamente —, creio que fui tapeada, lorde Feiticeiro. — Seu olhar se direcionou para o braço direito prateado de Albert. — O senhor é *tão* bom em ser às vezes desagradável… que, de alguma forma, conseguiu com que eu me esquecesse de quão generoso e leal pode ser, mesmo com um lembrete real tão perfeito diante de mim.

Elias balançou a cabeça.

— Sou desagradável porque abomino coisas caras e superficiais, lady Carroway — declarou ele. — Posso lhe assegurar que não é um plano intrincado para tapear as pessoas. Muitas vezes pensei que seria melhor se eu guardasse minhas frustrações para mim mesmo. — Ele apontou para a mesa. — Tudo que vejo aqui me força a ser amargo. Todos vocês, por culpa própria, ao menos até certo ponto, estão vendo apenas um banquete normal. Sabe o que eu vejo? De verdade?

Lady Carroway inclinou-se um pouco para a frente, com um interesse genuíno no rosto.

— Conte-me, por favor — pediu ela.

— A senhora não quer ouvir isso — avisou Albert à mãe em voz baixa. Uma resignação surgiu nas feições de Albert que sugeriam que ele não esperava que a conversa terminasse bem.

— Quero, sim — afirmou lady Carroway. — Poupe-me de amabilidades, lorde Feiticeiro. Meu filho está acostumado com sua língua afiada, e a senhorita Ettings parece imune às suas ferroadas. Desta vez eu vou suportar, e o senhor pode falar o que pensa.

— Como quiser... — disse Elias. — Sem dúvida vou lembrá-la de sua benevolência desde já, lady Carroway. — Ele olhou diretamente para ela. — Quando olho para esta mesa, vejo todas as pessoas que passaram fome para que ela se tornasse possível. Vejo uma refeição farta preparada com cuidado por uma equipe inteira de criados, quando metade desta fartura não teria prejudicado ninguém de maneira substancial.

Ele cerrou os punhos à frente do corpo e travou a mandíbula.

— Enquanto isso, são muitos os famintos nas casas de trabalho. Alguns são crianças, que não cometeram crime algum. Alguns são soldados, como seu filho… homens que não tinham dinheiro nem conexões esperando por eles quando voltassem para casa, e nenhum lorde Feiticeiro para consertar membros destruídos. O sangue deles manteve todas essas mesas sofisticadas a salvo de Napoleão... e, agora que estão em casa, não lhes foi oferecido sequer um pedaço de pão, nem mesmo a consideração de poderem ter uma conversa educada durante o jantar.

Lady Carroway não reagiu àquelas palavras de imediato. Seu rosto estava tão cuidadosamente composto que Dora não conseguiu notar qualquer indício do que ela poderia estar pensando.

— Meu pai sempre apoia suas causas na Câmara dos Lordes — argumentou Albert, calmo. — E existem muitas obras de caridade como o orfanato da senhora Dun.

Aquela soava como uma resposta automática, uma tentativa mínima de consolo que algumas vezes pode ter dado resultado.

— Ninguém dá o que *pode*, Albert! — sibilou Elias. — Cada um dá o que *quer*, e certamente não sem se vangloriar pelos próprios gestos mesquinhos. Com uma das mãos, eles aumentam os impostos sobre os grãos, convocam soldados e criam as casas de trabalho. Com a outra, eles se dignam a salvar algumas pobres almas do próprio inferno que construíram. Este país está doente. Podre. É inconcebível, e nenhum de vocês consegue enxergar. — Elias balançou a cabeça e se levantou. Havia um desespero selvagem e frenético em seus gestos que certamente sua exaustão piorara. — Não posso comer uma boa refeição enquanto uma pobre garota está morrendo — continuou ele. — Não é culpa minha. Mas suponho que seja de *vocês*.

Albert arregalou os olhos. Dora viu um traço de ofensa genuína em sua expressão, e pensou que desta vez Elias tinha ido mais longe do que nunca. O lorde Feiticeiro disparou para a porta, seus passos assombrados por uma horrível nuvem de fúria e autodepreciação.

O outro lado da mesa olhou na direção deles, chocado com o acontecido. Tia Frances balançou a cabeça em desaprovação e bufou para lorde Carroway. Vanessa lançou a Dora um olhar perplexo.

O silêncio dominou a mesa.

Isso é péssimo, Dora pensou. *Elias está perdendo a cabeça. Dessa maneira vai afugentar seus únicos aliados.*

Dora levantou-se da mesa.

— Lady Carroway — disse ela lentamente. — Receio precisar de uma dama de companhia. Eu me consideraria em profunda dívida com a senhora se me acompanhasse enquanto digo ao lorde Feiticeiro a tolice que cometeu.

Lady Carroway a fitou com uma expressão cuidadosamente neutra. A princípio, Dora pensou que ela iria se recusar: um pedido daqueles era muito impróprio, sobretudo considerando que ela ainda era obrigada a atuar como anfitriã. Mas a viscondessa ficou de pé no instante seguinte e inclinou a cabeça.

— Vai precisar alcançá-lo, senhorita Ettings — observou ela.

Dora assentiu e se dirigiu para a porta com determinação.

Não foi difícil adivinhar o rumo de Elias. Ele tinha ido direto para a porta da frente, passando de mau humor pelo mordomo. Dora saiu atrás dele dando passos muitos firmes, mesmo calçando apenas sapatilhas. Lady Carroway não ficou para trás e acompanhou seu ritmo, ignorando a fina garoa que molhava a rua.

Por fim, elas não precisaram ir muito longe.

Fora da vista da escada que levava à porta da frente, Elias tinha se recostado na parede da casa, respirando com dificuldade. Ele estava com as mãos no cabelo, e a expressão em seu rosto demostrava que Dora suspeitou que ele havia percebido, em algum nível, o tamanho de sua decadência.

Sob a leve névoa úmida, com o cabelo louro-claro colado ao rosto e os olhos dourados exaustos, ele parecia muito menos nobre e perigoso, e muito mais… perdido.

— Você precisa de comida e sono — advertiu-lhe Dora assim que se aproximou. — E também de uma dose de bom senso… mas a comida e o sono suprem a última, segundo me disseram.

Elias ergueu os olhos para ela de repente. Seus ombros ficaram tensos e Dora percebeu o perigo em sua postura. Ela o havia encurralado justo quando ele pensava estar seguro para se afogar em sofrimento. Elias desviou os olhos para a viscondessa que vinha logo atrás de Dora, e depois voltou a encará-la.

— Não desejo falar com a senhorita — declarou friamente.

No entanto, havia um tremor em sua voz, e isso diminuía um pouco sua autoridade.

— Todo mundo às vezes faz coisas que não quer fazer — disse Dora sem emoção. — Até os magos. — Ela diminuiu boa parte da distância entre eles, esticando a coluna para poder olhá-lo nos olhos. — Não estou brava com você. Sabe que não estou.

Elias respirou fundo. Dora o viu lutar por um longo momento com suas próprias emoções irracionais.

— Acredito em você — retrucou ele por fim.

Era apenas um reconhecimento muito discreto, mas já era alguma coisa.

— Você está com raiva, é óbvio — continuou Dora. — E acho que tem um bom motivo. Mas também não está no controle de si mesmo e disse coisas agora das quais suspeito que se arrependerá.

Dora vasculhou sua limitada gama de emoções, tentando encontrar alguma compreensão que fizesse sentido. A ideia de que Elias estava com raiva o suficiente para atacar Albert parecia inacreditável. Ela tinha *testemunhado* a situação daquela amizade! Era muito nítido o quanto eles se amavam.

Mas eu também amo a Vanessa, considerou Dora. *E mesmo assim ela me decepcionou. Eu estava muito triste, e ela não compartilhou da profundidade dessa tristeza. Talvez eu também tivesse ficado zangada com ela se fosse capaz de tal sentimento.*

Dora estendeu a mão com muito cuidado para tocar Elias no ombro.

— Você não tem muitos amigos, Elias — prosseguiu ela devagar. — Posso estar errada quanto a isso... na verdade, provavelmente estou... mas acho que está sofrendo. E, se confiasse em seus amigos o suficiente para demonstrar essa dor em vez de transformá-la em raiva, você não estaria agora aqui fora, na chuva.

Elias olhou para ela. Dora fitou seu rosto e percebeu as lágrimas nos olhos dele.

— Ah, que droga — murmurou Dora. — Estou prestes a faltar com o decoro, lady Carroway. Seja benevolente comigo, por favor.

Então ela envolveu o mago em um abraço apertado e o sentiu desmoronar sobre ela.

Elias não era leve; Dora acabou cedendo um tanto sob o peso dele. Mas suportou o melhor que pôde enquanto ele apoiava o rosto em seu ombro e chorava de soluçar.

O constrangimento da situação não passou despercebido por Dora. Ela o notara de sua maneira usual e distante. Mas também havia um profundo alívio na liberação da raiva de Elias que ela acreditava ter afetado a todos. Após um momento de hesitação, lady Carroway deu um passo à frente para colocar a mão nos ombros de Dora, ajudando a mantê-la de pé, ainda que a viscondessa não ousasse tocar Elias.

Muitos minutos depois, ele conseguiu emitir um sussurro rouco e aterrorizado.

— Vou fracassar de novo — murmurou ele. — Nunca há nada que eu possa fazer. E o mundo seguirá em frente, como sempre faz. Haverá pessoas em jantares requintados, fingindo... *acreditando* que nada está errado.

A tristeza atormentada e solitária que Dora suspeitara haver nele estava absolutamente óbvia neste instante.

Lady Carroway inspirou devagar.

— O senhor está errado — retrucou ela. Seu tom era gentil e reconfortante, em vez de acusador. — Meu marido já lamentou e se enfureceu com a ignorância de seus pares. Já me perguntou como o mundo pode ser tão insensível. É essa necessidade deplorável de permanecer calmo, sereno e educado que tem nos deixado tão solitários. — Ela ficou muito quieta por um instante. — Admito que vivemos com mais que o necessário. É difícil abrir mão do que já se tem. Porém, cada vez que lorde Carroway desabafa sua frustração, descobrimos que podemos doar um pouco mais para quem de fato precisa.

Elias estremeceu ao ouvi-la. Ele segurou com mais força os ombros de Dora. Respirou fundo mais algumas vezes e se forçou a ficar ereto.

— Eu... — Elias engoliu em seco. — Eu precisava ouvir isso, lady Carroway. E não *merecia* de jeito algum ouvir isso. — Ele olhou para a viscondessa por cima do ombro de Dora. — Estou muito arrependido. E grato.

Lady Carroway deu um sorriso, mas Dora percebeu que era um sorriso trêmulo.

— Sua raiva pode ser aterrorizante, lorde Feiticeiro — declarou ela. — E como estamos sendo honestos um com o outro, devo admitir que fiquei assustada. Não tenho como não perdoar uma mágoa tão sincera, uma vez que é causada por um amor tão sincero. Mas imploro que se lembre do efeito que pode causar quando se esquece de si mesmo. — Ela respirou fundo outra vez. — E eu... vou pedir que o senhor não deixe as coisas mal resolvidas com meu filho. Se entrar agora, juro que tudo será esquecido de minha parte. Converse com Albert. O senhor terá uma boa refeição e uma cama quente esta noite, não precisará ficar sentado no escuro em uma hospedaria miserável, mergulhado em pensamentos terríveis.

Elias hesitou.

Dora deu um chute discreto na canela do lorde Feiticeiro, e ele sibilou com a dor repentina. Seus olhos se voltaram para ela, e Dora sorriu com serenidade.

— Você deve aceitar — aconselhou a ele. — Porque não há solução mais adequada.

Elias suspirou. Lentamente, ele tirou as mãos dos ombros de Dora.

— Estou com medo de encarar Albert — admitiu. — Prefiro estar de frente a uma linha de fogo francesa novamente. Mas como foi Albert quem me salvou quando fomos atacados, me parece que seria um grande desperdício.

— Se mudar de ideia — disse Dora, solícita —, estarei com minha tesoura à mão. Pode pegá-la emprestada sempre que quiser.

Elias tossiu com uma risada esganada.

— Que humor sombrio, senhorita Ettings — comentou ele. — Impossível não aprovar.

Eles voltaram para dentro, todos os três pingando no chão na frente do mordomo calado e horrorizado. Lady Carroway mandou um criado com Elias para encontrar um quarto para ele. Ela então se virou para Dora, e um sorriso afetuoso e triste estampava seu rosto.

— Terei que lhe emprestar um vestido, senhorita Ettings — declarou ela. — E talvez um sapato.

Onze

Lady Carroway deu a Dora um de seus vestidos mais antigos. Era uma linda peça de seda verde-menta que estava tão além das posses de Dora que de algum modo a deixou um tanto ridícula, sobretudo com o busto tão nitidamente ajustado para outra mulher. Ainda assim, uma das criadas ajudou Dora a se trocar no quarto de lady Carroway, prendendo o tecido extra com alfinete para que parecesse quase acertado. Acabaram achando sapatilhas que combinavam com o vestido e serviram razoavelmente bem nos pés dela.

— Vou devolver o vestido à senhora o mais rápido possível — prometeu Dora à viscondessa. — É tão sofisticado que quase tenho medo de usá-lo.

Lady Carroway negou, balançando a cabeça.

— Faz anos que não uso este vestido — contou ela. — Ainda gosto muito dele, mas é de um estilo adequado para uma mulher mais jovem, e está na hora de passá-lo adiante. — Ela sorriu para Dora. — Acho que nunca vi uma pessoa agir sob pressão com tanta graça e calma. A senhorita me deixou bem impressionada.

Dora piscou em silêncio. Em algum lugar distante, aquelas palavras empurraram com gentileza uma pilha de infelicidade, derrubando umas outras palavras feias que haviam se amontoado nela.

— Isso é... muito gentil da sua parte — disse Dora. — Mas receio que isso seja mais aflição que graça. Muitas vezes não sou emotiva *o suficiente*, milady.

— Você foi emotiva o suficiente para acalmar um mago furioso e levá-lo às lágrimas — afirmou lady Carroway com humor. — Eu quase morri de choque ao ouvir um pedido de desculpas sair dos lábios daquele homem, senhorita Ettings. Mas Elias foi repreendido de verdade, e agora está em um estado de espírito mais generoso e penitente do que nunca. Se continuar a realizar milagres como esse, pode chegar a ser canonizada.

Dora olhou para as sapatilhas verdes em seus pés.

— Vou consultar o padre no domingo — declarou ela, distraída. — Mas suspeito que preciso estar morta antes de ser canonizada, lady Carroway. A ideia não me atrai de pronto, então farei o melhor que puder para me abster de quaisquer outros milagres.

A viscondessa riu. Era um som mais caloroso, agora que estavam longe da sala de jantar e atrás de portas fechadas.

— Senhorita Ettings, é uma pena que não vá se casar com Albert. Eu a teria amado como uma filha.

Dora ficou paralisada. Uma confusão quente e agitada pulsou dentro de seu peito.

— Eu... eu não sei o que quer dizer com isso — retrucou ela.

Lady Carroway deu um tapinha em seu ombro.

— Albert manifestou-se contra o casamento — informou ela. — Por mais que tentasse, eu não conseguia entender o motivo, a princípio. Mas agora eu vi o que ele deve ter visto desde o início. A senhorita sem dúvida tem uma magia rara para arrancar uns sorrisos do lorde Feiticeiro. E acho que deve estar tão encantada por ele quanto meu filho.

Dora piscou lentamente. As inúmeras implicações desse pequeno discurso se moviam como melaço em sua cabeça.

Isso é perfeito, pensou. *Albert ficará satisfeito por sua mãe ter desistido.*

No entanto, Elias não estava *realmente* cortejando Dora, e, por óbvio, ela não estava encantada por ele. Dora não poderia de fato se encantar por ninguém, poderia? Tinha quase certeza de que era preciso uma alma inteira para esse tipo de coisa.

Eu a teria amado como uma filha.

As palavras fizeram seu peito doer. Confusa, Dora estendeu a mão para esfregá-lo.

— Estou muito ciente do elogio que a senhora me fez — disse calmamente. — Eu o valorizo muito, embora não saiba bem como expressar esse sentimento.

— A senhorita pode me ajudar com um novo projeto — respondeu lady Carroway. — Isso porque, depois desta noite, acho necessário que nos desfaçamos de mais um pedaço de nossa vida confortável, ou então não dormirei sossegada. — A viscondessa estendeu a mão para colocar uma mecha de cabelo cor de ferrugem atrás da orelha de Dora. — A senhora Dun está no limite de suas capacidades, assim como o próprio orfanato. Talvez possamos encontrar outro imóvel e administrador. Mas vou precisar de mais que uma pessoa para procurar o imóvel *certo* e o administrador *certo*.

Dora refletiu sobre isso com seriedade.

— Minha acompanhante, a senhorita Jennings, é excelente com crianças — revelou ela. — Ela já foi governanta e sabe cuidar de uma enfermaria. Tem demonstrado sentimentos generosos em relação às casas de trabalho, e acho que seria muito receptiva à ideia de um cargo permanente.

Lady Carroway assentiu, pensativa.

— Vamos arranjar uma oportunidade para eu conhecê-la — ponderou ela. — A senhorita deve vir aqui tomar chá um dia e trazê-la.

Elas desceram para terminar de jantar, embora alguns dos pratos já tivessem sido servidos e retirados, e Albert houvesse desaparecido — convocado para conversar com Elias, como informara discretamente um dos empregados a lady Carroway. A mãe de Albert mandou que levassem um pouco de comida para os dois, e depois disso ela acomodou a si mesma e a Dora mais perto da ponta da mesa.

— Está chovendo a cântaros lá fora — comentou lady Carroway, alegre. — Como descobrimos por acidente.

Está garoando, pensou Dora, achando graça. Mas não contradisse a anfitriã.

— Devo insistir para que todas vocês passem a noite conosco, lady Lockheed — continuou a viscondessa. — Será muito mais agradável permanecerem dentro de casa, onde está quente e seco, e partirem descansadas pela manhã.

Tia Frances estivera olhando para Dora e seu vestido emprestado com uma desconfiança familiar e crescente, o tipo de expressão que perguntava: *Que coisa estranha você fez agora?* Porém, diante do convite, a tia de Dora ficou sorridente e demonstrando eterna gratidão.

— A oferta da senhora é muito gentil — arrulhou para lady Carroway. — Eu recusaria, mas, como o tempo está tão feio, ficarei pelo bem das meninas. Não suporto a ideia de elas pegarem um resfriado por uma coisa tão pequena como o meu orgulho.

Lady Carroway enviou um mensageiro para a Mansão Hayworth, informando à condessa que elas passariam a noite. Quando o jantar terminou, o grupo se retirou para uma sala de estar, onde lorde Carroway tomou um conhaque e lady Carroway pediu para Vanessa tocar piano. Dora se acomodou em um sofá no canto, examinando em silêncio suas estranhas pilhas de emoções enquanto ouvia a música. Notou vagamente que o filho mais velho de lady Carroway, Edward, observava Vanessa com o mesmo tipo de expressão aflita que Dora vira tantas vezes em outros pretendentes.

Mesmo que eu não me case com Albert, pensou Dora, *desconfio que as maritacas realizarão o verdadeiro desejo delas em breve.*

Enquanto Dora pensava nisso, Vanessa a fitou por cima do piano com um olhar desesperadamente interrogativo. Dora percebeu que sua prima estava muito preocupada com os acontecimentos da noite para notar o espectador apaixonado. Ela se levantou e caminhou até o piano, acomodando-se no banco ao lado de Vanessa.

— Tocarei a parte simples de um dueto, se quiser — sugeriu Dora.

Vanessa examinou os olhos da prima em busca de aflição, confusão ou medo, Dora tinha certeza. Como não encontrou nada preocupante, Vanessa forçou um sorriso.

— Sim, seria ótimo — concordou ela.

— A situação se resolveu — informou Dora baixinho, sob o acorde do piano. — Elias se acalmou e pediu desculpas.

Tenho quase certeza de que a essa altura ele já se desculpou com Albert, pensou Dora.

— Eu não sabia que o lorde Feiticeiro tinha um temperamento tão ruim — murmurou Vanessa. — Começo a achar que você tinha razão, Dora. Precisamos encontrar outra pessoa para ajudá-la.

Um daqueles tremores voltou ao estômago de Dora.

— Não quero que outra pessoa me ajude — declarou ela. — Elias pode ter um temperamento terrível, é verdade. Mas ele tem raiva das coisas *certas*. É tão estranho, Vanessa. Não consigo pensar em respeitar alguém que não sinta pelo menos *um pouco* de raiva diante de toda essa injustiça. É quase absurdo ficar calmo com tudo isso acontecendo.

Vanessa franziu os lábios. A princípio, Dora pensou que tinha insultado a prima sem querer. Mas então Vanessa indagou:

— Você o chama de Elias?

Dora errou uma nota no piano e no mesmo instante se desculpou.

Usei demais o nome dele esta noite, pensou Dora. *Em que outra ocasião eu o chamei pelo primeiro nome? Devo ter me envergonhado sem perceber.*

— Posso perdoar muita coisa — disse Vanessa em voz baixa. — Mas, se ele falar com você do jeito que falou com lady Carroway, eu vou achar outra tesoura, Dora.

Ela sorriu ao ouvir as palavras da prima.

— Não precisa achar outra tesoura, Vanessa — garantiu ela. — Você já me deu uma e me ensinou a usá-la.

Por aquelas poucas horas, o calor de lampião entre elas estava de volta. Dora se deleitou com o brilho, deixando a sensação acalmar as preocupações duradouras que haviam se acumulado dentro dela ao longo da noite.

Uma outra sensação muito diferente era estar aninhada em uma cama que nem mesmo era sua cama emprestada *normal.* Dora tentou dormir, mas logo se viu andando pelo quarto à procura de algum sentimento que não conseguia identificar.

O espelho, ela pensou depois de alguns instantes, parando de repente. Dora não havia usado a vidência com Elias mais que um punhado de vezes, mas tinha se acostumado com a ideia de ter o espelho por perto, para que *pudesse* usar se quisesse. Elias estava sob o mesmo teto naquela noite, e ainda assim ela se sentiu inquieta sabendo que não poderia falar com ele para saber se havia terminado a noite em um estado de espírito menos atormentado.

Dora mordeu o lábio, pensativa.

Eu poderia encontrar um espelho normal, pensou. *Elias disse que talvez eu conseguisse a vidência mesmo sem o feitiço.*

Por alguma razão, aquela pareceu uma alternativa perfeitamente razoável, então Dora deixou o quarto emprestado e saiu em busca de um espelho.

Não muito longe, encontrou um objeto pendurado em uma das paredes do corredor. Era uma placa de latão polido em vez de um espelho com fundo de prata, mas o reflexo era nítido o suficiente para uma tentativa. Dora concentrou-se nele, tentando imaginar Elias como o vira pela última vez — encharcado, enlameado e aparentando estar extremamente infeliz.

A sensação estranha e desprendida foi fácil de alcançar. Mas a imagem de Elias teimava em continuar presa na cabeça de Dora, relutando em sair. Ela franziu a testa e tentou se concentrar com mais intensidade, até sentir uma pressão diferente em sua mente, como se estivesse tentando afundá-la em melaço. Quanto mais ela se esforçava, mais a pressão se fortalecia, e de maneira mais sinistra.

Droga, pensou Dora. *Esqueci que Elias tem proteções. Só o espelho que ele me deu pode contorná-las...*

— O que está fazendo, sua tola? — sibilou a voz de Elias atrás dela, e Dora saiu de seu transe com um sobressalto.

Ela o viu no reflexo do espelho de latão, parado logo atrás dela, com uma camisa folgada de cambraia e calça comprida. Seu cabelo estava ainda mais despenteado que o normal, e os olhos estavam vermelhos e cansados, mas de algum jeito ele era mais real do que nunca.

A mão dele encostou em seu ombro, quente e muito presente, e Dora percebeu que ele *era* bem real.

Ela se virou com um sorriso satisfeito.

— Eu estava tentando achar você com a vidência — contou ela. — Mas aqui está.

Elias pressionou os dedos na testa.

— Você podia ter se machucado — pontuou ele. — Tem sorte de eu ter sentido alguém tentando invadir minhas proteções. Não tinha como eu saber *quem* era, mas achei que só devia haver uma pessoa insensata o suficiente para tentar.

Dora sorriu novamente. Por alguma razão, a expressão veio muito mais fácil desta vez. Tinha algo a ver com a mão dele em seu ombro, ela concluiu, ou talvez com o fato de que ele parecia mais próximo de seu estado normal.

— Você está melhor? — perguntou ela.

Elias riu baixinho, mas era o tipo de risada cansada que indicava que ele havia desistido de lutar.

— Estamos os dois no corredor, vestidos com pouco mais que nossas roupas de dormir — observou ele. — É lógico que você gostaria de ter uma conversa franca justo agora.

O sorriso de Dora se alargou.

— É lógico — concordou ela. — De fato, percebo agora como isso é estranho. Mas estava preocupada. Espero que satisfaça minha curiosidade de alguma forma.

Elias suspirou.

— O pior é que vou mesmo fazer isso. — Ele tirou a mão do ombro dela. — Fique aqui. Vou encontrar algo para burlarmos essas regras tolas de recato.

Ele desapareceu no corredor, e Dora esperou, paciente. Quando Elias voltou, trazia consigo um dos lampiões do andar de baixo, que agora emitia uma espécie de luz azul aquosa e sobrenatural.

Dora olhou fascinada para o lampião.

— O que fez com ele? — indagou.

— Lancei o feitiço mais apressado e descuidado da minha carreira — informou Elias, curto e grosso. — Mas é parecido com um que já usei antes. Enquanto a vela ainda estiver acesa e permanecermos dentro da luz, será difícil nos notar. Não será *impossível*, veja bem, mas... seremos considerados sem importância e desinteressantes.

Dora assentiu, concentrada na chama dançante.

— Tenho certeza de que deve ter utilidades melhores que evitar olhares intrometidos — disse ela. — Que efeito singular!

Dora ofereceu o braço a Elias como se estivessem em um salão de baile, completamente vestidos, em vez de em um corredor estranho com trajes nem um pouco apropriados. Elias pegou o braço que ela oferecia, carregando o lampião na outra mão enquanto caminhavam.

— Está melhor? — perguntou Dora mais uma vez, bem baixinho.

— Estou melhor — murmurou Elias. A vergonha e o constrangimento coloriram suas palavras. — Me alimentei. Falei com Albert. Até consegui dormir um pouco. Agora que me sinto mais equilibrado, estou francamente surpreso por terem me permitido voltar para dentro desta casa, ainda por cima como convidado a passar a noite.

Dora franziu a testa, e eles começaram a descer as escadas.

— Precisa dar mais crédito a Albert e à família dele — comentou ela. — Ele o ama e deve saber como você tem se cuidado mal. Ele sente as mesmas coisas que você, em algum grau, o que é parte do motivo de vocês serem amigos.

— Você não poderia ter repetido melhor tudo o que ele me disse nem se estivesse na sala conosco quando me desculpei — observou Elias, sério. Ele hesitou, depois acrescentou: — Albert... sempre sugeriu que eu tirasse mais folgas e me sentisse menos culpado pelas coisas. Tentei ouvi-lo desta vez. Começo a perceber que, neste estado, não sou útil para ninguém. Estou mais propenso a solucionar problemas quando estou descansado. Estou mais propenso a descansar se não estou sozinho com meus pensamentos.

Dora assentiu.

— Imagino que o senhor Lowe tenha tido oportunidade de seguir o próprio conselho — comentou ela. — No começo eu me perguntava como ele conseguia ir para casa no final do dia e frequentar bailes ou jantares com a família. Mas ele não está tão abatido quanto você e tem mantido a calma diante de coisas horríveis todos os dias. — Ela fez uma pausa. — Acho que Vanessa me impediu de perder a cabeça, embora eu não possa comparar minhas dificuldades com as que você e o senhor Lowe têm enfrentado. E, nas raras ocasiões em que eu não tinha Vanessa por perto, eu saía à noite para olhar as estrelas. Ou... pelo menos fazia coisas desse tipo em Lockheed. É mais difícil fazer isso em Londres, admito.

— Há menos estrelas para ver em Londres, é verdade — observou Elias.

Ele apertou o braço dela, tanto para seu próprio consolo quanto para o dela, refletiu Dora. Os dois chegaram a uma porta que dava para fora, e ela percebeu que era um caminho para o mesmo jardim onde ela havia tentado lavar o vestido em uma fonte. Obviamente, um deles ou ambos haviam tomado essa direção por pura familiaridade. Dora sorriu e abriu a porta, saindo para a noite.

A leve garoa tinha estiado havia muito tempo, embora a grama ainda estivesse úmida. Até que dava para ver as estrelas, observou Dora, enquanto levantava a cabeça e olhava para o céu. Não eram tão brilhantes nem tão numerosas quanto em Lockheed, ainda que ela não soubesse o motivo. Dora tropeçou algumas vezes nos próprios pés, ficando tonta depois de ficar olhando para cima. Elias estendeu a mão para dar um peteleco na orelha dela, mas isso não chamou a atenção dela da maneira que ele esperava.

— Esqueci que às vezes você não reage como uma pessoa normal — murmurou Elias. — Pelo menos olhe adiante enquanto caminhamos.

Você pode torcer o tornozelo, e aí o que faremos? Conheço muitos feitiços, mas uma cura fantástica não está entre eles.

Dora olhou para baixo, a fim de controlar melhor os passos até que eles contornassem o banco e se sentassem nele com segurança.

— Peço desculpas — disse ela, enquanto Elias colocava o lampião na fonte diante deles e se sentava ao lado dela.

Elias olhou de soslaio para ela. Uma nova expressão preocupada surgiu no rosto dele, e Dora franziu os lábios.

— Você deveria expressar tudo o que o preocupa — sugeriu ela. — Dificilmente vou me incomodar, você sabe.

Elias suspirou e estendeu a mão para passar os dedos pelo cabelo bagunçado.

— Não tenho tanta certeza disso — admitiu. — Eu acho… Eu me preocupo que você pense coisas terríveis de mim. E talvez essas coisas sejam verdade. Não sei mais.

Dora o fitou com leve surpresa.

— Não penso coisas terríveis de você — discordou ela. — Embora eu esteja surpresa por se preocupar com a minha opinião, você pode abandonar tranquilamente qualquer preocupação nesse sentido.

Elias esfregou o queixo, pouco à vontade.

— Mesmo assim, eu… sinto a necessidade de lhe explicar certas coisas. Nunca contei a ninguém sobre elas… mas talvez tenham começado a me corroer demais.

Dora ergueu uma sobrancelha.

— Se decidir me contar esta noite, então terá contado apenas para *meia* alma. Talvez isso facilite o processo.

A sombra de um sorriso cruzou o rosto de Elias.

— Talvez — disse ele. — Acredito, porém, que outras razões estejam em jogo. — Antes que Dora pudesse perguntar o que ele queria dizer com isso, Elias pigarreou. — Eu… não sou um mago, Dora. Ou melhor, não sou *somente* um mago. — Ele olhou para o tórax dela, onde sempre levava a tesoura, mas Dora a havia tirado e colocado debaixo do travesseiro. Elias achou esquisito quando notou a ausência dela, mas não comentou. — Eu nasci no mundo das fadas. Ou então... talvez o ser feérico que me chamava de filho tenha me roubado antes que eu tivesse idade para me lembrar. Não sei exatamente *o que* eu sou, apenas sei que não sou totalmente humano nem totalmente feérico.

Dora refletiu seriamente. A revelação deveria tê-la assustado, considerando quanto de sua vida havia sido alterada por apenas *um* encontro com um ser feérico. Mas ela não conseguia sentir medo de Elias.

— É por isso que as pessoas dizem que sua magia é impossível — concluiu ela devagar. — Porque você é realmente capaz de fazer coisas parecidas com as de lorde Hollowvale. — Dora fez uma pausa. — Mas você e ele não são nada parecidos, Elias. Lorde Hollowvale era muito mau. Ele não tinha um pingo de misericórdia ou piedade. Não consigo imaginá-lo angustiado com o sofrimento de outra pessoa.

Elias franziu a testa.

— Mas isso é parte do motivo para eu ter ido embora — contou ele. — Os seres feéricos são todos muito cruéis e insensíveis. Não sei o que *querem* ser, mas é o que são. — Ele desviou o olhar de Dora, desconfortável. — Eu tinha esperanças de que a Inglaterra fosse melhor. Mas é muito pior em alguns aspectos. Pelo menos os feéricos não têm noção de sua própria maldade... ao passo que os humanos sabem muito bem o que estão fazendo, e ainda assim é como eles escolhem tratar as coisas.

— Mas, se você cresceu no mundo das fadas, como foi parar na guerra? Você não se considerava um inglês... então por que foi lutar contra os franceses?

Elias sorriu com amargor.

— Eu ainda era jovem quando deixei o mundo das fadas — revelou ele. — Não tinha noção alguma do que era a Inglaterra antes de chegar aqui. Fui parar em uma casa de trabalho, na verdade. Todos estavam morrendo de fome por causa dos impostos da guerra. Eu não estava morrendo de fome... veja bem, eu era muito bom em roubar o que precisava. Mas ouvia muitas pessoas dizerem que toda aquela miséria era causada pelos franceses... que eles eram maus, e os responsáveis por todas as coisas horríveis que aconteciam aos ingleses. Eu ainda não sabia o que eram mentiras, pois os seres feéricos não podem mentir. Eu acreditava que, se derrotasse os franceses, então talvez tudo ficasse melhor.

Dora suspirou profundamente.

— Oh, céus — murmurou ela. — Acho que sei o resultado de tudo isso.

— Os franceses nunca foram o problema — concordou Elias. — Ou, pelo menos, não totalmente. Quando voltei da guerra e recebi meu título, de repente tive acesso a uma esfera diferente da sociedade. Eu achava que a Inglaterra inteira havia sofrido com os franceses. Mas não era verdade. Os aristocratas nunca deixaram de prosperar… e ainda hoje estão prosperando. Eles são feéricos nativos da Inglaterra, causam estragos por onde passam e só pensam em si mesmos.

Dora refletiu por um longo momento.

— Eu sou uma dessas pessoas — comentou ela.

Não foi uma reclamação, mas uma constatação.

Elias olhou para ela.

— Você é — afirmou ele. — E, agora, eu também sou. Devo parar de pensar que estou à parte de todos os outros, como se estivesse vendo todos vocês cometerem erros. Eu também cometi erros. — Ele passou os dedos pelo cabelo. — Você, Albert e a família dele me dão esperança, Dora. Talvez as coisas não mudem por completo… mas pelo menos, por fim, encontrei algo melhor do que o mundo no qual comecei.

Elias abaixou o braço, mas sua mão pousou na de Dora, em vez de apenas ao lado do corpo. Ela piscou com o contato inesperado. Ambos estavam com as mãos expostas e, por consequência, havia algo íntimo naquele gesto. Dora raras vezes tivera oportunidade de comparar a mão de um homem com a dela, mas, enquanto Elias entrelaçava os dedos dos dois, ela notou como a dela era pequena perto da dele. Era reconfortante em vez de opressivo.

Dora apertou os dedos dele. O tom de gratidão na voz de Elias fazia com que ela se sentisse fora de si. Estava quente e agitada de novo, e, ao mesmo tempo, temia não merecer o elogio.

Até agora não encontrei nada importante nas casas de trabalho, pensou ela. *Ele ficará tão frustrado amanhã quanto nos últimos dias.*

— Se deixar o tratado comigo antes de partir — disse Dora de repente —, eu o traduzirei amanhã.

Elias olhou para ela de soslaio.

— E vai encontrar tempo para isso entre as entrevistas nas casas de trabalho e o baile ao qual comparecerá? — questionou ele.

Havia uma leve perplexidade na voz dele.

— Encontrarei tempo — afirmou Dora, confiante.

Os olhos dourados focaram nela. Pela segunda vez desde que Dora o conhecera, Elias a fitava tão de perto que ela sentia o olhar dele penetrar sua pele.

— Vou deixar com você, então — concordou ele por fim.

Elias soltou a mão da dela e, a princípio, Dora sentiu uma decepção distante e vazia. Mas, logo depois, ele colocou o braço em volta dos ombros dela, puxando-a gentilmente para si.

O calor do corpo dele a impregnou nos pontos em que eles se tocavam, afundando nela com uma alegria nebulosa. A etérea luz azul do lampião cintilou nas feições de Elias quando ele olhou para Dora, mas ela não conseguiu interpretar a expressão do rosto dele. Era mais serena que a maioria dos sentimentos que tinha visto naquele rosto, mas também havia um sinal de leve confusão.

— Elias? — perguntou Dora calmamente. — O que você está fazendo?

Elias franziu a testa. Por um instante, Dora pensou: *Ele não sabe.* Mas Elias limpou a garganta com tranquilidade e desviou o olhar outra vez.

— Você não sente frio, não é? — indagou ele. — Lembro de você dizer que não sente as coisas de um jeito normal. Sua roupa está úmida. Vai ficar doente desse jeito.

Dora sorriu. De fato, o frio não a incomodava… mas ela não conseguiria ignorar o calor dele, mesmo que tentasse. Dora se aconchegou para mais perto, encostando o rosto no peito de Elias. Sentiu o leve cheiro de mirra que emanava da camisa dele, perfumando até mesmo sua pele.

Eles não falaram por um bom tempo. Não era necessário. Dora deixou sua mente vagar enquanto ouvia as batidas constantes do coração de Elias.

Elias pode muito bem ser um ser feérico, ou parte de um, ela pensou. *Mas seu coração bate igual ao de qualquer outra pessoa.*

Depois de um tempo, o lampião começou a piscar de maneira irregular, e Elias suspirou, aborrecido.

— Vou te ajudar a voltar para o seu quarto antes de voltarmos a chamar a atenção de uns olhares — murmurou ele.

Lentamente, ele tirou o braço dos ombros dela. Quando o calor dele se foi, Dora pensou que talvez estivesse sentindo frio — porque a ausência dele lhe passou a sensação de que algo crucial estivesse faltando.

Elias a pegou pelo braço novamente e a levou de volta para dentro da casa, subindo as escadas até o quarto. Dora ficou pensando em maneiras de detê-lo por mais tempo, procurando assuntos que parecessem importantes demais para serem adiados, mas nada lhe veio à mente. De sua parte, Elias soltou o braço dela e sorriu de um jeito que sugeria que ele estava pensando em algo semelhante.

— Boa noite, Dora — disse ele baixinho. — Tenha os sonhos mais doces.

Dora achou difícil quebrar o contato visual.

— E... você também — disse ela, embora as palavras soassem fracas e insuficientes.

Tenho certeza de que deveria ter dito outra coisa, ela pensou, insegura. *Isso não pareceu adequado. Uma pessoa normal saberia o que dizer.*

Elias esperou, paciente, e Dora custou a entender que deveria ir para o quarto. Ela se virou para entrar, consciente dos olhos dele em suas costas.

Depois de se enfiar debaixo das cobertas, Dora fechou os olhos e tentou pensar em coisas doces com as quais sonhar. Curiosamente, em sua mente ficou apenas o calor da mão de Elias e o cheiro agradável de mirra.

Doze

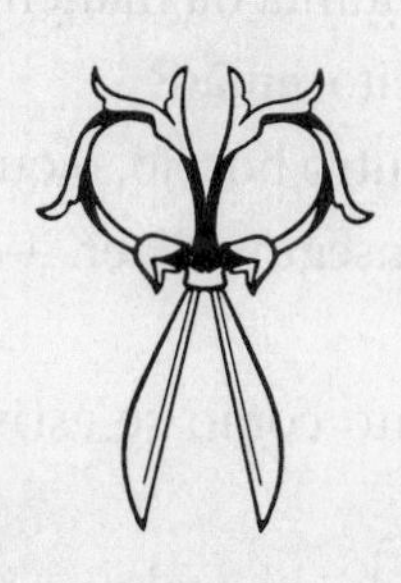

Não se sabia qual tinha sido o horário de retorno informado a lady Hayworth, mas fato é que elas não voltaram para a Mansão Hayworth assim que acordaram. Pelo contrário, lady Carroway insistiu em recebê-las para o café da manhã, onde permaneceram por um tempo. Dada a informalidade na disposição dos lugares para a refeição, talvez não devesse surpreender ninguém que o irmão de Albert, Edward, tivesse ficado perto de Vanessa — mas isso acabou impedindo Dora de ter uma conversa mais íntima com a prima. Ela procurou disfarçadamente por Elias, mas, para sua decepção, não havia sinal dele em lugar algum.

Contudo, Albert estava com o tratado diante de si, o que sugeria que Elias já havia partido. Ele estava fazendo anotações em um pedaço de pergaminho enquanto tomava seu café. Para surpresa de Dora, a senhorita Jennings havia chegado em algum momento e se acomodado ao lado de Albert; de vez em quando os dois falavam amigavelmente um com o outro enquanto Albert trabalhava. Dora foi na direção dos dois, acomodando-se do outro lado de Albert.

— Já avançou bastante? — perguntou.

— Apenas algumas páginas — respondeu Albert, contendo um bocejo. — Não estou acordado há muito tempo. Elias contou que a senhorita se ofereceu para cuidar da tradução, mas achei melhor pelo menos começar.

Dora procurou por algum indício de animosidade na voz ou nas feições de Albert enquanto ele falava, mas não encontrou nada. Ela sorriu, sentindo-se um pouco aliviada. Como a senhorita Jennings estava presente, fez a próxima pergunta da maneira mais genérica possível.

— Ele se desculpou direito, então?

Albert riu no meio de outro bocejo, o que o fez gaguejar.

— Enfaticamente — conseguiu dizer. — Pobre homem. O que disse a ele, senhorita Ettings?

Dora olhou para o prato como se estivesse muito interessada na comida.

— Ele teria se desculpado de qualquer maneira — declarou ela, em vez de responder à pergunta. — Em algum momento.

— Ah, tenho certeza disso — disse Albert. — No mínimo, Elias teria se lembrado em algum momento de como o francês dele é péssimo e de como ele não deseja melhorá-lo. — Ele lançou a Dora um olhar interessado. — Eu estava planejando continuar com as visitas às casas de trabalho hoje. Não costumo ir com tanta frequência, mas, considerando todas as circunstâncias... — Albert se deteve, educado demais para mencionar o pouco tempo que ainda tinham. Balançou a cabeça. — Ainda vai se juntar a mim ou vai ficar para terminar o tratado?

Dora franziu a testa.

— Vou com você — respondeu ela. — Acho que não irei ao baile esta noite, vou alegar algum mal-estar e terminar a tradução.

— Ah, por favor, não faça isso — interveio a senhorita Jennings. — Posso muito bem fazer algumas perguntas nas casas de trabalho sozinha, senhorita Ettings.

Albert lançou à dama de companhia um olhar perplexo.

— Se não tiver ninguém para acompanhar, senhorita Jennings — declarou ele —, devo presumir que não será paga pelo seu tempo.

A ex-governanta lançou um olhar ofendido.

— Se a senhorita Ettings pretende passar o dia dentro de casa — respondeu ela —, então não estarei ocupada hoje. Não acho tão absurdo que eu deseje levar esse assunto até o fim, dadas as *circunstâncias*.

Dora endireitou-se na cadeira.

— Senhorita Jennings? Por acaso conversou com lady Carroway esta manhã? — indagou ela.

A senhorita Jennings ficou ruborizada.

— Sim, um pouco — revelou ela. — Eu vim da Mansão Hayworth quando me disseram que a senhorita estava aqui, pois pensei que provavelmente sairia hoje outra vez com o senhor Lowe. Lady Carroway teve a gentileza de me convidar para o café da manhã. Ela realmente não precisava fazer isso, e foi muito gentil da parte dela.

Dora desconfiou que lady Carroway não comunicara nada sobre as intenções que tinha de patrocinar outro orfanato, dada a timidez com que a senhorita Jennings falou dela. Ainda assim, Dora imaginava que a ex-governanta tinha causado uma boa impressão, por tudo o que vira dela nos últimos dias.

— Bom, ficarei contente com a ajuda — admitiu Albert. — Não tenho o seu talento para falar com crianças. Imagino que o grande número de agulhas e indicações de remédios de gosto horrível não me favoreçam muito.

— Eu também vou — disse Vanessa, do outro lado de Dora. Os três que já estavam na mesa se viraram surpresos para olhar para ela, pois Vanessa havia se aproximado de maneira sorrateira com muita eficiência, apesar de provavelmente não ter feito de propósito. — Dora me contou o tipo de perguntas que tem feito com a senhorita Jennings. Acredito que eu possa substituí-la. — A prima de Dora fez uma pausa, com um olhar incerto para Albert. — Quero dizer, se o senhor não achar ruim me levar junto.

Dora olhou para Vanessa. *Edward está demonstrando interesse*, pensou. *Tia Frances não vai gostar que Vanessa escape com Albert desse jeito. Certamente vai brigar com ela.*

Vanessa corou sob o olhar de Dora e fitou o chão.

— Não vou mais questionar a coragem das jovens damas que acompanham a senhorita Ettings — disse Albert a Vanessa, com certo pesar. — Se está certa de que pode dar conta, eu a levarei junto, e a senhorita Jennings terá alguém para acompanhar, afinal.

— Não tenho tanta certeza — confessou Vanessa. — Mas é importante para Dora, então darei o meu melhor.

Albert sorriu.

— Bem, são motivos válidos — afirmou ele. — Vou terminar meu café, e então poderemos partir.

Tia Frances *não* ficou feliz com a situação. Pouco tempo depois, Dora viu a mãe de Vanessa arrastá-la para o corredor com a expressão irritada e tensa que ela normalmente reservava para Dora. Vanessa voltou uns minutos depois, parecendo corada e chateada. Ainda assim, ela caminhou até Albert com determinação e pegou a senhorita Jennings pelo braço.

Dora sentiu uma pontada de culpa, mas o sentimento foi quase completamente ofuscado por um estranho tipo de alívio. A simples ideia de que Vanessa ia ver e entender as mesmas coisas horrendas que Dora tinha visto já a confortava.

— Já passou da hora de partirmos, Dora — bradou tia Frances, enquanto marchava de volta para dentro. A expressão sombria em seu rosto indicava que a discussão com Vanessa tinha ficado longe de ser resolvida. — Não queremos abusar da hospitalidade.

Dora pegou depressa o tratado e um pouco da tradução sobre a mesa.

— E o que é *isto*? — indagou tia Frances, desconfiada.

— Só um pouco de poesia francesa — mentiu Dora. — Lady Carroway me emprestou da biblioteca.

Felizmente, tia Frances não olhou para o pequeno livro de perto o suficiente para flagrar a discrepância na história de Dora. Ela agarrou a sobrinha pelo outro braço, puxando-a em direção à porta. Pararam apenas para agradecer a lady Carroway pela hospitalidade; em seguida, embarcaram na carruagem a caminho da Mansão Hayworth.

— Você deve ter alguma coisa a ver com esse comportamento bobo de Vanessa — insinuou tia Frances, assim que entraram na carruagem. — Sei que tem.

Dora lançou um olhar vazio para a tia em resposta. Sem dúvida, tinha tudo a ver com o comportamento de Vanessa daquela manhã, mas às vezes havia vantagens em ter uma alma pela metade.

— Não vejo como poderia ter — rebateu Dora. — Mas suponho que seja possível.

— O próximo visconde de Carroway só começou agora a concentrar suas atenções em Vanessa! — sibilou tia Frances. — E ela simplesmente sai no seu lugar com o irmão deficiente, em vez de estar com *ele*!

Uma raiva fria e embotada cresceu no estômago de Dora. Elias certa vez chamara Albert de deficiente na frente dela, mas a palavra não havia tido conotações tão desagradáveis quando ele a dissera. A maneira como sua tia pronunciou a palavra soou sórdida e vergonhosa.

— O senhor Lowe perdeu o braço na França, protegendo o restante de nós — rebateu Dora. Ela se expressou com a voz perfeitamente tranquila, ainda que não quisesse. — Ele é um homem muito bom e caridoso. E, se Vanessa *quisesse* se casar com ele em vez de com seu irmão, acredito que ele a trataria muito bem.

Um estalo soou nos ouvidos de Dora. Sua visão vacilou. Demorou um pouco para ela perceber que a tia havia dado um tapa em seu rosto. Ela piscou algumas vezes, estendendo a mão para pressionar a palma na bochecha. A dor parecia entorpecida e distante, mas a emoção por trás do gesto invadiu Dora profundamente, apertando seu coração devagar.

— Nenhuma de vocês duas pensou um momento sequer em mim desde o momento em que pisamos em Londres — gritou tia Frances, o rosto vermelho e infeliz. — Vocês não têm noção do que está em jogo aqui. Se lorde Lockheed morrer antes de mim, o título será passado adiante, e eu terei apenas uma renda miserável em meu nome! Serei forçada a sobreviver da generosidade do marido de minha filha. Onde vou morar, Dora? Certamente não com um médico! Talvez essa vidinha seja suficiente para *você*, mas você nem é uma pessoa de verdade!

Dora não reagiu. Ocorreu-lhe que não *precisava* reagir. Ela podia apenas ficar ali, sentada, como a boneca que era, e deixar o momento terrível passar por ela sem maiores repercussões.

Ela voltou os olhos para a janela da carruagem, imaginando tia Frances nas casas de trabalho, cuidando das crianças. Era uma visão tão dramaticamente improvável que Dora conseguiu dar um leve sorriso.

— ... incapaz até de prestar atenção por um segundo! — enfureceu-se tia Frances. — Não é de admirar que o senhor Lowe ainda não tenha pedido sua mão, sua fantoche!

Ele não vai pedir, pensou Dora. A ideia a satisfez um pouco diante da fúria de tia Frances, mas também parecia vazia e esgotada. *Ninguém vai pedir.*

A carruagem parou em frente à residência da condessa. Tia Frances foi forçada a se acalmar um pouco, embora seu corpo ainda tremesse enquanto ela arrancava Dora do veículo.

— Não quero mais ver a sua cara hoje — esbravejou, enquanto elas entravam na Mansão Hayworth. — Não quero ver nem um vislumbre seu, Dora, estou avisando!

Dora não respondeu em voz alta. Mas pensou: *Isso não será problema. Eu também não quero ver nem um vislumbre da senhora.*

Dora passou o restante do dia no quarto, com o tratado aberto à sua frente. Embora fosse curto, também era excepcionalmente denso e continha muitas palavras estranhas que ela presumiu serem termos técnicos para coisas mágicas. Por sorte, a tradução parcial de Albert servia como referência para algumas dessas palavras; e outras ela deixou sem traduzir, com suposições a partir do contexto.

A maior parte do tratado parecia ser uma compilação de maldições de diferentes épocas e suas supostas curas. Dora entendeu muito pouco do conteúdo, mas viu uma referência a uma maldição do sono, que ela supôs ter sido o principal tópico a atrair o interesse de Elias. Ela passou mais tempo nessa parte, para ter certeza de que a tradução sairia meticulosamente precisa. Mas a cura para aquela maldição em particular era um beijo do amor verdadeiro, e Dora suspeitava que fosse muito rara e não se aplicasse a crianças órfãs.

O trabalho era desgastante do ponto de vista mental, o que era bom: impedia Dora de pensar nas palavras da tia. A pilha de palavras inconvenientes no fundo de sua mente estava maior do que nunca, pressionando de forma perigosa a superfície de sua consciência. Dora sabia que essa sensação estava se tornando um problema, mas continuou a ignorá-la, sobretudo porque não sabia o que mais poderia *fazer* com ela. Ela não podia chorar com o rosto enfiado no travesseiro como Vanessa talvez fizesse, e não havia ninguém por perto a quem pudesse recorrer em busca de consolo. Assim, ela continuou a tradução, vagamente consciente o tempo todo do mal-estar que insistia em ter sua atenção.

Dora havia traduzido cerca de três quartos do tratado quando ouviu um alvoroço no andar de baixo. Ela caminhou até a porta, abrindo-a para espiar o corredor. Vozes chegaram indistintas até ela.

— ... estou bem, senhor Lowe — dizia a senhorita Jennings, sem fôlego. — Um pequeno hematoma não me colocará num leito de hospital.

— Deveria pôr um pano frio no machucado, pelo menos — aconselhou Albert, com evidente preocupação na voz. — Ainda está sangrando?

Dora saiu do quarto, esquecendo por um momento da ordem de sua tia para ficar fora de vista. Ao chegar à escada, viu que Albert, Vanessa e a senhorita Jennings estavam de volta, mas a senhorita Jennings estava apoiada de leve no braço de Vanessa e um hematoma roxo escurecia lentamente em seu olho direito. Albert tinha uma expressão bastante preocupada, e Vanessa parecia compartilhar o mesmo receio.

— Por favor, não quer se sentar? — perguntou Vanessa à senhorita Jennings. — Vou ver se conseguimos um chá para a senhorita.

— O que aconteceu? — perguntou Dora do alto da escada.

Vanessa olhou para Dora em um movimento brusco. Sua expressão ficou ainda mais angustiada.

— Ah, Dora — disse ela. — Eu… É muito terrível, sinto muito. Acho que todos nós precisaremos tomar um pouco de chá antes que eu consiga falar sobre isso.

Alguns minutos depois, assim que todos estavam acomodados na sala de estar matinal e um bule tinha sido trazido para o grupo, Vanessa começou a explicar:

— Fomos à Casa de Trabalho da Cleveland Street… a primeira que você visitou, eu acho — contou ela. — A senhorita Jennings e eu estávamos fazendo perguntas às crianças, e um dos meninos nos disse…

— George Ricks! Aquele monstro detestável! — explodiu a senhorita Jennings, com uma raiva repentina e impetuosa. — Ele expulsou uma mulher grávida da casa e fingiu que nunca a havia acolhido! Ela teria que dar à luz na rua se o senhor Lowe não estivesse lá para protestar!

Albert havia se sentado ao lado da senhorita Jennings e ainda estava tentando convencê-la a pressionar um pano úmido no hematoma perto do olho, mas ela mal parecia notá-lo.

— O que me recordo é que a senhorita organizou a maior parte do protesto, senhorita Jennings — contestou Albert. — Embora eu certamente fosse dar conta do serviço se a senhorita tivesse me permitido.

— A senhorita Jennings confrontou o dirigente da casa de trabalho — relatou Vanessa em voz baixa. A prima de Dora estava encolhida na cadeira, com o rosto pálido. A xícara de chá tremia em seus dedos. — Ele bateu nela pelo despautério. Acho que a abotoadura dele pode ter acertado o olho dela. — Vanessa fez uma pausa, e um sorriso aflito cruzou seus lábios. — O senhor Lowe revidou… com muito mais força, devo dizer.

Dora olhou para a mão direita prateada de Albert com a testa franzida. A princípio, ela havia presumido que o sangue fosse do ferimento da senhorita Jennings, mas, agora que observava melhor, viu que havia sangue *demais* para ser dela.

— Eis uma coisa que eu gostaria de ter visto — murmurou Dora.

Ela não conseguia imaginar uma satisfação maior naquele momento do que ver a dor que aquele metal maciço poderia infligir no rosto do dirigente da casa de trabalho.

— Aquele projeto de ser humano merecia coisa muito pior — sibilou a senhorita Jennings, fervilhando de raiva. — Ele não pode continuar na direção daquela casa de trabalho, senhor Lowe! Certamente esse tipo de coisa deve ser ilegal... *ai!*

A ex-governanta havia gesticulado com tanta brusquidão e sacudido o pano tão enfaticamente contra o olho que soltou um arquejo.

— Por favor, fique parada, senhorita Jennings — implorou Albert, estendendo a mão para segurar o queixo dela e mantê-la no lugar. — A senhorita ainda tem um corte perto do olho, e vai ser muito desagradável quando ele inchar. — Ele balançou a cabeça. — *Alguém* vai fazer alguma coisa. Mas não será a senhorita. Nenhuma das senhoritas. Por favor, deixem que eu me encarregue do destino do homem.

Dora imaginou que o dirigente da casa de trabalho não fosse se safar com tanta facilidade quanto a senhorita Jennings visivelmente temia. Havia uma expressão severa nos olhos de Albert que ela jamais vira.

Albert afastou-se da senhorita Jennings, embora mantivesse o pano encostado com delicadeza no olho dela.

— Enquanto isso, vou querer suas anotações dos últimos dias, senhorita Jennings — pediu ele à ex-governanta. — E, senhorita Ettings, o que quer que tenha daquela tradução, gostaria de levar comigo.

Dora subiu para buscar a tradução que tinha para Albert. Ele rapidamente se recompôs para partir, mas antes insistiu que a senhorita Jennings passasse na Mansão Carroway pela manhã para que ele pudesse examinar seu olho de novo. Depois que os dois foram embora, Dora voltou sua atenção para Vanessa, que ainda não havia saído do lugar onde estava, toda encolhida na cadeira.

— Você está perturbada — observou Dora.

— Ah, Dora — disse Vanessa, com a voz trêmula. — Como poderia *não* estar? Tentei ao máximo não ser um incômodo enquanto estava lá, mas foi tão horrível! — Lágrimas brotaram de seus olhos. — Acho que jamais esquecerei aquelas coisas, por mais que eu tente. Não consigo me imaginar indo a um baile estúpido esta noite!

Dora se acomodou na cadeira ao lado da prima, puxando-a para um abraço. Vanessa também a enlaçou, fungando em seu ombro.

— Não é certo que eu esteja aliviada em vê-la tão abalada — admitiu Dora. — Mas não consigo evitar. Eu acreditava que você pensaria igual a mim nessa questão, e você pensa.

Vanessa engoliu em seco.

— Eu nem sei o que fazer a respeito, Dora — disse ela. — Tudo parece tão avassalador.

— Devemos escolher pequenas coisas para consertar, onde pudermos — sugeriu Dora, lembrando-se do que Elias tinha dito sobre pequenas coisas ruins. — Eu decidi ajudar Elias a tratar Jane e, quem sabe, reverter essa peste hedionda. Mas talvez você escolha outra coisa.

Vanessa mordeu o lábio, nitidamente refletindo sobre o assunto. Mas a conversa foi interrompida por lady Hayworth, que entrou na sala batendo palmas.

— Olhe só para vocês! — exclamou a condessa, com um olhar reprovador. — Falta pouco tempo para o baile, e nenhuma de vocês está pronta!

Vanessa hesitou, apertando os braços em Dora.

— Eu… não estou me sentindo bem — disse com suavidade. — Seria melhor eu não ir, lady Hayworth.

A condessa riu. Dora pensou que aquela era uma reação estranha à angústia evidente de Vanessa, mas ela não era a melhor pessoa para julgar.

— Há rumores de que o filho mais velho de lorde Carroway de repente decidiu comparecer — contou lady Hayworth. — É bem provável que ele queira passar mais tempo com a senhorita. Mesmo que estivesse morrendo em sua cama, senhorita Ettings, *ainda assim* iria ao baile.

Vanessa franziu a testa. Tia Frances raramente contrariava o mau humor da filha — embora, para ser justa, pensou Dora, Vanessa não costumava ficar de mau humor.

— Talvez minha mãe… — começou ela, trêmula.

— Sua mãe vai concordar comigo — lady Hayworth cortou Vanessa com um olhar severo. — Já comentei com ela que é muito complacente com vocês duas. Talvez seja assim que as mães tratam suas filhas no campo, mas *aqui* não é apropriado. — A condessa encarou ambas com bastante hostilidade. — Está na hora de se vestirem — afirmou, e desta vez sua voz tinha um tom ameaçador.

Vanessa ficou de pé com delicadeza, sem vontade de continuar protestando. Dora pensou na última parte do tratado no andar de cima, mas o olhar no rosto da condessa era sombrio, e, depois da última viagem de carruagem com tia Frances, Dora concluiu que havia poucas chances de vitória. Ela se levantou em silêncio atrás de Vanessa e seguiu a prima escada acima.

Apenas uma das criadas fora enviada para ajudar Dora com o vestido; agora que Vanessa havia chamado a atenção de Edward, estava óbvio que Dora estava outra vez em segundo plano. Como tinha tão poucos vestidos consigo, Dora vestiu o verde-menta que lady Carroway lhe dera, mais uma vez prendendo-o discretamente com alfinetes nas laterais. Ainda dava para notar que ela usava um vestido de segunda mão, por mais caro que fosse, mas a peça fazia Dora se sentir quentinha e confortável, como um dos abraços de Vanessa. Parte dela esperava que lady Carroway estivesse no baile com o filho e ficasse feliz em ver Dora usando o presente.

A criada arrumou o cabelo de Dora o melhor que pôde no tempo que restava. Dora não usaria joias desta vez, mas, como seria difícil chamar muita atenção, tirando uns olhares de pena, qualquer outro adorno seria desnecessário.

Vanessa estava com um novo vestido marrom e dourado, e o cabelo loiro enfeitado com rubis. Ficou bastante evidente para Dora que as maritacas não haviam poupado qualquer esforço para garantir que sua prima estivesse especialmente deslumbrante para o baile. Vanessa aparentava calma e compostura, mas Dora conseguia ver que, por baixo de toda a elegância, ela ainda estava abalada com os acontecimentos do dia.

A condessa já esperava na carruagem quando Dora, Vanessa e tia Frances se juntaram a ela. Lady Hayworth usava um sofisticado vestido cor de vinho e um emaranhado de joias. Ao olhar para ela naquele momento, Dora pensou que a dama devia ser a epítome de tudo que Elias tanto odiava.

— Até que enfim — arrulhou lady Hayworth, enquanto Vanessa se acomodava no assento. — Ah, olhe só para você! Mal posso esperar para vê-la entrar no baile. Todas as outras mulheres vão ficar verdes de inveja, não vão?

Ela compartilhou um sorriso presunçoso com tia Frances, que deu risadinhas como se tivesse ouvido uma piada muito boa.

— Obrigada, lady Hayworth — disse Vanessa em voz baixa.

Foi uma resposta educada e automática; Vanessa já estava olhando pela janela da carruagem, e Dora suspeitou que a mente de sua prima estivesse muito longe de qualquer coisa relacionada a vestidos e bailes.

— Você vai manter Albert ocupado ao máximo, é lógico — declarou tia Frances a Dora em tom frio. — Se ele ainda estiver interessado em Vanessa, não podemos permitir que demonstre, ou Edward poderá questionar as próprias atenções.

— Farei o meu melhor — prometeu Dora.

No entanto, ela estava pensando no baile quase tão pouco quanto a prima. Todos os seus pensamentos estavam na última parte do tratado, ainda esperando em seu quarto.

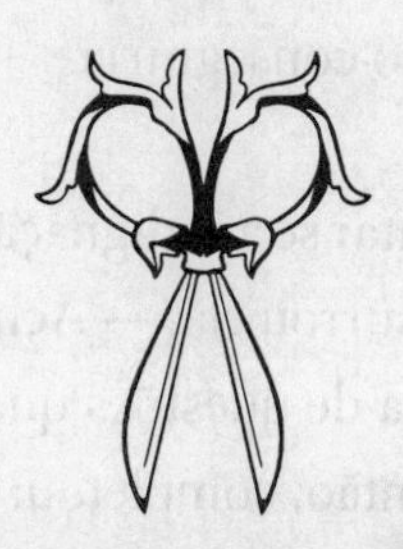

O baile de lady Cushing era ainda mais grandioso do que o da Mansão Carroway. O público parecia menor e mais seleto; por consequência, os trajes aparentavam ser mais caros. Um grande lustre pendia do teto com pingentes de cristal que lançavam reflexos por todas as paredes, e todo o piso de madeira tinha sido riscado a giz com desenhos geométricos fantásticos.

Para este evento, elas haviam chegado elegantemente atrasadas, depois que a dança já estava a todo vapor. Como previsto, Dora ficou sentada com a tia em um canto enquanto Vanessa era educadamente bombardeada de pedidos de dança. Porém, bem mais tarde, Albert apareceu, um pouco agitado por alguma distração que o tivesse ocupado entre os eventos da tarde e a festa. Para grande satisfação de tia Frances e da condessa, ele logo foi chamar Dora para sua primeira dança.

— Se Deus quiser, o dirigente Ricks não vai ficar muito tempo no cargo — informou Albert, assim que chegaram à pista de dança. — Meu pai está tratando do assunto pessoalmente.

Dora franziu a testa.

— Mas ele ainda está no comando por enquanto? — perguntou Dora.

— Está — murmurou Albert com desgosto. — Fiz o que pude para dissuadi-lo de novos abusos esta tarde, mas não é tão simples removê-lo de uma hora para outra. Não existe uma lei específica que o proíba de fazer o que fez, e não há muitas pessoas dispostas a assumir o lugar dele. Mas me ocorreu que o dirigente Ricks parece muito mais rico do que sua posição sugere. Se eu estiver certo e ele estiver desviando dinheiro da casa de trabalho, uma breve investigação deve conseguir cumprir o que a indignação moral não conseguiria.

Dora suspirou.

— Começo a me perguntar se a indignação moral algum dia já conseguiu qualquer coisa — sussurrou ela. — Acho que nunca sentimos tanta indignação quando se trata de questões que acontecem fora dos salões de baile. — Ela piscou e, então, completou: — Ah. Sinto muito. Isso foi um pouco deprimente.

Albert sorriu para ela com ironia.

— Só por esta noite, compartilho do sentimento — alegou ele. — Com alguma sorte e muito vinho, espero recuperar meu otimismo amanhã. — Seus olhos focaram por cima do ombro dela, e Dora avistou Vanessa e Edward dançando juntos, não muito longe deles. — A senhorita parece bastante próxima de sua prima — comentou Albert, sem emoção. — Poderia me fazer o grande favor de dar sua opinião sincera e me dizer que tipo de esposa acha que ela daria?

Dora dirigiu a Albert um olhar nitidamente curioso, e ele corou.

— Ah, não para mim! — garantiu ele. — Deve ter notado que Edward demonstrou interesse por ela. Há algum tempo ele pediu minha opinião sobre sua prima, e eu não soube o que responder. Depois de hoje, acredito que ela deve ser bastante leal, mas percebi que, fora isso, sei muito pouco sobre ela.

Dora sorriu para Albert, maravilhada.

— Sou muito próxima de Vanessa — respondeu ela. — Certamente o senhor deve saber que é provável que eu seja tendenciosa.

Albert pensou sobre o que Dora dissera.

— Tem razão, lógico — reconheceu ele. — Mas, de alguma forma, apesar disso, desconfio que sua opinião seja mais confiável que a da maioria. Acho que nunca a vi medir as palavras, senhorita Ettings.

A dança acabou. Entretanto, Dora manteve o braço no de Albert, pensativa.

— Podemos dar uma volta pelo salão enquanto reflito? — indagou ela. — Prefiro não voltar para minha tia ainda.

Albert aceitou, e eles saíram da pista de dança. Dora passou mais alguns momentos organizando os pensamentos.

— Vou lhe dizer a verdade, senhor Lowe — decidiu ela por fim. — Mas só se me oferecer o mesmo privilégio em relação ao seu irmão. Creio que é aceitável.

— É justo, de fato — concordou Albert. — De minha parte, não tenho muito a criticar. Edward sempre fez o possível para ser honrado e cumprir seu dever e respeitar a família.

Dora franziu a testa.

— Mas ele é um *bom* homem? — perguntou ela. — Não estou insinuando o contrário, é lógico, mas também sei muito pouco sobre ele.

Albert assentiu, levando a pergunta a sério.

— Acho que Edward é um bom homem — disse ele. — Mas pensei mais de uma vez que a bondade dele não foi testada. É fácil ser gentil, generoso e honrado quando há pouco a perder com isso. Contudo, considerando sua herança, eu me pergunto se ele algum dia estará em posição de ser testado. Talvez seja um ponto discutível a ser debatido.

Dora sorriu com pesar.

— De minha parte, devo lhe dizer algo muito parecido em troca — declarou. — Amo Vanessa com todo o meu coração, e ela sempre foi a pessoa mais bondosa na minha vida. Temo que ela possa ser insensível com as coisas que não vê diretamente ou não entende. Mas mostrar-lhe tais coisas é um remédio bastante simples, e essa falta não anula todas as outras qualidades maravilhosas. — Dora fez uma pausa. — Quanto ao tipo de esposa que ela daria... Não sei o que um homem procura em uma esposa. Mas sinto muito conforto na companhia dela e não consigo imaginar que o futuro marido de Vanessa não fosse sentir o mesmo.

Albert abriu um sorriso caloroso para Dora.

— Fico feliz em saber disso — afirmou ele. — Se me permite, senhorita Ettings... também não faltam qualidades maravilhosas na senhorita. Tenho certeza de que não sou o único a notar.

Dora ficou confusa com a mudança inesperada de assunto.

— Senhor Lowe — disse ela cuidadosamente —, não pretendo ser presunçosa. Mas, se de repente o senhor decidiu me cortejar a sério, não sei se posso recomendar a ideia.

Albert riu.

— Eu não ousaria — declarou em voz baixa. — Falando nisso... acredito que devo abrir mão de sua companhia em breve. Espero que não se importe.

Dora teve apenas um breve momento para tentar entender o que Albert queria dizer com aquilo antes de ouvir alguém atrás dela pigarrear.

— Senhorita Ettings — cumprimentou Elias. — Estou aqui para a senhorita ver para crer. Acredito que me deve duas danças... quaisquer duas que eu queira, na verdade.

Dora virou-se para observar o mago. Não estava muito bem-vestido para a festa — quer dizer, ele se destacava bastante entre os convidados, que vestiam seus melhores trajes. O rosto estava evidentemente desgastado pela exaustão, mas Dora achou que havia uma delicadeza incomum no comportamento dele, que exibia um raro sorriso cansado.

— Então você *foi* convidado? — indagou Dora, antes de pensar melhor nas palavras. — Estou surpresa que lady Cushing tenha lhe enviado um convite.

Elias ergueu uma sobrancelha.

— A maioria das pessoas simplesmente presume que não irei aparecer quando me convidam para suas festas — respondeu ele. — Tenho certeza de que a dama reconsiderará a estratégia após esse erro imensurável. — Ele estendeu a mão para ela com parcimônia. — Não vou mesmo aceitar um não como resposta, senhorita Ettings. Imagino que não gostaria de ficar conhecida como uma mulher que ignora suas dívidas de jogo.

— Para começo de conversa, eu não gostaria de ficar conhecida como uma jogadora — disse Dora sem emoção. — Mas, como parece que perdi a mesma aposta que lady Cushing perdeu, algo me diz que, neste caso, seja aceitável.

Dora sorriu para ele e, quando pegou a mão de Elias, o alívio do peso que estivera em seu peito o dia todo foi perceptível.

Enquanto Elias a conduzia para a pista, sua mão desceu até a cintura dela, e um estranho arrepio a percorreu no ponto em que ele a tocou. A primeira reação dela foi achar que aquela não deveria ser uma maneira adequada de tocar uma dama em público. Mas, quando Dora olhou para os outros dançarinos, viu que todos estavam em posições semelhantes.

— Ah — murmurou ela. — Vamos valsar, então?

— É o que parece — comentou Elias.

Ele ficou de frente para ela e levou a mão dela até seu braço. Não havia como desviar o olhar do dele em tal posição; seu calor estava muito próximo, mesmo onde eles não se tocavam. O doce aroma de mirra fazia cócegas nos sentidos de Dora, e ela se pegou encarando Elias em uma confusão atrapalhada.

— Não trouxe a tradução, infelizmente — informou Dora. — Dei para Albert mais cedo. Pode ser que eu consiga terminar a última parte esta noite, se eu conseguir uma vela emprestada.

Elias sorriu para Dora outra vez.

— Albert me entregou seu trabalho hoje cedo. Não estou aqui para forçá-la a fazer mais.

Dora refletiu sobre o que ele dissera por um longo momento. Estava bem ciente do braço dele deslizando em suas costas enquanto eles continuavam a se preparar para a dança.

— Existe alguma outra ajuda que eu possa oferecer, nesse caso? — indagou ela. — Não consigo imaginar que você tenha vindo a uma dessas festas que tanto odeia para dançar.

Elias não desviou o olhar do dela nem uma vez enquanto conversavam. Cansado como estava, não havia nele qualquer indício da raiva desesperada que ela vira apenas um dia antes. Ainda havia dor, concluiu Dora, mas misturada com algo mais suave e menos violento.

— Você está certa. Eu desprezo esses bailes idiotas. Não vim aqui simplesmente para dançar. — Ele pigarreou de leve. — Mais uma vez tive pouco sucesso hoje. Quando me dei conta, estava sentado no escuro, sozinho, exausto e amargo. E suponho que poderia ter permanecido assim. Mas prometi a Albert que seria mais bondoso comigo mesmo. E então tentei pensar em onde eu *gostaria* de estar se não estivesse tão amarrado a essa tarefa nada esperançosa.

Dora franziu a testa.

— Não pode ter pensado no baile de lady Cushing — declarou ela com ceticismo.

— De fato, não — concordou Elias. — Pensei em você, Dora. E você está no baile, então aqui estou eu. — Os olhos dourados se fixaram nos dela, e um calor agitado percorreu a pele de Dora. — Não vim aqui só para dançar. Eu vim aqui só para dançar com *você*. É bem diferente.

A dança começou, o que foi um alívio — Dora teve a súbita certeza de que não conseguiria ficar parada sob aquele olhar por nem mais um instante sequer. Sua cabeça girava e a respiração estava estranhamente acelerada. Elias a segurava com firmeza, e ela se perguntou se conseguiria se manter de pé quando ele a soltasse.

— Você está muito quieta — comentou Elias, depois de terem dado algumas voltas pela pista.

Seu olhar não se afastou do rosto dela. Dora achou que ele poderia estar procurando por algo em sua expressão.

— Não sei o que dizer — admitiu ela. — Acho que estou profundamente comovida. Mas, se devo reagir de alguma maneira particular, devo avisá-lo de que não sei qual seria. Minha condição me confunde. — Dora baixou o olhar para o queixo dele, em vez de para os olhos. — Às vezes eu sou uma boneca, e não um ser humano.

Elias pressionou suavemente a mão em suas costas, conduzindo-os para longe dos outros dançarinos. Ele parou por um momento, e Dora sentiu o olhar quente de Elias em seu rosto.

— Certamente não pode pensar isso de si mesma — murmurou ele. — Ou alguém já disse isso para você, talvez?

Dora ficou muito calada. Ela não queria admitir que havia arrancado acidentalmente as palavras daquela pilha de comentários inconvenientes no fundo de sua mente. Seria como reconhecer que tia Frances havia vencido uma batalha contra ela.

Elias se inclinou na direção dela, provavelmente chegando mais perto que o apropriado.

— Pode ser verdade que você só tem metade da alma, Dora — sussurrou ele, com uma surpreendente compaixão na voz. — Mas isso não faz de você uma *pessoa* pela metade.

Dora estremeceu sem saber bem o motivo. Ela sentiu as palavras percorrerem seus ossos, mais profundas e penetrantes que qualquer coisa que tia Frances já havia dito a ela. A rara sinceridade na voz dele a atingiu diretamente no que restava de seu coração de uma forma dolorosa e libertadora ao mesmo tempo.

Lágrimas escorriam por suas bochechas. Depois de um longo momento, Dora estendeu a mão para enxugá-las, confusa.

Elias se espantou.

— Você está... você está bem? — perguntou baixinho.

Dora assentiu de leve.

— Deve ser toda essa fumaça de vela — mentiu ela, com a voz equilibrada. — Sempre faz meus olhos lacrimejarem.

Elias apertou a mão de Dora.

— Existem maneiras melhores de iluminar uma sala — disse ele. — Talvez eu possa ajudar.

Ele soltou a mão dela para enfiá-la em sua casaca, de onde retirou uma varinha de vidro retorcido.

As velas da sala se apagaram num instante. Arquejos e sussurros repercutiram pela multidão, mas logo se transformaram em murmúrios de admiração. Luzes oscilantes minúsculas se acenderam no ar, espalhadas como pó de fada pelo salão de baile. Uma delas passou flutuando por Dora, e ela estendeu a mão para tocá-la, extasiada. A luz cintilou na pele dela, mas não queimou nem esfriou ao toque. Em vez disso, prendeu-se brevemente em seus dedos e depois voou para longe feito uma brasa flutuante.

— São estrelas? — sussurrou ela, fascinada.

— Fico lisonjeado com sua análise desvairada de minhas habilidades — declarou Elias, com certa alegria prazerosa. — Eu deveria mentir e dizer que de fato puxei as estrelas do céu para diverti-la. Mas é um simples truque de magia e nada mais.

Ele estalou os dedos e uma bruma de luzes cintilantes deslizou na direção de Dora, fixando-se no tecido de seu vestido e nas mechas de seu cabelo.

Com isso, algumas das pessoas reunidas no salão de baile começaram a voltar a atenção para Dora. Se ela fosse outra pessoa, poderia ter ficado constrangida com a atenção repentina. Mas Elias estava sorrindo para ela com um prazer caprichoso, e ela estava nadando entre as estrelas. Enquanto os músicos lentamente reencontravam o ritmo e ele a tomava de volta em seus braços para dançar, Dora só conseguia sentir o mais brilhante e maravilhoso calor de lampião que já tinha sentido na vida.

O ambiente até aquele momento havia estado tenso e um tanto sufocante, como em muitos bailes. Mas, sem o calor de todas aquelas velas, sob a luz suave das luzes serenas e flutuantes das fadas, de repente havia uma espécie de reverência silenciosa. Ninguém queria ser o primeiro a quebrar o maravilhoso encanto que caíra sobre todos eles.

Ao olhar para Elias sob a luz bruxuleante das estrelas, Dora se viu totalmente envolvida. Havia uma beleza etérea e sobrenatural nele que a fez pensar que Elias *devia ser* pelo menos parte feérico. Dora imaginou que a pele dele era como o luar, o cabelo como seda branca, os olhos como brasas. Ele olhava para ela, por incrível que pareça, e não para as estrelas ao redor deles. A atmosfera suave a fazia sentir que estava sonhando, ainda mais que o habitual. Mas era o tipo de sonho adorável em que a pessoa se demorava de propósito, sem querer acordar cedo demais.

Houve uma dispersão de estrelas quando Elias girou Dora pelo canto da pista de dança, e ela olhou para trás, observando-as com admiração. Quando o fitou, uma nova calidez em seu rosto.

— Você está sorrindo — disse Elias em voz baixa.

Dora hesitou.

— Acho que sim — murmurou ela, um tanto surpresa. E, de fato, ela podia sentir um sorriso distante e sereno em seu rosto. — Isso é ótimo, não é? Pelo menos por um instante.

Um sorriso semelhante e satisfeito brotou nos lábios do mago, e o calor no peito de Dora cresceu com ele.

— É ótimo — concordou Elias. Ele sondou o rosto dela com uma expressão gentilmente curiosa. — Está feliz neste momento, Dora?

Ela piscou devagar, pensando na pergunta.

— Estou… muito contente — respondeu ela.

Mas o calor preenchendo seu peito aumentava enquanto ela continuava a olhar para o sorriso dele, e Dora suspirou de repente.

— Não… — corrigiu. — Acho que estou *feliz*. Que sensação deliciosa! Estou sonhando e não quero acordar.

A música acabou, e eles pararam como os outros dançarinos. Elias se inclinou para ela sob a proteção da fraca luz das estrelas. Dora olhou para ele, em transe, enquanto a testa dele tocava levemente a dela.

— Eu também não quero acordar — sussurrou ele.

Ela sentiu a respiração dele ao longo da própria bochecha enquanto ele falava. O sussurro provocou nela um arrepio que chegou até o coração, e Dora pensou: *Oh, céus.* Porque ela teve certeza de que estava apaixonada. Cada fibra esgarçada que restava em sua meia-alma estremeceu com a consciência desse sentimento.

— Vai ter que dançar outra vez comigo — murmurou Elias. — Você prometeu.

— Não consigo me imaginar dançando com mais ninguém — declarou Dora honestamente.

No entanto, ela não manteve um registro muito apurado de quantas vezes eles de fato dançaram, conforme a noite avançava. Dora sabia que tinha sido muito mais que o apropriado. Mas, enquanto as estrelas se dispersavam, tudo que ela podia fazer era torcer para que todos tivessem perdido a noção de quem estava dançando com quem em determinado momento.

Foi o anúncio de que a ceia estava servida que os interrompeu, pouco depois da meia-noite. Pela expressão pesarosa de Elias, Dora concluiu que ele não havia pretendido ficar até tão tarde. Quando ele a soltou com relutância, ela notou que sentia frio pela primeira vez em anos.

— Muito obrigado pela distração — disse Elias baixinho. — Receio que agora devo retornar para tarefas mais desagradáveis.

O sorriso de Dora vacilou. *Eu não quero que vá*, ela pensou. Mas era muito egoísta da parte dela, sobretudo porque sabia quão pouco Elias desejava confrontar mais uma vez seus esforços nada esperançosos.

— Foi um prazer revê-lo — disse ela. — Estou contente por você ter vindo.

Elias deu um passo para trás, mas pegou a mão dela e se inclinou para beijar o ar logo acima da luva. Pela primeira vez, o gesto não pareceu nem um pouco irônico.

— Voltarei a visitá-la assim que puder — prometeu ele. — Se conseguir se esforçar para ficar em casa, óbvio.

Dora riu baixinho.

— Vou me esforçar — retrucou ela. — Mas não sei se serei bem-sucedida. Onde quer que estejam seus apetrechos para matar dragões, desconfio que vá precisar levá-los novamente.

Elias lançou um sorriso cansado.

— Vamos precisar dar um jeito juntos, imagino.

Ele soltou a mão de Dora e fez um último aceno de cabeça, antes de se virar para partir.

Dora sentou-se ao lado de Vanessa para a ceia, durante a qual não faltaram exclamações sobre a noite mágica. É evidente que o lorde Feiticeiro havia aparecido e conduzido o espetáculo em pessoa — um capricho nada característico dele, alguém garantiu ao grupo, lembrando que ele uma vez fizera lady Rhine temer pela própria vida depois de ser solicitado a realizar "algum truque de magia para a festa". Não, de fato a suspeita era de que o lorde Feiticeiro devia ter comparecido para impressionar alguma dama em particular... e, enquanto damas e cavalheiros comparavam lembranças, Dora aos poucos se viu objeto de muita atenção na mesa.

— Certamente não! — exclamou uma das damas, espantada. — A senhorita Ettings *mais velha*? Não está falando da mais nova?

— Existe uma senhorita Ettings mais velha? — cochichou um cavalheiro, confuso.

— Ela dançou com ele a noite toda! — murmurou uma jovem. — Que romântico! Não há outros magos em Londres nesta temporada? Eu preciso encontrar um para mim!

Vanessa sorriu para Dora e apertou sua mão por baixo da mesa.

— É verdade? — perguntou a garota do outro lado de Dora. — A senhorita dançou com o lorde Feiticeiro a noite toda?

Dora lançou para ela um olhar de pouco interesse.

— Dancei com ele duas vezes — mentiu, com a maior serenidade. — Mais do que isso certamente seria exagero.

A mentira foi aceita com mais ou menos desconfiança por diferentes pessoas na mesa. Mas, quanto à lady Cushing, ela não poderia ter se mostrado mais feliz. Da cabeceira da mesa estava dizendo em voz alta a quem quisesse ouvir como estimava o lorde Feiticeiro, apesar de sua personalidade nada convencional, e de como ela sempre fizera questão de lhe enviar um convite por mera educação. Dora pensou consigo mesma que o pobre Elias talvez tivesse, sem querer, recuperado a própria reputação com sua pitada de magia, pois aquele arroubo de fantasia instantaneamente havia transformado o baile de lady Cushing no evento mais empolgante da temporada. Todas as festas na cidade com certeza ansiariam por sua presença inesperada.

As estrelas permaneceram no salão de baile durante a ceia e até as primeiras horas da manhã, quando começaram a desaparecer com o amanhecer. Dora achou que ouviria algumas recriminações de sua tia ou da condessa na carruagem no caminho de volta, mas, para sua surpresa, isso não aconteceu. Elas voltaram para a Mansão Hayworth em um silêncio sonolento e, depois que Dora se deitou na cama e fechou os olhos, as estrelas do salão de baile brilharam em seus sonhos.

Catorze

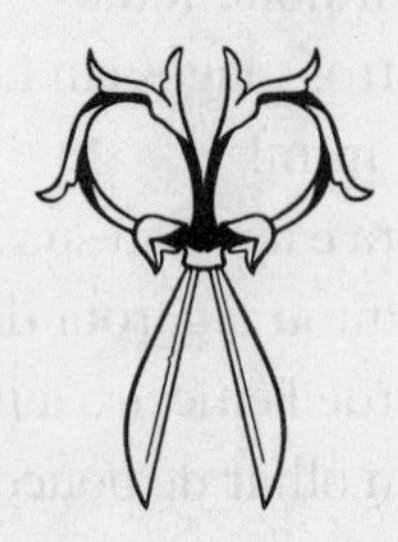

Na manhã seguinte ao baile, Dora dormiu até tarde. Quando por fim acordou, ela se perguntou se tudo tinha sido um sonho. Sem dúvida, pensou Dora, Vanessa poderia dizer a ela o que era real e o que era sonho, mas, quando Dora desceu, a prima não estava em lugar algum.

— A senhorita Vanessa saiu com o senhor Edward Lowe — informou o mordomo quando ela perguntou pela prima.

Dora refletiu sobre o fato, curiosa.

— Com uma acompanhante, imagino — considerou. — A senhorita Jennings foi com eles, certo?

— Não, senhorita Ettings — respondeu o mordomo educadamente. — O senhor Lowe solicitou uma conversa particular com a senhorita Vanessa, e lady Lockheed deu-lhe permissão.

Dora refletiu. Ela não era, de jeito algum, a mulher mais socialmente astuta. Mas até ela entendia o que uma conversa particular significava.

Edward Lowe está pedindo Vanessa em casamento, pensou Dora. A ideia parecia ainda mais irreal que a noite longa e surreal que ela passara com Elias. Depois de todas as conspirações e ranger de dentes das maritacas, elas enfim conseguiram seu objetivo: a qualquer momento,

Vanessa estaria noiva de um futuro visconde. E, em algumas semanas, sua prima estaria casada.

E Dora ficaria sozinha.

Era tão difícil conceber a ideia que Dora a afastou, confusa.

Talvez não, considerou. *Vanessa disse que gostaria que eu ficasse com ela depois que se casasse. Tenho certeza de que não vai mudar de ideia.*

Mas… não. Dora *não* tinha certeza. Não havia razão para achar que Vanessa tivesse mudado de ideia… contudo, e se tivesse? De qualquer maneira, tudo mudaria por completo assim que sua prima reaparecesse por aquela porta.

— Dora! — exclamou tia Frances do alto da escada. — Enfim você acordou, pelo que vejo. Ótimo. Farei com que as criadas comecem a fazer as malas agora mesmo.

Dora franziu a testa, distraída. De repente, não sabia dizer quanto tempo permaneceu parada olhando para a porta.

— Fazer as malas? — indagou ela. — Que malas, tia Frances?

— As suas, é lógico — disse tia Frances exasperada. — Vanessa vai voltar com um anel a qualquer momento. A igreja começará a ler os proclamas esta semana, tenho certeza. A última coisa de que precisamos é que você faça alguma bobagem para atrapalhar o noivado até que Vanessa e o visconde estejam devidamente casados!

Dora riu com uma leve confusão atordoada.

— Edward não é visconde, pelo menos por enquanto. O pai dele ainda é visconde. Que ideia estranha seria Vanessa se casar com o pai de Albert. Lady Carroway é muito generosa, mas não acho que ela seja *tão* generosa assim…

Tia Frances desceu as escadas e a agarrou pelo braço.

— É *exatamente* desse tipo de bobagem que estou falando! — esbravejou ela, com a voz severa. — Você não pode dizer essas coisas em público. Será muito melhor que volte a Lockheed.

Dora lutou contra o braço de tia Frances, contorcendo-se para se livrar de seus dedos ossudos.

— Não posso voltar para Lockheed — rebateu ela, numa voz bem mais razoável do que gostaria. — Vanessa me pediu que eu estivesse no casamento dela. E preciso encontrar um marido, como a senhora disse...

— Vanessa não precisa de você no casamento dela! — interrompeu tia Frances, irritada. — E nós duas sabemos que você nunca vai se casar, Dora. O senhor Lowe ainda não demonstrou nenhuma inclinação de que vá propor casamento a você. Dificilmente podemos esperar que a condessa continue a hospedá-la aqui por um capricho inútil.

O que está acontecendo?, Dora pensou, distante. Tudo estava acontecendo muito depressa. Vanessa ia se casar. Jane ainda estava morrendo. George Ricks ainda era um vilão terrível. Não havia como Dora voltar para Lockheed.

— O lorde Feiticeiro está me cortejando — declarou Dora calmamente, embora as palavras despertassem uma nova confusão em seu estômago. — Ele não pode ter deixado mais evidente o interesse, tia Frances.

Ele só está me cortejando para manter os outros afastados, pensou Dora. *Mas o arranjo dele deve ser suficiente para me manter aqui também, não é?*

Tia Frances franziu os lábios e beliscou o braço de Dora com força.

— Não me fale desse mago! — sibilou ela. — Você já passou vergonha, Dora, relacionando-se com ele como se já estivessem noivos. Dançaram a noite toda juntos! Valsando com os corpos colados! Se o homem realmente deseja pedir você em casamento, então pode fazê-lo em Lockheed, mas não vou permitir que ele estrague ainda mais a reputação de nossa família com aquelas maneiras rudes!

O que restava do coração de Dora murchou terrivelmente em seu peito.

Tia Frances a arrastou escada acima e a empurrou sem cerimônia para o quarto.

— Apronte-se para a viagem, Dora — ordenou. — Ainda é de manhã. Vou colocá-la na estrada dentro de uma hora sem falta, por Deus.

Dora abriu a boca para responder, mas, antes que pudesse pronunciar qualquer outra palavra, sua tia fechou a porta com uma batida brusca.

O silêncio dominou o quarto. Lentamente, foi se insinuando, sufocando seus pensamentos feito um manto pesado. Dora ficou parada, tentando fazer sua mente funcionar, porém, ainda mais que o normal, ela não conseguia se concentrar. De algum modo, quanto mais esforço ela despendia tentando se ancorar no momento, menos Dora conseguia focar.

Ela deu alguns passos pelo quarto, ao menos para fazer seu corpo se movimentar. Então viu-se diante da cômoda, remexendo na gaveta onde havia escondido o espelho de vidência.

Mas o espelho havia sumido. Assim como as flores que também estavam na cômoda, percebeu Dora.

As maritacas jogaram tudo fora, pensou ela com um pavor crescente. *Voltamos tão tarde ontem à noite que nem percebi.*

Dora deu um passo para trás, tremendo de tão perturbada.

Preciso fazer alguma coisa, pensou. *Isso não é um sonho, por mais que pareça. Não posso ir embora para Lockheed enquanto tudo isso está acontecendo.*

No entanto, o manto em sua mente ficava cada vez mais pesado, bloqueando qualquer ponderação razoável. Dora sentou-se na beira da cama e colocou o rosto entre as mãos, tentando afastar uma tontura súbita.

Estou presa, pensou.

Ela precisava de ar. Queria estar em outro lugar, em qualquer outro lugar.

Mas... não. Não era nada disso. O peso esmagador em seu peito era muito mais traiçoeiro e bem mais impossível de resolver.

Quero ser *outra pessoa*, pensou Dora.

A verdade da constatação penetrou nela com suavidade, como acontecia com quase todo o restante. Ela se sentiu silenciosamente sufocada, presa em um sonho consigo mesma, sem conseguir escapar.

Dora oscilou na beira da cama enquanto a vertigem desesperada aumentava. Se ela pudesse se recostar nos travesseiros e simplesmente desaparecer, tinha certeza de que o faria.

Por anos, Dora não se preocupara em se perguntar por que ela havia sido escolhida — por que ela havia sido amaldiçoada em vez de qualquer outra pessoa no mundo. Sempre parecera irrelevante, insubstancial, irreversível. Naquele dia, porém, ela sentiu a injustiça disso tudo como um espartilho muito apertado.

O que Dora teria sido se não tivesse perdido metade de sua alma? Será que tia Frances a amaria mais se ela pudesse sorrir direito? Sem dúvida, Dora teria se apaixonado de maneira mais plena por algum homem que a amasse exatamente da mesma forma. Ela não precisaria usar uma tesoura de ferro pendurada no pescoço, nem se esconder dos pretendentes para a própria segurança deles.

Ela não voltaria para Lockheed sozinha para ser esquecida no campo mais uma vez.

— Não devo pensar assim — sussurrou Dora.

As palavras quebraram o silêncio inquietante no quarto. Fizeram a situação parecer mais real, mais estável. O som de sua própria voz, refletiu Dora, a ajudaria a se concentrar novamente.

Ela respirou fundo algumas vezes e começou a contar em francês.

— *Un, deux, trois...* — Lágrimas escorreram pelo seu rosto, e ela piscou para se livrar delas, confusa. — *... quatre, cinq, six...* — O som da voz de sua tia sibilou em seu ouvido mais uma vez, recriminando-a por ser um fantoche. — *... sept, huit, neuf...*

Dora enxugou os olhos a esmo. O espelho que ficava sobre a penteadeira no canto atraiu seu olhar, e ela apertou os lábios. Antes que percebesse, Dora tinha se levantado e cruzado a distância até o objeto, inclinando-se para ele. Ela olhou atentamente para a superfície prateada, tentando entrar em contato com Elias.

As proteções dele reagiram quase instantaneamente, formigando em sua pele como um sinal de advertência. Dora forçou a mente contra elas só de leve.

Vou continuar até que se torne perigoso, decidiu. *Só até ele perceber que alguém está tentando encontrá-lo. Ah, mas e depois, o que ele vai fazer?* Uma voz pequena e insegura sussurrou do fundo de sua mente. Que importância teria para Elias se Dora acabasse no campo? Certamente, ele estava lidando com questões muito maiores. Tinha toda a situação da peste com que se preocupar. E, bem, talvez fosse verdade que Dora havia se esforçado muito para ajudá-lo nisso. Mas, no final, ela não tinha ajudado *tanto* assim, não é?

Talvez, se eu não estivesse dividida em duas, eu teria ajudado mais.

Dora não conseguia impedir que o pensamento borbulhasse. Isso a distraía da imagem de Elias que ela havia fixado em sua mente, fazendo-a oscilar, incerta.

A prata no espelho da penteadeira ondulou enquanto Dora lutava com suas intenções. Lentamente, o reflexo começou a se tingir de preto. A princípio, Dora se perguntou se Elias havia dispensado as proteções, mas a imagem que apareceu na escuridão do espelho não era dele.

Era dela.

A Dora do espelho estava sentada ao piano, usando um vestido de cetim branco tão delicado que a fazia brilhar como o luar. Suas madeixas vermelho-ferrugem eram muito mais compridas do que Dora costumava deixar crescer, e o cabelo elegantemente trançado caía por suas costas, com pérolas brilhantes trabalhadas em cada torção.

A outra Dora estava chorando. Na verdade, ela soluçava — a grande intensidade da emoção em sua expressão pegou a verdadeira Dora de surpresa. Ainda assim, a outra Dora tocava o piano à sua frente com uma precisão cuidadosa, incapaz ou sem vontade de interromper a performance.

— Não entendo — sussurrou Dora, enquanto olhava para sua própria imagem no espelho. — O que é isto?

Os dedos da outra Dora escorregaram nas teclas do piano. Ela olhou para cima em estado de choque, as lágrimas ainda molhavam o rosto.

Seu olho esquerdo era cinza.

— Não entendo — sussurrou a outra Dora. — O que é isto?

Passos se aproximaram. A verdadeira Dora girou e viu uma porta finamente entalhada com acabamento em ouro. Era de qualidade muito superior até mesmo às da residência de lady Hayworth. Quando Dora olhou mais de perto, notou que os entalhes nela eram de ninfas e sátiros que conduziam alegremente crianças pelas mãos em uma espécie de dança arrebatada.

A porta se abriu e por ela passou lorde Hollowvale, com seus olhos azul-claros e suas muitas camadas de casacas sofisticadas, mancando apenas ligeiramente com o auxílio de uma comprida bengala prateada.

Dora encontrou seu olhar com horror.

Não importava que Dora estivesse apenas tendo uma visão e não estivesse presente de fato. Lorde Hollowvale *olhou* para ela da mesma maneira nítida que Elias poderia ter feito. O marquês franziu o cenho com curiosidade.

— Por que interrompeu a lição de piano? — perguntou ele a Dora. — E o que está vestindo?

Os olhos de lorde Hollowvale se voltaram para a outra Dora, que ainda estava ao piano, e ele ficou ainda mais confuso.

— Ah, que *interessante* — comentou o feérico.

Ele disse isso com o mesmo tom com que se fala sobre uma fita particularmente bonita ou um tapete de origem estrangeira.

Por instinto, Dora levou a mão ao peito, onde *deveria* estar a tesoura de ferro. Mas a bainha estava inexplicavelmente vazia.

Ferro e magia não se misturavam, lembrou Dora, então com pavor. Todo o restante parecia estar com ela de algum modo enquanto ela via esse lugar estranho em sua vidência, mas a tesoura havia ficado para trás com seu corpo.

Lorde Hollowvale sorriu, e Dora soube que ele pressentiu sua vulnerabilidade. O feérico deu alguns passos lânguidos e graciosos em sua direção, enquanto Dora fechava os olhos com força e tomava fôlego.

Pense na penteadeira, disse a si mesma. *Pense que está tocando na madeira. Preciso pensar em qualquer outra coisa, menos nisso.*

Um toque de mão fria pousou no ombro de Dora. O leve contato fez com que ela perdesse o ar no mesmo instante. Algo muito importante estalou em seu peito, com o mesmo final terrível de uma corda de piano sendo cortada.

— Que gentileza sua me visitar, filha primogênita de Georgina Ettings — disse o marquês. — Por favor, permita-me dar-lhe as boas-vindas à Mansão Hollow.

Quinze

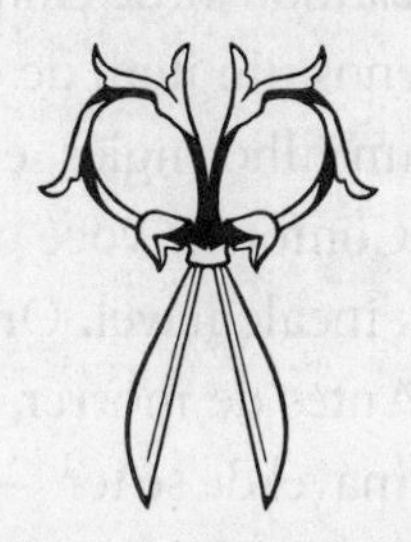

Se Dora fosse qualquer outra pessoa, teria entrado em pânico. Tal como era, sentiu um pavor profundo e terrível em seu coração, mas, como ela não poderia reagir com nada além de calma, encarou lorde Hollowvale e perguntou:

— O que você fez comigo?

O marquês franziu a testa enquanto observava Dora, pensativo.

— Peguei o que faltava do que me deviam — respondeu ele. — Esta metade da sua alma não retornará mais ao mundo mortal. Mas que problema! Eu havia imaginado que você voltaria a ser uma pessoa única, mas não parece ser o caso.

Dora olhou para a outra versão dela ainda sentada ao piano. A outra Dora se pôs de pé com um grito furioso.

— Você precisa soltá-la imediatamente, seu monstro! — exclamou ela. — Não está contente com o que já fez *comigo*?

Lorde Hollowvale estalou os lábios para a outra Dora.

— Tenha modos! — censurou ele, e suspirou. — Como ainda podem ser tão péssimos, Theodora? Depois de todo o meu trabalho para aprimorar suas virtudes, você continua incapaz de se comportar como uma dama. — Seus olhos azul-claros voltaram-se para Dora, que ele ainda mantinha presa no lugar segurando-a pelo ombro. — Mas agora entendo o que aconteceu! Muito tempo atrás, peguei a metade mais apaixonada de sua alma. Se eu conseguir unir vocês duas novamente, com certeza terei uma filha inglesa adequada!

O estômago de Dora se revirou.

— Filha? — sussurrou ela. — Não sou sua filha. Lógico que não.

— Ah, mas você é! — exclamou lorde Hollowvale com prazer. — Faço questão de possuir pelo menos um item de cada coisa inglesa. Eu disse à sua mãe que queria ter um filho inglês, e ela me vendeu a senhorita bem antes de você nascer. Conforme você crescia, ela insistia que você tinha um valor ainda mais incalculável. Ora, devo ter dado a ela uma fortuna em ouro de fada! Antes de morrer, ela declarou que uma filha era de fato uma coisa inestimável de se ter. — Ele riu, como se fosse uma piada. — Mas agora eu tenho uma filha inglesa inteira, e todos morrerão de inveja! Eu já era muito invejado por possuir apenas metade de uma.

Dora olhou para sua outra metade.

Vou chamá-la de Theodora, pensou. *Pois preciso chamá-la de algo diferente de "mim" se quiser manter minha sanidade.*

Theodora era de fato muito mais apaixonada que Dora. Até mesmo naquele momento, as lágrimas escorriam pelo seu rosto com facilidade, e ela estava corada e tremendo de raiva. Por apenas um instante, Dora a invejou, antes de perceber como a ideia era tola.

— Não posso ficar aqui — afirmou Dora com calma a lorde Hollowvale. — Este não é o meu lugar, e tenho coisas a fazer. Você precisa me mandar de volta imediatamente.

Lorde Hollowvale balançou a cabeça, estupefato.

— Minha querida Theodora — disse ele. — Pelo jeito as duas metades são insolentes. Mas não se preocupe! Sou um lorde incrivelmente generoso, como você descobrirá. Farei com que suas virtudes sejam multiplicadas por mil! Você será a filha inglesa mais invejável que um lorde feérico já teve: cheia de paciência, doçura e discrição! — Ele deu um tapinha carinhoso na bochecha dela. — Pode perguntar à sua outra metade. Providenciei para ela todas as melhores aulas, não foi?

— Aulas até demais! — interveio Theodora, atabalhoada. — E nunca tenho tempo para descansar! Uma vez você me deixou tocando piano por três dias e se esqueceu de mim, e meus dedos começaram a sangrar!

— E você é uma pianista talentosa! — afirmou lorde Hollowvale, suspirando de orgulho. — Ouvi dizer que isso é um traço de virtude em uma filha inglesa, então você está ainda *mais* virtuosa agora do que quando chegou aqui!

Ele girou Dora pelos ombros para encarar sua outra metade.

— No momento, preciso comparecer a um compromisso. Mas, assim que eu voltar, tenho certeza de que encontrarei uma maneira de fazer de você uma pessoa única novamente. Enquanto isso, pode se familiarizar consigo mesma, Theodora!

Lorde Hollowvale soltou Dora e se virou para a porta. Antes que ela pudesse protestar, ele a fechou atrás de si. Houve o som característico de uma chave girando na fechadura e, depois, o de passos se afastando.

Mesmo assim, Dora forçou a maçaneta, sacudindo-a com força. Ela jogou o ombro contra a porta e até tentou chutá-la. Tudo foi em vão: a porta se recusava a ceder.

— Não vai abrir — disse Theodora a ela com um suspiro pesado e triste. — Já tentei várias vezes. — Dora olhou para trás e viu que o lábio inferior de Theodora começara a tremer. — Ah, *não*, é provável que eu chore de novo. Por que eu fico assim o tempo todo? De alguma forma deixei toda a minha paciência com você quando ele nos separou?

Dora virou-se para examinar a si mesma com calma.

— É possível — respondeu ela. — De minha parte, parece que deixei todas as minhas emoções espontâneas com *você*. Nunca reagi às coisas da mesma maneira que todo mundo.

Theodora *de fato* começou a chorar ao ouvir isso. Ela enxugou o rosto com a manga do vestido, tremendo de tanto soluçar.

— Que horror! — exclamou. — Então nenhuma de nós está bem há anos! Nós duas temos sido infelizes, cada uma à sua maneira?

Dora ponderou.

— Talvez não — replicou ela devagar. — Eu estava muito chateada com minha condição minutos atrás. Mas não estava tão confinada quanto você, e pelo menos tive uma companhia de verdade. Vanessa tem sido maravilhosa, e Elias…

Dora se interrompeu de súbito, sem saber o que deveria dizer.

Theodora parou de chorar de repente. Ela arregalou os olhos e levou as mãos ao peito.

— Quem é Elias? — indagou ela. — Oh, céus. Eu me sinto tão feliz e tão apavorada ao mesmo tempo… É porque você está na sala comigo e é assim que *devemos* nos sentir?

Dora olhou para seus pés.

— Estou apaixonada por ele — confessou Dora, pois seria bobagem tentar esconder a verdade de si mesma. — Mas temo que ele não sinta o mesmo. — Ela franziu um pouco a testa. — Eu deveria simplesmente ter perguntado a ele. Se eu *conseguir* voltar para a Inglaterra, com certeza o farei.

As pernas de Theodora fraquejaram. Ela logo se sentou no banquinho do piano, piscando para afastar algum sentimento avassalador.

— Puxa — disse ela baixinho. — Puxa, então o amor é assim. Que maravilhoso e terrível. — Ela olhou para Dora e comprimiu os lábios. — Já tentei fugir antes, sabe... Mas, desta vez, eu realmente preciso. Não consigo imaginar como seria nunca mais ver Elias outra vez! — Theodora fez uma pausa confusa. — Eu nem o conheço. Que situação estranha.

Dora assentiu.

— Eu sinto o mesmo — admitiu ela. — Dos dois lados. Apesar de você e eu certamente ainda estarmos conectadas, ou então eu não teria um pé no mundo das fadas, o que me fez capaz de ter visões. E… ah. Devo ter tido uma visão sua por acaso. Foi assim que vim parar aqui. Eu estava olhando para o espelho e pensando desesperadamente em como eu queria ser uma pessoa completa outra vez.

— Sim, *seria* maravilhoso ser completa outra vez! — Theodora suspirou. — Você não tem ideia de como é cansativo ser emotiva o tempo todo. Estou sempre furiosa ou desolada ou apavorada ou… *às vezes* estou alegre, mas é tão raro encontrar algo para me alegrar aqui.

Theodora se levantou e cruzou a distância até Dora, pegando suas mãos. Era uma experiência surreal, sem dúvida. Houve um leve formigamento entre elas, e Dora sentiu um eco distante de medo em seu peito, mas que não se enraizou. Em vez disso, se soltou como um navio sem âncora.

— Tem alguma coisa faltando — afirmou Dora. — Não sei como nos unir novamente. Mas, se conseguirmos voltar para a Inglaterra, tenho certeza de que Elias saberá o que fazer. Ele é o mago mais talentoso do país.

Ela se dirigiu para uma janela do outro lado do piano e espiou o lado de fora. A vista dava para um extenso jardim de rosas brancas, todo envolto em uma névoa espessa. Além do jardim, um edifício grande e ameaçador despontava do nevoeiro, mas daquela distância ela só conseguia distinguir o contorno da construção.

— Podemos pular pela janela — sugeriu Dora. — Até onde Hollowvale se estende através do mundo das fadas? Você sabe se há algum caminho que leve à Inglaterra se andarmos o suficiente?

Theodora franziu a testa com uma irritação evidente.

— Pular pela janela foi a primeira coisa que tentei! — retrucou ela. — Eu sou *você*, afinal. Caminhei até o limite de Hollowvale, mas, quando cheguei à fronteira, estava tão fraca que não consegui continuar. Não tenho corpo próprio, e é somente a magia de lorde Hollowvale que me sustenta.

Dora hesitou.

— Não tem corpo? — murmurou ela. — Mas isso quer dizer que também não tenho corpo? Deixei o meu para trás na Mansão Hayworth? — Pensando melhor no assunto, fazia sentido. Dora nunca havia levado seu corpo com ela quando tinha visões antes, então por que agora seria diferente? Um novo pensamento lhe ocorreu enquanto ela refletia sobre isso. — Talvez, se eu tentasse a vidência em mim novamente, eu poderia voltar para o meu corpo. Isso parece razoável?

Theodora cruzou os braços.

— Não entendo nada de visões — retrucou ela, ríspida. — Nunca tive aula sobre isso. Se você acha que é razoável, então *eu* acho razoável.

Dora assentiu com a cabeça.

— Então só preciso de um espelho — declarou ela. — Sabe se tem algum aqui?

Theodora fez uma careta.

— Não sei — disse ela. — Não é estranho? Como o marquês se vangloria de possuir um item de cada coisa inglesa, era de se esperar que ele tivesse pelo menos *um* espelho aqui.

Dora suspirou.

— Bom. Vamos ver o que podemos encontrar. Não tenho a menor intenção de esperar aqui até que o marquês retorne.

Ela começou a examinar a janela buscando uma maneira de abri-la. Porém, antes que conseguisse se concentrar nisso, Theodora pegou o banco do piano e deu com ele no vidro da janela com toda a força, quebrando-o em mil pedacinhos.

A névoa fluiu pela sala como uma respiração exalada. Dora esperava sentir a umidade, mas ela pareceu entorpecê-la de leve onde quer que tocasse sua pele. A sensação não alarmou Theodora, que já estava subindo pela janela e se agarrando a um galho de árvore próximo, então Dora a seguiu com calma.

Havia algo familiar e reconfortante em descer de uma árvore novamente, embora Dora não tivesse feito nada parecido desde aquele dia fatídico em que conheceu lorde Hollowvale. Abaixo dela, Theodora enroscava seu belo vestido nos galhos das árvores e rasgava suas sapatilhas de seda, mas havia um sorriso alegre em seu rosto que sugeria que ela estava se divertindo.

— Quanto tempo acha que o marquês ficará ocupado? — gritou Dora para sua outra metade, enquanto se deslocava com cuidado para baixo.

— Não muito tempo, infelizmente! — respondeu Theodora. — Ele é descuidado com os negócios e sempre paga a mais com prazer. Estará de volta com outra criança em breve, tenho certeza.

O pé de Dora errou o próximo galho, e ela escorregou pela parte final do tronco da árvore até que seus pés tocaram o chão com um baque forte. Ainda alguns metros acima, Theodora olhou para ela com preocupação.

— Tem algo errado? — perguntou a outra metade de Dora.

— Quer dizer que o marquês anda comprando crianças? — indagou Dora.

Seu tom era equilibrado, mas, mesmo enquanto falava, ela viu o horror em seu coração refletido nos olhos de Theodora.

— Minha nossa! — exclamou Theodora. Ela pulou o trecho que faltava e cobriu a boca. — Isso *é* horrível, não é? Eu acabei me acostumando com coisas horríveis aqui; os feéricos são tão casuais quanto a isso.

— Essas crianças estão como nós… quer dizer, como *eu*? — perguntou Dora a ela. — Presas em Hollowvale? Onde o marquês as colocou?

Uma suspeita terrível havia surgido no fundo de sua mente, e ela sabia que não descansaria até que a confirmasse.

Theodora lançou a Dora um olhar cauteloso.

— Ele mantém todas elas na Casa de Caridade — respondeu ela. — Aliás, é um nome estúpido. Não há nada de caridoso naquilo.

Theodora apontou para além do jardim enevoado diante delas, na direção do prédio alto e assustador do outro lado.

Dora partiu naquela direção na mesma hora, abrindo caminho entre as amoreiras do jardim. Ela esperava que os espinhos fossem afiados e cruéis, dada a aparência selvagem das flores, mas eram quase imateriais, do mesmo jeito que Elias pareceu quando ela tentou tocá-lo quando o encontrara com a vidência. As pétalas brancas ondulavam sob seus dedos como a névoa que as rodeava.

— As coisas dos feéricos não são muito concretas — comentou Theodora atrás dela. — É por isso que o marquês prefere os troféus ingleses, eu acho.

Dora estava prestes a responder, mas se deteve de súbito quando enfim viu a Casa de Caridade por completo. Uma leve náusea formigou em seu estômago, impregnada pelo reconhecimento de algo familiar.

— Já vi esse lugar antes — afirmou Dora. — A Casa de Caridade se parece com a Casa de Trabalho da Cleveland Street na Inglaterra.

— Nunca vi a Casa de Trabalho da Cleveland Street — replicou Theodora. — Mas tenho certeza de que o marquês distorceu totalmente seu propósito. Eu consegui dar uma espiada lá dentro outro dia. É *tenebroso*! Apenas um ser feérico poderia projetar algo tão horrível e bizarro!

Dora testou a porta da frente e a encontrou destrancada. Ao abri-la, foi atingida pelo cheiro forte e familiar de lixívia. Do lado de dentro, a casa era uma cópia da que visitara na Inglaterra. Os corredores eram mais limpos e silenciosos, mas o ar também carregava o mesmo vapor acre.

Quando Dora se esgueirou em direção ao local onde se lembrava ficar o refeitório, viu lá dentro cerca de vinte crianças de várias idades, todas sentadas a uma mesa comprida. As de um lado da mesa torciam uma áspera corda de cânhamo; as do outro lado pareciam estar desenrolando a mesma corda com uma concentração silenciosa e focada, da mesma forma que faziam as pessoas na Casa de Trabalho da Cleveland Street.

— Metade delas parece estar desfazendo as cordas para fazer estopa — sussurrou Dora, perplexa. — Mas a outra metade está trançando os fios de novo. Por quê?

Theodora suspirou profundamente.

— Você precisa parar de perguntar o *porquê* quando se trata de feéricos — sugeriu ela. — Tenho certeza de que há uma explicação, mas não fará mais sentido do que você espera que faça.

Dora focou em uma garotinha, com cabelo ressecado e o rosto cheio de marcas de varíola, que tentava desfazer seu pedaço de corda. Uma forte surpresa a percorreu e, embora Dora não tivesse emitido nenhum som, Theodora soltou um arquejo alto ao lado dela, sem saber ao certo a que estava reagindo.

Algumas das crianças à mesa olharam para elas com curiosidade, mas nenhuma delas parou de trabalhar, nem por um segundo. Jane lançou a Theodora apenas um breve olhar irritado antes de voltar sua concentração para a tarefa diante de si. Mais de perto, Dora pôde ver que as mãos da menina estavam machucadas e sangrando por causa da aspereza do cânhamo.

Dora deu um passo à frente, incapaz de se conter.

— Jane? — disse ela.

Como a garotinha não respondeu, Dora se lembrou de que *Jane* era apenas o nome que havia inventado para ela. Ela deu mais alguns passos rápidos pela sala e colocou a mão no ombro da garota.

Jane se encolheu, então fez uma careta e tentou escapar do toque de Dora.

— O que você quer? — indagou com a voz rouca. — Estou trabalhando o mais rápido que posso.

— E que diferença faria se você fosse mais rápida? — questionou Theodora ao chegar atrás delas. — As outras crianças vão desfazer tudo!

Jane observou bem a corda à sua frente.

— Não precisa esfregar na cara — disse ela cheia de amargura. — Eu não poderia parar nem se quisesse, de qualquer maneira.

— Você estava na Casa de Trabalho da Cleveland Street na Inglaterra — declarou Dora. — Vi você dormindo em um canto. O lorde Feiticeiro passou dias tentando descobrir o que há de errado com você.

Ela queria soar mais urgente, mais aliviada, mais chorosa, porém, como sempre, as palavras saíram com uma calma artificial.

Dito isso, Jane se virou para olhar para Dora.

— Ele o quê? — questionou a garotinha. — Você está brincando. Isso é algum outro truque de fada, não é?

— De jeito nenhum — assegurou Dora. — Eu estava tentando ajudá-lo, antes de o senhor deste lugar me roubar. — Ela apertou o ombro da garota. — Temos chamado você de Jane, pois não sabemos seu nome. Mas como devo chamá-la?

A garotinha mordeu o lábio, insegura. Mas ela deve ter se convencido de que havia pouco que pudesse fazer para piorar a situação, porque acabou decidindo responder.

— Meu nome é Abigail — disse ela relutante.

Dora assentiu.

— Eu sou Dora — retrucou ela. — E esta é... bem, também sou eu. Mas você pode chamá-la de Theodora, eu acho.

Theodora pareceu perplexa.

— Odeio o nome Theodora! — protestou ela. — Por que *você* não pode ser Theodora?

— Eu poderia chamá-la de Charity — observou Dora sem emoção. — É *um* dos meus nomes do meio.

Theodora fechou a cara.

— Ah, tudo bem — murmurou ela. — Que seja Theodora. Mas eu ainda não gosto dele.

— Querem parar de discutir com... vocês mesmas? — interveio Abigail. A garotinha olhava de uma para a outra versão de Dora, brevemente confusa. — Alguma de vocês ou... ou seu mago figurão conhecem uma saída deste lugar?

Dora franziu a testa ao ouvir a garota.

— Ele não é um figurão — balbuciou ela. Mas não era o momento para essa discussão, portanto resolveu deixar o assunto para depois. — Pensando bem, nem tenho certeza se Elias sabe que estamos aqui...

Uma estranha onda de calor fez Dora vacilar. Theodora balançou ao lado dela, e Dora percebeu que isso havia afetado as duas.

— ... *Sinto muito, Dora* — sussurrou a voz de Elias. — *Isso é tudo culpa minha.* — Uma angústia terrível emanava de seu tom de voz, embora as palavras parecessem vir de muito longe. — *Acorde, por favor. O que preciso fazer para você acordar?*

Theodora levou a mão ao peito. Seu rosto estava pálido.

— Era a voz dele, não era? — murmurou ela, com visível aflição. — Ele parece muito abalado.

Dora se apoiou com força na mesa à sua frente.

— Elias? — disse ela baixinho. — Consegue me ouvir?

O súbito calor no corpo de Dora começou a diminuir. Mas, por um instante, ela teve certeza de sentir uma leve calidez em seus lábios.

— Ele está fazendo alguma coisa? — perguntou Theodora com urgência.

Dora mordeu o lábio.

— Ele está *tentando* alguma coisa — murmurou ela. — E não está dando certo, como já aconteceu antes.

A percepção fez seu estômago se revirar.

Como se não bastasse Abigail, pensou Dora. *Agora Elias está convencido de que também peguei a peste do sono.* Ela olhou para as mãos sobre a mesa. *Ele deve achar que contraí a doença nas casas de trabalho. Essa é a suposição mais lógica, mesmo que esteja errada.*

Elias não ia deduzir que Dora havia sido abduzida para o mundo das fadas. Ele trabalharia desesperadamente contra a doença dela... e, no final, iria vê-la se extinguir aos poucos.

— Preciso dar um jeito de contar a Elias o que está acontecendo — afirmou Dora. — Agora mais do que nunca.

Ela se virou para Abigail.

— Por acaso você sabe onde encontro um espelho?

Abigail balançou a cabeça.

— Não tem nada parecido aqui — respondeu ela. — Mas eu me olhei em uma bacia lá embaixo uma vez, só para ver se eu tinha mudado desde que cheguei aqui.

Dora assentiu.

— Olhar para a água pode funcionar — comentou ela. — Nunca experimentei antes, mas estamos com poucas opções.

Dora pretendia reforçar para Abigail que alguém estava tentando salvá-las, que nenhuma delas estava sozinha no mundo e que não haviam sido esquecidas. Mas foi interrompida quando a porta da casa de trabalho se abriu e Theodora a abaixou rapidamente para o chão a fim de se esconderem debaixo da mesa.

— Como vocês todos parecem bem hoje! — declarou lorde Hollowvale com um sorriso encantador. — Eu asseguro que as suas virtudes estão aumentando a cada dia!

O feérico havia retornado de seu compromisso. Em seus braços, ele segurava um pequeno embrulho que começou a chorar.

Dezesseis

— E que virtude é essa? — questionou Abigail em voz alta. — Estamos só trançando e destrançando um monte de cânhamo!

A garotinha cutucou Dora com o pé, nitidamente sugerindo que ela e Theodora se esgueirassem até a outra ponta da mesa.

Lorde Hollowvale não pareceu nem um pouco perturbado por aquela resposta agressiva. Ele sorriu com condescendência.

— O trabalho árduo e o sofrimento melhorarão sua virtude — afirmou ele para Abigail. — Você não percebe porque é de origem humilde e propensa à preguiça. Mas eu nasci em uma posição superior e sei o que é melhor para você.

— De acordo com *quem*? — perguntou Abigail, e agora ela parecia genuinamente nervosa.

— Ora, de acordo com os ingleses! — retrucou lorde Hollowvale. — Não foi por isso que vocês foram colocados em uma casa de trabalho? Mas posso aumentar sua virtude ainda mais depressa aqui na Casa de Caridade, pois aqui vocês nem precisam dormir! — Outro gemido baixo veio de dentro da trouxa que ele trazia nos braços, e lorde Hollowvale a colocou de qualquer jeito no ombro. — Não espero que me agradeçam, lógico, sei que vocês são meros plebeus. Mas a generosidade deve ser ofertada sem esperar nada em troca, e preciso melhorar minha própria virtude o máximo que puder!

Dora e Theodora rastejavam ofegantes até a outra ponta da mesa enquanto ele falava, escondendo-se atrás dos pés das outras crianças.

— Você é um tolo! — declarou Abigail.

— Ah, talvez sim. — O marquês riu. — Mas, se sou tolo, então todos os seus nobres e o seu rei devem ser tolos também!

— Mas o rei *é* um tolo — murmurou Theodora baixinho. Seu rosto estava vermelho e furioso. Dora rapidamente levou o dedo aos lábios, embora não ousasse calar a outra metade.

Ela é muito emotiva, pensou Dora. *Precisamos sair daqui antes que perca o controle.*

— Com relação a isso — continuou lorde Hollowvale —, comprei um interno novinho em folha! Foi bem caro… O dirigente Ricks me garantiu que é difícil conseguir recém-nascidos… mas agora percebo que não sei o que fazer com isso. Como se faz para aumentar a virtude de um bebê recém-nascido? Talvez deva ser ensinado a ser mais quieto e menos carente?

Seus passos se aproximaram da mesa.

Ah, não. Não poderia ser, poderia?

Mas o bebê nos braços de lorde Hollowvale chorou de novo, e Dora teve certeza de que George Ricks havia vendido ao feérico a criança cuja mãe ele havia tentado deixar na rua.

Theodora ficou boquiaberta. Seus olhos de cores diferentes brilharam com uma raiva indescritível. Dora sabia que na verdade aquela raiva era *dela*, mas também sabia que aquilo colocaria as duas em um terrível apuro.

Dora estendeu os braços para pressionar as palmas das mãos com firmeza em cada lado do rosto de Theodora. Lentamente, ela balançou a cabeça e se concentrou com força naquela tênue conexão entre elas.

Paciência, pensou. *Precisamos ser pacientes. Tanto George Ricks quanto aquele feérico terrível vão pagar por isso, mas não podemos confrontar lorde Hollowvale agora.*

Theodora cerrou os punhos e travou a mandíbula. Dora percebeu que ela estava lutando para se controlar da mesma forma que Dora às vezes lutava para se concentrar em algum assunto. Mas algo na presença de Dora deve ter ajudado, porque Theodora passou a inspirar e expirar de maneira muito controlada, fechou os olhos e começou a contar até dez em francês.

Os passos de lorde Hollowvale soaram mais perto do lado delas da mesa.

— Eu fico com o bebê! — ofereceu Abigail, depressa.

Os passos de lorde Hollowvale pararam.

— O que quer dizer com isso? — perguntou ele, curioso.

— Vou ensinar a ele virtude e essas coisas de que você falou — respondeu Abigail. — A ficar em silêncio, a sorrir para estranhos. É um trabalho árduo, então vai me tornar melhor também, certo?

O marquês ponderou sobre a proposta por um longo momento.

— Mas que ideia! — Abigail soltou um riso nervoso. — E não é que estou propondo coisas bondosas? Acho que todo esse trabalho com cânhamo está mesmo afetando minha alma.

— Que maravilha! — exclamou lorde Hollowvale. E ele parecia *mesmo* maravilhado desta vez. — Sim, a caridade lhe cai bem, garotinha! Eu sabia que todos os meus esforços não seriam em vão.

Ele estalou os dedos, e as mãos de Abigail pararam de trabalhar. A menina piscou para elas, perplexa, mesmo enquanto o feérico colocava a trouxa, com o bebê que ainda chorava, em seus bracinhos.

Abigail rapidamente tentou aquietar o bebê, balançando-o em seus braços. O movimento pouco ajudou a acalmar o pobrezinho, mas Dora pensou que o recém-nascido devia pelo menos ter se sentido mais confortado nos braços de um humano do que carregado por um feérico sem juízo.

— Entendo que você tem a criatura sob controle, então devo partir — comunicou lorde Hollowvale. — Tenho minha própria filha para cuidar.

Ele se virou e caminhou de volta para a entrada. Quando a porta se fechou atrás de si mais uma vez, Theodora soltou um sibilo feroz.

— Eu odeio aquela criatura! — exclamou ela. — Odeio, odeio, odeio! Roubar bebês? O que mais falta ele fazer?

Dora levantou.

— O marquês não roubou o bebê — explicou ela, com um suspiro. — Receio que ele tenha comprado. Por mais terrível que seja, todas essas maldades dele não teriam sido possíveis se não houvesse ingleses dispostos a satisfazê-lo.

Theodora hesitou.

— ... e inglesas também — completou ela devagar. — Não é mesmo?

Dora não precisou interpretar o que Theodora quis dizer. Afinal, era o pensamento *dela*.

— Mamãe me vendeu — afirmou Dora em voz baixa. — Acho que ela se arrependeu mais tarde. Mas esse não é o maior consolo do mundo.

Uma tristeza entorpecida se instalou em seu peito.

Lágrimas se acumularam nos olhos de Theodora, mas, desta vez, ela as enxugou e comprimiu os lábios.

— Mesmo assim — disse ela —, devemos desfazer o que pudermos dessa coisa toda. Se você precisa de uma bacia para pedir ajuda, nós encontraremos uma para você.

Dora olhou para Abigail, que encarava o recém-nascido em seus braços com uma expressão confusa.

— Obrigada por distrair o marquês para nós — agradeceu Dora. E então ela se esticou para abraçar a garotinha com delicadeza, ciente do bebê entre elas. — Não vou desistir até você estar em casa, eu juro.

Abigail sorriu com tristeza. Um de seus dentes da frente estava lascado.

— A coisa mais próxima que tive de uma casa foi com o dirigente Ricks — confessou ela. — E não foi ele que me vendeu?

Dora travou a mandíbula.

— George Ricks não irá vê-la outra vez — contou ela. — Você está dormindo em uma cama limpa e aconchegante, com uma adorável mulher chamada senhora Dun cuidando de você. Não acredito que Elias mandaria você de volta para a casa de trabalho depois de tudo o que já fez para salvá-la. Mas, se o fizer, então... então encontraremos um novo lar para você.

Abigail deu de ombros, e Dora percebeu que a garotinha não acreditava nela. Mas lorde Hollowvale devia estar procurando por ela e Theodora naquele momento, e não havia tempo para insistir. Dora soltou a garota com relutância.

Dora estivera na lavanderia uma ou duas vezes com a senhorita Jennings. O caminho até lá era o mesmo que percorrera na Casa de Trabalho da Cleveland Street. Enquanto ela e Theodora desciam as escadas, o cheiro de lixívia tornou-se insuportável e ambas começaram a tossir.

As bacias do andar de baixo estavam cheias de água limpa e sabão, embora não houvesse roupa para lavar e ninguém para fazer o serviço. Talvez, refletiu Dora, a intenção de lorde Hollowvale tivesse sido apenas recriar a atmosfera de uma casa de trabalho real da maneira mais fiel possível.

Uma luz pálida e ondulante entrava naquela espécie de porão com janelas gradeadas dispostas no alto das paredes, clara o suficiente apenas para iluminar o caminho. Dora dirigiu-se à bacia mais próxima de uma das janelas e se ajoelhou diante dela.

— Isso está longe do ideal — reclamou, com um suspiro, enquanto olhava para a água com sabão. Mesmo assim, podia ver um reflexo fraco e distorcido na água, e Dora sabia que era o mais próximo que encontraria de um espelho de verdade em tão pouco tempo. — Simplesmente vai ter que servir.

— Você vai conseguir falar com Elias dessa forma? — perguntou Theodora, ansiosa.

— Não sei — admitiu Dora. — Ele tem proteções contra invasões desse tipo, e nunca consegui passar por elas. Eu estava pensando em fazer uma visão de mim mesma e esperar que ele estivesse por perto, mas não tenho certeza se isso me permitiria falar com ele da mesma maneira.

— Bem, com certeza não temos muito tempo — disse Theodora. — Faça o melhor que puder, e eu vigiarei a porta.

Dora olhou de volta para a água com sabão e tentou se concentrar. Estava sendo mais difícil que nunca; até mesmo o espelho da penteadeira em seu quarto na Mansão Hayworth tinha se mostrado mais acessível. Mas, com Theodora por perto, era mais simples imaginar-se em detalhes, só que com cabelo mais curto e menos emoção no rosto. Sem dúvida, supôs Dora, seu corpo estava deitado em algum lugar, com o cabelo solto.

A imagem lhe escapou, vezes seguidas. Ter as duas metades no mundo das fadas ao mesmo tempo estava ajudando, Dora concluiu, mas a água com sabão era um péssimo substituto para um espelho encantado. Ainda assim... depois de algumas tentativas cautelosas, ela começou a ver gavinhas pretas na água, espalhando-se pelas bordas. Lentamente, uma imagem familiar se mostrou diante dela: um quarto ensolarado no segundo andar com duas camas pequenas e limpas.

Jane — ou melhor, *Abigail* — ainda dormia na cama mais afastada, embora seu corpo parecesse mais pálido e fraco do que nunca. Dora se viu deitada na outra cama. Comparada com Abigail, Dora parecia ter acabado de dormir para tirar uma soneca no meio do dia; seu rosto repousava tranquilo.

O homem que havia se acomodado na cadeira ao lado de Dora, por sua vez, parecia muito pior que ela. O rosto de Elias estava exausto e abatido, e ele tinha grandes olheiras escuras. Segurava a mão de Dora, mas devia ter adormecido a contragosto, pois estava largado na cadeira em uma posição extremamente desconfortável.

A visão dele provocou um alívio confuso em Dora. O simples fato de ver Elias outra vez era uma espécie de prova de que ela não o havia inventado. Mas a ideia de que tinha contribuído para a dor dele com sua tolice a entristeceu.

Dora deu alguns passos para mais perto e estendeu a mão para afastar do rosto dele uma das mechas bagunçadas de cabelo louro-claro. Seus dedos o atravessaram, é lógico, e ela suspirou.

— Elias? — sussurrou ela. — Consegue me ouvir? Você precisa acordar. Vai ficar muito chateado consigo mesmo se não acordar agora.

Os olhos dele se abriram um pouco, turvos, e o coração de Dora saltitou no peito.

— É por isso que nunca dou a chave do meu quarto a ninguém — resmungou Elias. — Maldição, que horas são...?

— Elias, você precisa me ouvir — disse Dora a ele com firmeza. — Estou presa em Hollowvale, junto com minha outra metade. O marquês tem comprado crianças dos dirigentes das casas de trabalho... de George Ricks, com certeza, mas provavelmente dos outros também. Eu vi Jane em Hollowvale também, embora o verdadeiro nome dela seja Abigail.

Elias piscou algumas vezes, e Dora viu seus olhos dourados começarem a sair do estado de sono.

— Dora? — murmurou ele.

Então se sentou bruscamente, totalmente acordado. Ele estendeu a mão para ela, mas o gesto a atravessou, assim como os dedos dela haviam feito com ele antes. Elias franziu a testa e olhou para o corpo de Dora, que ainda dormia na cama ao lado dele.

Uma onda de emoção cruzou o semblante dele, tão rápida e intensa que Dora não conseguiu decifrar.

— Não estou ficando louco — objetou Elias com a voz rouca. — Você está aqui. Eu achei que... com a peste...

Elias não conseguiu concluir o pensamento em voz alta. Lágrimas exaustas ameaçavam cair.

Dora olhou para baixo.

— Foi o que pensei — declarou ela baixinho. — Ouvi você falando, por pouco tempo. Eu teria dito algo antes, mas foi muito difícil encontrar um espelho.

Elias estendeu a mão para ela novamente por instinto, mas Dora ainda era menos sólida que ele. Ele olhou para o corpo adormecido dela, então se levantou de repente, enfiando a mão no paletó para retirar a mesma varinha de vidro que havia usado para criar as estrelas no salão de baile. Quando passou a varinha sobre Dora, um novo calor tomou conta dela, e ela estremeceu. Por um instante, achou que podia sentir os lençóis tocando sua pele e o travesseiro na sua bochecha.

No entanto, as sensações da cama desapareceram quase imediatamente. O calor se esvaiu como água passando por uma peneira. Elias sibilou um xingamento e passou as mãos pelo cabelo emaranhado.

— O marquês conectou você a ele tirando a ligação com o seu corpo — afirmou ele. — Não creio que possa trazê-la de volta até que eu rompa essa conexão.

Dora assentiu, paciente, embora a revelação fosse bastante decepcionante. Ela havia pensado que encontrar Elias resolveria tudo de uma vez, mas obviamente não era o caso.

Enquanto concluía esse pensamento, uma estranha fraqueza começou a dominá-la. Dora sentou-se com pressa na beira da cama ao lado do próprio corpo.

— Oh, céus — murmurou ela. — Então estou presa a Hollowvale, assim como minha outra metade. Pode não ser seguro para mim ficar aqui por muito tempo, do contrário posso desaparecer de vez.

Elias guardou a varinha de vidro. Seus olhos brilharam alarmados, e ele outra vez moveu a mão para firmar Dora, mas o gesto ainda era inútil, por mais bem-intencionado que fosse. Ele soltou um grunhido frustrado.

— Fadas — balbuciou Elias, incrédulo. — Você está no mundo das fadas. E todos os outros também. Não é de admirar que eu não tenha conseguido curá-la; você nem está aqui para ser curada! — Ele chutou a cadeira ao lado dele. — Eu vou matar aquela criatura maldita, você vai ver!

Dora se espantou.

— Mas você não poderá jamais vir para o mundo das fadas — protestou ela. — Eu ia perguntar se você poderia nos tirar daqui, ou pedir sua orientação sobre como fugir. Não pensei em sugerir que você viesse…

— É lógico que vou atrás de você! — declarou Elias com veemência. Seus olhos dourados ardiam ao encará-la. — Já tentei de tudo, Dora. *Tudo.* Quando fiquei sem ideias, cheguei até a *rezar*, pelo amor de Deus. Você já dormiu por um dia e meio desde que sua prima a encontrou, e eu venho contando cada terrível segundo!

Dora se viu momentaneamente sem palavras. Havia algo de intimidador na fúria de Elias, mas ela não conseguia sentir medo, ainda mais que boa parte disso era em defesa dela.

— *Tudo?* — indagou Dora, antes que pudesse se conter.

Elias ficou paralisado.

— Você tentou *cada uma* das curas possíveis do tratado que traduzi? — prosseguiu Dora. — Uma das poucas partes aplicáveis para maldições do sono era o beijo do amor verdadeiro, se bem me lembro.

Um rubor intenso se espalhou pelo rosto de Elias.

— Eu disse "tudo" — murmurou ele. — Foi tão inútil quanto todo o resto.

Dora sorriu.

— Eu não acho que um beijo do amor verdadeiro possa trazer uma alma de volta do mundo das fadas — observou ela. — Mas, mesmo se pudesse, para isso você teria que me amar, Elias.

Dora esperava que ele a criticasse pela ideia ridícula. Mas, em vez disso, houve um silêncio estranho e, quanto mais o momento se prolongava, mais o coração dela se retumbava dentro do peito.

— Eu vou trazer você de volta — garantiu Elias por fim, em um tom bem mais contido. De súbito, pareceu que ele não conseguia olhá-la nos olhos. — Você e todas as outras crianças. De um jeito ou de outro, está dentro do propósito de minhas obrigações, então não adianta reclamar comigo.

— Tudo bem — disse Dora. Ela sorriu vagamente. — Fique sabendo que estou apaixonada por *você*. Tive certa dificuldade para perceber, porque não achava que pudesse me apaixonar. Mas tenho certeza disso agora.

Elias olhou para ela com uma expressão tão chocada que Dora soube na hora que tinha dito algo não convencional de novo. Ela comprimiu os lábios.

— Entendi — prosseguiu ela, com um suspiro. — Pelo jeito as pessoas normalmente não dizem esse tipo de coisa. Você deve fingir que fui muito mais elegante e sutil sobre o assunto.

Elias engoliu em seco.

— Você é perfeita do jeito que é, Dora — declarou ele baixinho. — E… e há coisas que devo lhe dizer…

Porém, o que ele pretendia dizer a ela, Dora não teve a chance de descobrir. De repente, ela sentiu uma mão fria em seu ombro e a sensação de ser puxada bruscamente para trás, de uma grande distância.

— Minha filha rebelde — rugiu lorde Hollowvale, bufando, enquanto ela abria os olhos e se via de volta à lavanderia da Casa de Caridade. — Essa sua metade é ainda mais desagradável que a outra! — Os olhos azul-claros olharam para ela com recriminação. — Não há dúvida de que precisamos unir vocês duas logo, logo.

Dezessete

Dora olhou ao redor à procura de Theodora. Encontrou a outra metade logo atrás de lorde Hollowvale, olhando fixamente para longe. Seu cabelo estava despenteado e o vestido rasgado, e Dora entendeu que Theodora havia tentado lutar contra o feérico.

— Você agitou a si mesma, querida — disse lorde Hollowvale, despreocupado. — Da maneira mais literal, receio eu. E ela era tão bem-comportada até você aparecer!

Dora o encarou com calma. A lógica não a levaria a lugar nenhum, refletiu ela, a menos que corroborasse de algum jeito com os delírios da própria criatura.

— Sou pupila de lorde Lockheed — declarou Dora a ele. — E ele me colocou sob os cuidados da minha tia. Nada mais virtuoso que eu faça o possível para voltar para ela.

Lorde Hollowvale franziu a testa.

— Entendo seu erro — afirmou ele. — Mas lorde Lockheed *não* é responsável por você, Theodora. Sua mãe fez de mim seu guardião, e eu levo esse dever muito a sério.

Dora sorriu para ele.

— Mas existe algum documento provando isso? — questionou ela. — Como posso acreditar em você, então?

O marquês se empertigou com uma fúria gélida, e Dora percebeu que havia cometido um erro.

— Você tem sorte de ser minha filha — informou-a em tom tranquilo. — Pois, do contrário, eu seria obrigado a me vingar de tamanho desrespeito à minha honra. Eu sou o marquês de Hollowvale, e não mentiria mesmo que fosse capaz!

O poder frio que ele possuía cobriu Dora como um cobertor sufocante, gelando seus ossos e rastejando em suas veias. Seus joelhos bambearam e ela mal conseguiu se manter de pé.

— Sinto muito — disse Dora, sem ar. — Eu deveria ter pensado melhor, é lógico. Você é generoso em não me punir pelo meu erro.

O marquês franziu o cenho com as palavras dela. O poder avassalador que o rodeava recuou aos poucos. Por fim, Dora conseguiu recuperar o fôlego.

— É verdade — concordou lorde Hollowvale. — Eu sou o *mais* generoso de todos os senhores das fadas que você conhecerá.

— Você é, de fato — concordou Dora.

E, naquele momento, era verdade, pois ela nunca havia conhecido nenhum outro senhor das fadas em sua vida, portanto, lorde Hollowvale podia muito bem ser o mais generoso deles.

O marquês continuou a fitá-la com desconfiança, e Dora se viu encolhendo sob seus olhos claros. Após um tempo, ele voltou a falar:

— Não gosto de ter duas filhas — revelou ele. — Uma estava de bom tamanho. Preciso encontrar uma maneira de unir vocês, ou então serei obrigado a me livrar de uma das duas.

Dora engoliu em seco.

— Eu ficaria feliz em ser uma pessoa inteira de novo, milorde — declarou ela com cautela.

Lorde Hollowvale estalou os dedos, e Theodora voltou a si com um sobressalto.

— Dora! — exclamou ela, arfando. — Lorde Hollowvale está…

— Sim, estou vendo — respondeu Dora sem emoção. — Ele estava comentando agora mesmo que ficaríamos melhores sendo uma só pessoa.

Dora sabia que precisava mudar de assunto, para que Theodora não se exasperasse mais uma vez e provocasse uma reação mais severa do feérico.

— Mas *como* unir vocês? — ponderou lorde Hollowvale. Ele examinou as duas, e Dora teve a nítida impressão de que ele estava olhando para algo que ela não conseguia ver. — Ah! Sim, ainda existe algo ligando uma à outra. Um fio de emoção. Se o estimulasse, talvez vocês se reunissem de maneira natural. — Ele sorriu, se gabando da própria genialidade. — Só o que preciso fazer é deixá-la muito emotiva enquanto está perto de si mesma, Theodora!

Na mesma hora Dora percebeu os pensamentos terríveis girando na cabeça dele. Ela soube de repente que precisava falar alguma coisa antes que o feérico desvairado decidisse torturá-la.

— Uma festa! — soltou ela. — A última vez que senti uma emoção muito forte foi numa festa, dançando com um homem bonito. E agora é a temporada de bailes em Londres, então você precisa muito oferecer um.

Lorde Hollowvale assentiu sabiamente com a cabeça, como se estivesse prestes a sugerir a mesma coisa. Porém, Dora tinha certeza de que a mente dele estava tendendo para uma direção muito mais sombria.

— Um baile fantástico! — exclamou ele. — Sim, essa é a única resposta razoável. Vou dar uma festa que deixaria a alta sociedade com uma inveja absurda!

Ele se virou para a saída da lavanderia, nitidamente esperando que as duas o seguissem. Dora considerou que desobedecê-lo de novo tão cedo não poderia fazer a ela bem algum, então foi atrás dele, gesticulando para que Theodora fizesse o mesmo.

Nenhuma delas se atreveu a olhar para Abigail enquanto saíam do refeitório. Mas Dora estendeu a mão para apertar o ombro da garotinha quando passaram.

Todas nós encontraremos um jeito de sair daqui, Dora pensou com determinação.

Como Dora antecipara, o marquês não perdeu tempo e já começou a planejar seu baile inglês perfeito. Infelizmente, ele não cometeu o erro de deixar Dora sozinha pela segunda vez. Na verdade, ela se viu arrastada para longe de Theodora e colocada sob os cuidados de uma feérica tutora de etiqueta, *Para aperfeiçoar sua habilidade para o baile, é óbvio!*, lorde Hollowvale tinha dito a ela, animado.

Para grande surpresa de Dora, a tutora — uma feérica extremamente alta com olhos de carvão — foi apresentada a ela como a baronesa de Mourningwood. Dora reconheceu o título, embora tenha levado alguns minutos para se lembrar de onde. Acabou lhe ocorrendo que tinha visto o nome de lady Mourningwood no livro sobre a aristocracia do mundo das fadas que ela havia lido na loja de artigos de magia.

— Certamente uma baronesa deve ter assuntos muito mais importantes para tratar do que ensinar regras de etiqueta — reclamou Dora com a feérica. — E já estive em muitos bailes, então meus modos devem ser ao menos toleráveis.

— Tolerável não é o bastante para a filha de lorde Hollowvale — informou-lhe lady Mourningwood em uma voz que lembrava um poço profundo e sombrio. Seus olhos escuros fixaram-se em Dora, provocando desconforto. — Você é apenas humana, é lógico, e por isso vamos ter que nos contentar com o que for possível.

Primeiramente, Lady Mourningwood instruiu Dora sobre a importância do jantar. Ela deveria comer os pratos servidos na ordem correta. Além disso, a baronesa advertiu que Dora deveria ficar sempre de olho no próprio lorde Hollowvale e beber um gole de vinho toda vez que ele levasse a própria taça aos lábios, ou então ela poderia ser forçada a deixar o baile humilhada.

— E, se você for olhar para um dos serviçais — continuou lady Mourningwood —, deve fazer cara feia para eles, simples assim.

Em seu rosto surgiu uma expressão de leve desgosto, como se tivesse comido algo que não lhe agradasse.

Dora tentou imitar a baronesa, mas era péssima em demonstrar qualquer tipo de emoção e sabia que demonstraria estar um pouco confusa.

Dora não saberia dizer quanto tempo suas aulas duraram. O tempo parecia não ter nenhuma importância na Mansão Hollow. Ocorreu-lhe depois que, antes da visão de seu corpo adormecido, ela tivera a sensação de estar na casa do marquês pouco mais que algumas horas, e, no entanto, Elias dissera que um dia e meio havia se passado.

Isso não é bom, Dora pensou, preocupada. *Pelo que entendo, meu funeral pode ser a qualquer momento.*

Mas não havia como ela saber que dia era na Inglaterra, e não havia como escapar do olhar perscrutador de lady Mourningwood, por isso ela se resignou a tentar parecer obediente, pelo menos por ora.

Passado um tempo, a baronesa levou Dora para outro cômodo da Mansão Hollowvale e disse a ela que ficasse bem parada e fechasse os olhos.

— Como você não consegue exibir o semblante adequado para os serviçais — determinou lady Mourningwood —, não deve olhar para eles de jeito nenhum.

Um ruído suave de algo deslizando envolveu Dora, e ela franziu a testa, nervosa.

— Posso perguntar o que são e o que estamos fazendo aqui? — indagou ela.

— São duendes — respondeu lady Mourningwood. — E eles vão vestir você para o baile.

Ela estalou a língua para algo que Dora não podia ver e se virou para se dirigir aos seres fantásticos que as cercavam.

— Não vamos fazer um vestido para ela a partir do luar, seus cretinos! — repreendeu a baronesa. — Não está mais na moda desde há, pelo menos, uma semana! Querem que a filha de lorde Hollowvale seja ridicularizada em seu próprio baile? O estilo de hoje é vestir-se de memórias esquecidas!

Dora quis muito abrir os olhos depois de ouvir isso, mas se conteve bem a tempo. Não desejava saber que tipo de punições a feérica poderia infligir a ela por desrespeitar suas ordens.

Dora achou que os duendes fossem tirar suas medidas, como fizera a mulher da loja de vestidos em Londres. Mas, em vez disso, enquanto eles continuavam a deslizar para lá e para cá, ela sentiu um leve sussurro contra a pele enquanto o vestido era tecido *em torno* dela. Cada toque do estranho material parecia vir com uma lembrança distante e ausente, de maneira que Dora se viu rapidamente assoberbada por tudo aquilo.

Ela sentiu o cheiro de pão recém-saído do forno flutuando na brisa de verão; o sabor do mingau insípido e sem graça servido vez após vez; o suspiro de um cavalheiro convidando uma dama para dançar. A garoa caindo do lado de fora, e um padre falando, monótono, sobre qual figura bíblica gerou qual *outra* figura bíblica, pelo que pareciam séculos a fio.

"Eu fui tão tola, minha pequena Theodora", sussurrou uma mulher suavemente. *"Achei que precisava de dinheiro para me casar com o homem que amava. Mas agora eu tenho você, e sei a atrocidade que cometi."*

A lembrança passou tão depressa que Dora quase não a distinguiu em meio às outras. Ela tentou encontrá-la novamente, mas estava perdida pelo vestido.

Tenho certeza de que era minha mãe, pensou Dora. Teria sido uma lembrança esquecida, de quando Dora era muito pequena?

"Não acredito em amor", zombou Elias. *"Talvez em atração, companheirismo ou amizade. Mas muitos homens agem como se o amor fosse um tipo especial de magia. Sinto que sou qualificado para dizer que não é o caso."*

"Bom, mas acho que você acabou de descrever o amor", respondeu Albert, perplexo. *"Atração, companheirismo e amizade. Acha mesmo que não há nada de especial nessas coisas, especialmente se estiverem todas juntas ao mesmo tempo?"*

O som dos criados feéricos cessou, e lady Mourningwood instruiu Dora a abrir os olhos. Ela olhou para baixo e viu um vestido de fios de seda cinza esfarrapado que brilhava na luz enevoada da janela. A peça era mais desconcertante que bonita, mas ainda havia algo de raro nela que a fazia parecer mais digna do que suas camadas em frangalhos poderiam sugerir.

Enquanto Dora examinava o vestido, a baronesa colocou um longo fio de pérolas com aspecto oleoso e iridescentes em volta do pescoço dela. O toque do material era estranhamente frio, e ela estremeceu.

— Hum… São pérolas normais?

— Céus, não — retrucou lady Mourningwood sem qualquer emoção. — São lágrimas de crianças. São um pouco comuns, eu acho, mas as temos em abundância aqui graças à Casa de Caridade.

O estômago de Dora se revirou. Ela teve que lutar contra o instinto de arrancar as pérolas do pescoço.

— Entendo — continuou ela, sem conseguir formular algo mais educado naquele momento. — Será que eu poderia me olhar no espelho? Gostaria de saber se estou apropriadamente vestida.

Lady Mourningwood balançou a cabeça em desagrado.

— Espelhos são uma coisa perigosa no mundo das fadas — explicou ela. — Não são para *olhar* para si mesma.

Mas é exatamente para isso que servem os espelhos, pensou Dora. Ela manteve as palavras para si mesma, e mudou de tática.

— Então talvez eu possa ver Theodora…

A porta atrás deles se abriu, interrompendo-a, e Dora ouviu o inconfundível som da bengala de lorde Hollowvale batendo no chão.

— Maravilha! — exclamou o marquês. — Você está pronta! Precisamos ir ao baile para que você fique mais feliz do que nunca.

Dora olhou para ele com uma leve inquietação.

— Mas já? — perguntou ela. — Em Londres leva-se semanas para organizar um baile respeitável.

Lorde Hollowvale riu.

— Ah, em Londres, talvez! — disse ele. — Aqui, no reino das fadas, os bailes acontecem o tempo todo, sempre que queremos!

Ele estendeu o braço para Dora, como que para acompanhá-la. Ela não ousou recusar, mas algo estremeceu dentro dela quando tocou a mão na manga da veste dele. Dora também notou que lorde Hollowvale estava usando pelo menos uma casaca a mais.

— Quantas casacas está vestindo? — perguntou Dora, antes que pudesse se conter.

— Cinco no total! — O marquês sorriu, visivelmente satisfeito por ela ter notado. — Uma em cada um dos estilos que está na moda. Fontes confiáveis me disseram que a riqueza melhora a virtude de um homem, especialmente se for ostensiva... e todas elas são obviamente bem caras.

— Ah! — Dora conseguiu dizer. — Então você deve ser muito virtuoso mesmo.

— Todos concordam com isso — declarou lorde Hollowvale, animado.

— A riqueza não melhora a virtude de uma dama, é lógico — informou lady Mourningwood, enquanto se dirigiam para os salões da Mansão Hollow. — Mas uma boa dama de companhia é essencial para a reputação dela. Naturalmente, serei sua acompanhante, e, se você olhar qualquer homem nos olhos, saiba que arrancarei seus olhos das órbitas.

Lorde Hollowvale acenou com a cabeça em aprovação, como se aquilo fosse completamente normal.

— Lady Mourningwood é a melhor das damas de companhia — elogiou ele. — Ninguém ousaria manchar sua honra!

Como foi que Theodora conseguiu se manter ilesa por tanto tempo?, pensou Dora. *Eu ficaria de olhos fechados durante o baile todo, pena que preciso me assegurar de beber meu vinho sempre que lorde Hollowvale o fizer.*

Dora ainda não tinha visto o salão de baile da mansão, mas era tão ridículo quanto se poderia esperar da residência de um feérico. Um grande teto abobadado erguia-se acima do salão absurdamente grande, do tamanho de uns cinco salões de baile de lady Cushing. O chão era de um estranho mármore preto e branco que mais parecia um tabuleiro de xadrez do que uma pista de dança. Velas brancas ardiam em todas as superfícies com uma estranha luz azul que lembrava a Dora o lampião que Elias carregara na Mansão Carroway.

Havia mesas de petiscos montadas ao longo das paredes, com centros de mesa estranhos. Uma das mesas tinha o que parecia ser uma única bota preta hessiana coberta com fitas impressionantes — lorde Hollowvale informou orgulhosamente a Dora que aquela era uma das botas do próprio lorde Wellington, comandante das forças britânicas contra Napoleão. Em outra, uma tigela para molho de porcelana muito grande que ele disse ter pertencido à rainha Elizabeth, e em mais outra um pelourinho de verdade, em destaque cercado por uma pilha de abacaxis, que, segundo ele, já havia sido usado na Torre de Londres. Não havia sentido para nada daquilo, mas mesmo assim o feérico parecia bastante satisfeito com aquela decoração.

Cordas fantasmagóricas flutuavam no ar, mas Dora não estava vendo nenhuma orquestra, nem dançarinos ou participantes. Ela franziu a testa.

— O baile ainda não começou? — indagou ela a lorde Hollowvale, ao seu lado.

— Lógico que começou! — respondeu o marquês com entusiasmo. — Mas você não foi formalmente apresentada a nenhum dos convidados. Não seria bom para você enxergá-los antes de conhecê-los da forma correta.

Alguma pessoa invisível pisou no pé de Dora nesse instante, e ela recuou abruptamente, assustada.

— Quer dizer que o salão inteiro é invisível para mim? — perguntou ela, confusa. — Mas vou esbarrar sem querer nas pessoas a noite toda!

— Um pequeno preço a pagar em nome do decoro, é óbvio — declarou lady Mourningwood com muita seriedade.

Foi então que Dora avistou Theodora entrando no salão pelo outro lado, nos braços de uma pessoa invisível. Quis ir até ela para que pudesse se agarrar à própria companhia, pelo menos, mas lorde Hollowvale a conduziu para a pista de dança.

— Sua primeira dança é minha — expressou ele. — Mas tenho certeza de que há muitos belos feéricos que desejarão conhecê-la em breve.

A dança que ele executou estava longe de tudo que Dora já havia aprendido na Inglaterra, e ela teve dificuldade para segui-lo. Era como um minueto, mas parecia haver uma reverência solene a cada poucos passos, então mal chegava a ser uma dança.

No entanto, a pior parte, de longe, foi quando lorde Hollowvale trocou de parceira no meio da dança. Quando deu por si, Dora estava tentando dançar com algum feérico invisível, alheia até mesmo às pessoas na multidão. Era um esforço inútil: alguém esbarrava nela a todo segundo, e Dora tinha que pedir desculpas instintivamente a cada novo passo em falso.

Ela ficou muito aliviada quando a música mudou, sinalizando uma nova dança. Tentou abrir caminho em direção a uma cadeira perto da parede, mas lady Mourningwood a pegou pelo braço e a conduziu em direção a um cavalheiro feérico invisível.

— Esta é a senhorita Theodora, a filha inglesa de lorde Hollowvale — apresentou a baronesa para o ar diante delas. — Senhorita Theodora, este é o visconde, lorde Blackthorn.

O ar na frente de Dora ondulou e, de repente, uma figura alta e esguia estava diante dela. Lorde Blackthorn era um feérico de dedos compridos e muito pálido. Ele estava vestido com uma casaca de veludo preto bastante refinada e tinha uma longa e sinuosa roseira trepadeira enroscada em seu corpo, que ostentava em uma única rosa amarela na base de seu pescoço. Sua postura demonstrava alegria, mas Dora se lembrou bem a tempo de fitar os próprios pés antes que pudesse encará-lo nos olhos. Ela não tinha dúvidas de que lady Mourningwood cumpriria a promessa de lhe arrancar os olhos se ela cometesse um deslize e fitasse o feérico.

— Que encantadora! — exclamou lorde Blackthorn, entusiasmado, com uma voz melódica. — Ah, ela é muito bonita para uma humana! E que lindo vestido de memórias esquecidas!

— O senhor não deve ser tão espontâneo em seus elogios, lorde Blackthorn — censurou Lady Mourningwood, severa. — Os ingleses costumam falar sobre o tempo.

— Ah, sim, onde estou com a cabeça? — concordou o feérico, alegre. — O tempo está fechado lá fora, não está, senhorita Theodora?

— Não está sempre fechado em Hollowvale? — perguntou Dora, distante.

— Está! — retrucou lorde Blackthorn, exatamente no mesmo tom de voz entusiasmado. — Ah, é muito boa em conversação inglesa, senhorita Theodora. Suponho que seja de se esperar. — Ele estendeu a mão enluvada. — Pode me conceder esta dança?

— Pode — respondeu lady Mourningwood, antes que Dora abrisse a boca. — Mas deve trazer a senhorita Theodora de volta para mim quando terminar, ou então será obrigado a se casar com ela.

— Ah, sim, é lógico — disse lorde Blackthorn, como se não houvesse nada de estranho nisso tudo. — Eu adoro esses bailes ingleses autênticos. A etiqueta deles é tão deliciosamente estranha!

— Não é assim que a etiqueta inglesa funciona — discordou Dora.

Mesmo assim lorde Blackthorn a pegou pela mão e a levou para a pista de dança, e ela suspirou profundamente.

— O tempo ainda está bastante fechado — comentou lorde Blackthorn, prestativo, enquanto eles se curvavam um para o outro naquela sequência tão tediosa

— Sim — disse Dora. — O senhor já disse isso.

— Seria melhor se estivesse ensolarado, talvez — sugeriu lorde Blackthorn, e eles se curvaram de novo. — Gosta de sol, senhorita Theodora?

— Os ingleses falam sobre *mais* coisas além do tempo — informou Dora categoricamente.

— Falam? — indagou lorde Blackthorn, curioso. — Ora, do que *mais* eles falam?

Dora pensou em todas as festas ao ar livre e os bailes a que comparecera ao longo dos anos. Ficou envergonhada ao perceber que, de fato, quase metade de suas interações com desconhecidos tinham sido sobre o clima. Por sorte, ela tinha muitas outras interações para recordar.

— Se alguém cruzasse um golfinho com um cavalo — disse Dora, entediada —, a criatura resultante teria uma cabeça de golfinho e um rabo de cavalo, ou seria o contrário?

— Minha nossa! — exclamou lorde Blackthorn. — Bem, é óbvio a criatura teria uma cabeça de golfinho. Isso porque os golfinhos devem permanecer no oceano, e os cavalos são péssimos em prender a respiração.

— Uma resposta mais sensata do que eu esperava — admitiu Dora. Ela se curvou um pouco mais desta vez. — Outra tradição inglesa é trocar informações sobre a própria cultura — mentiu ela. — Eu responderei outra de suas perguntas sobre a Inglaterra se o senhor me responder uma pergunta sobre os feéricos em troca.

— Que novidade! — comentou lorde Blackthorn. — Sim, é lógico. Então deixe-me perguntar, senhorita Theodora: quem *a senhorita* considera a pessoa mais virtuosa de toda a Inglaterra?

Dora ficou calada por algum tempo.

— Eu... eu nunca pensei nisso antes — reconheceu ela. — Me parece que o mais apropriado seria dizer que é o rei, ou o príncipe regente, ou alguma personalidade irrepreensível, como o duque de Wellington.

— Ah, mas não foi isso que eu perguntei! Lorde Hollowvale está sempre falando sobre a própria virtude inglesa, sabe, mas me peguei imaginando quem é que *a senhorita* considera a pessoa mais virtuosa.

Dora apertou os lábios. Ela poderia mentir novamente, e o feérico não notaria a diferença. Mas a pergunta a fizera refletir, e ela se surpreendeu com a resposta que de repente veio à sua mente.

— Acredito que seja o lorde Feiticeiro — respondeu Dora.

— Hum. — Lorde Blackthorn ficou pensativo. — Achei que só a França tivesse um lorde Feiticeiro.

— Tem um inglês agora também — informou Dora. — E, sim, eu... eu acho que ele é o homem mais virtuoso que já conheci.

Ela se sentiu inexplicavelmente tímida ao dizer isso.

— Mas por quê? — perguntou lorde Blackthorn. — O que faz dele virtuoso?

Dora fitou os próprios pés, distraída, e sorriu.

— Acho que ele é virtuoso porque é bondoso com os desfavorecidos e cruel com os poderosos — afirmou ela.

— Mas ele é rico? — indagou lorde Blackthorn, curioso. — Tem cinco casacas como lorde Hollowvale, ou uma mansão cheia de criados?

— Não acho que ele seja rico — declarou Dora. — Na verdade, suspeito que ele tenha doado boa parte do próprio dinheiro.

— Que intrigante! — comentou lorde Blackthorn. — Eu tinha certeza de que o dinheiro tivesse algo a ver com a virtude inglesa. Todos os homens mais respeitados da Inglaterra se tornam ainda mais respeitados à medida que ganham mais dinheiro, não?

— Sim — admitiu Dora. — Mas respeito não equivale a virtude. E o senhor me perguntou especificamente quem *eu* acreditava ser a pessoa mais virtuosa da Inglaterra.

— De fato — concordou lorde Blackthorn. — E que resposta desconcertante. Mas agora deve me fazer sua pergunta, senhorita Theodora.

Dora fez uma pausa longa o suficiente para dar uma volta em torno do feérico alto e se curvar para ele mais uma vez enquanto formulava a pergunta com muito cuidado em sua mente.

— Eu gostaria de saber todos os modos mais razoáveis de um mortal derrotar um feérico poderoso — disse ela.

Dora esperava que lorde Blackthorn ficasse ofendido, mas, em vez disso, ele riu, como se estivessem brincando de algum jogo.

— Ah, mas isso é simples! — replicou ele. — Ferro é sempre o melhor, pois extinguirá nossa magia rapidamente e é um veneno terrível para nós. Se a pessoa não tem ferro, então uma magia poderosa pode servir, embora a maioria de nós tenha muito mais prática que o maior dos magos mortais. — Ele pensou por mais um momento e acrescentou: — Alguns mortais conseguiram nos derrotar por meio de trapaça e uma boa lábia, mas quase sempre levamos a melhor em cada acordo que fazemos.

Dora abriu um leve sorriso.

— Que interessante — comentou ela. — Tenho muito mais perguntas sobre feéricos. Gostaria de trocar outra série de perguntas?

— Eu adoraria! — declarou lorde Blackthorn. — Mas, infelizmente, a dança está perto do final e devo devolvê-la à sua acompanhante, ou então teremos de nos casar.

Dora abafou um suspiro quando o visconde a conduziu de volta para lady Mourningwood. A feérica de olhos escuros a pegou de novo pelo braço e se dirigiu a outro homem; mas, desta vez, Dora se surpreendeu ao perceber que *já* conseguia enxergá-lo. Ela não se atreveu a encarar o cavalheiro feérico, mas viu que suas botas eram mais desgastadas que as de lorde Blackthorn.

Quem quer que seja, pensou Dora, *já fomos apresentados de alguma forma.*

— Esta é a senhorita Theodora, a filha inglesa de lorde Hollowvale — repetiu a baronesa. — Senhorita Theodora, este é o conde, lorde Longshadow.

— Que encantadora! — exclamou Elias, exatamente no mesmo tom que lorde Blackthorn usara antes, e estendeu a mão. — Pode me conceder esta dança, senhorita Theodora?

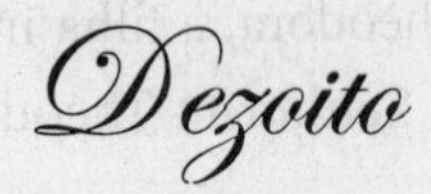

Dezoito

Dora precisou de toda força de vontade que tinha para não olhar para Elias enquanto ele falava. Felizmente, lady Mourningwood reagiu do mesmo jeito que antes:

— Pode. Mas deve trazer a senhorita Theodora de volta para mim quando terminar, ou então será obrigado a se casar com ela.

— Que horror — disse Elias. — Vou manter a punição em mente.

Ele pegou Dora pela mão, e toda tensão sutil que ela vinha guardando dentro de si se dissipou em um alívio absoluto. A mão de Elias era quente e familiar, e de repente ela estava tão contente em vê-lo que uma centelha de alegria verdadeira brilhou dentro de seu peito.

Elias a conduziu até a pista e Dora respirou fundo.

— Vai ser difícil para mim seguir seus movimentos — avisou ela. — Não consigo enxergar ninguém aqui, a menos que tenha sido formalmente apresentada à pessoa. Nem sei dizer se tem alguém ouvindo por cima do meu ombro.

Ela apertou os dedos dele, esperando que Elias entendesse a indireta.

— Vou nos manter longe dos outros o máximo que puder, então — murmurou Elias. — E apertarei sua mão se alguém se aproximar demais. — Ele pressionou os dedos dela uma vez para demonstrar. — Ao que parece, estabeleceram muitas regras estúpidas para esta festa. É por isso que você não está olhando para mim?

— Lady Mourningwood vai arrancar meus olhos se eu olhar diretamente para um macho — revelou Dora com calma. — Ela é uma acompanhante muito boa, sabe?

Elias deixou escapar um gemido baixo de desgosto.

— Achei que eu não compareceria tão cedo a um desses bailes ridículos de novo — murmurou ele. — Por sorte, os seres feéricos acreditam que outros feéricos nunca mentem. Estou usando o rosto de lorde Longshadow, pois é um dos poucos que conheço bem. Aleguei ser ele, e simplesmente me deixaram entrar.

— Então você *não* é lorde Longshadow — constatou Dora. — Eu me questionei por um instante, admito.

— Não sou — declarou Elias em voz baixa. — Não tenho título. Eu matei meu pai e por isso poderia ter herdado o título dele, mas deixei o mundo das fadas e outra pessoa o reivindicou em meu lugar.

— Você *matou*...

Elias apertou a mão dela, e Dora ficou quieta no mesmo instante. Ele deu alguns longos passos para a frente, e seus dedos voltaram a se afrouxar.

— É uma modalidade comum de herança no mundo das fadas — explicou Elias, e era possível ouvir tristeza em sua voz. — Eu não *queria* matá-lo. Mas ele não me deu escolha. O sucessor dele não ficaria feliz em me ver retornar caso eu decidisse destruí-lo também.

Eles se curvaram um para o outro novamente, e Elias balançou a cabeça.

— Há ainda mais reverências nessa dança desde a última vez em que estive aqui — acrescentou, e Dora percebeu que Elias queria que ela desistisse do assunto.

Dora estava começando a se sentir estranhamente tonta, embora tivesse feito pouco nos últimos minutos além de caminhar e se curvar. Avistou Theodora do outro lado do salão, dançando com um parceiro invisível. Ao notar que sua outra metade parecia instável da mesma maneira, respirou fundo.

— Lorde Hollowvale acredita que me unirei à minha outra metade se estivermos no mesmo lugar e eu ficar muito emocionada — explicou Dora. — Acho que ele está certo. Estou me sentindo fraca. As crianças estão na Casa de Caridade, do outro lado dos jardins. Perguntei a lorde Blackthorn como alguém poderia derrotar um feérico, e ele me disse que ferro, magia e trapaça são os melhores modos. Não temos nenhum ferro, e a magia de lorde Hollowvale é realmente muito poderosa, então talvez trapaça…

Elias tirou algo do bolso da casaca e escondeu na mão de Dora. Os dedos dele estavam tremendo quando fez isso… e ela sabia o que iria ver antes mesmo de olhar para baixo.

— Minha tesoura — sussurrou Dora. — Você a trouxe até aqui.

— O ferro é muito poderoso contra os seres feéricos e seus feitiços — afirmou Elias. — Ainda mais se já provou o sangue deles antes. Lorde Hollowvale prendeu você e as crianças a ele com fios do destino… Eu mesmo mal consigo enxergá-los. Se você cortar esses fios, todos deverão retornar aos seus devidos corpos. Ele vai perceber o que está acontecendo imediatamente, e é por isso que irei distraí-lo enquanto você faz o serviço.

Dora comprimiu os lábios.

— Isso soa muito perigoso para você — pontuou ela. — E o que vai acontecer com as crianças cujos corpos já morreram, Elias? Elas não têm para onde voltar.

O pensamento atingiu Dora com outra onda de uma preocupação assoladora, e ela teve que se apoiar com força no braço dele.

— Elas irão para onde deveriam ter ido quando seus corpos morreram — declarou Elias em voz baixa. Sua mão pairou nas costas dela. — Eu também não gosto disso, Dora. Mas é melhor do que ficarem presas aqui para sempre, incapazes de seguir em frente.

As lágrimas arderam nos olhos de Dora. Por um instante, ela se sentiu mais como Theodora do que como ela mesma: assoberbada por uma torrente de emoções confusas, todas de uma vez.

— Não quero que algo de ruim aconteça com elas… nem com você — desabafou ela. — Deve haver alguma outra maneira.

Elias estendeu a mão para passar o polegar por sua bochecha.

— Não temos muito tempo — alertou ele suavemente. — E eu não vou deixar você morrer. Uma vez você me contou que sua prima era um lampião quente para você, Dora. Agora eu entendo o que quis dizer com isso. Mais que qualquer outra coisa, você se tornou meu lampião também… e eu não vou deixar você se apagar.

O coração de Dora se contorceu no peito. Ela cambaleou, e desta vez Elias teve que segurá-la para que não caísse no chão. Mais que nunca, ela desejou poder olhar em seus olhos. Mas ele tirou um pouco de poeira brilhante do bolso e soprou sobre a cabeça dela — e de repente ela viu uma centena de silhuetas borradas ao redor deles, cada uma na forma indistinta de um nobre feérico.

Passos se aproximaram deles depressa, e Dora ouviu a voz severa de lady Mourningwood.

— O senhor deve devolvê-la a mim agora mesmo — ordenou a baronesa. — A dança acabou, lorde Longshadow.

— Não — retrucou Elias, afetado. — A senhora disse que devo devolvê-la imediatamente *ou então* serei obrigado a me casar com ela. Eu escolho a última opção, lady Mourningwood.

Dora piscou, confusa.

Suspiros chocados vieram das sombras escuras que os cercavam. Lady Mourningwood encarou Elias, sem compreender.

— Mas isso não se faz — retorquiu ela. — Ninguém nunca escolhe a última opção.

— Então por que dar duas opções? — perguntou Elias, controlado. — Certamente a senhora não mentiu para mim quando ofereceu as duas.

Isso frustrou a baronesa como nada antes havia conseguido. Ela ficou parada por um instante, consternada, mas, passado um tempo, lorde Hollowvale se aproximou com a testa franzida.

— O que significa isso? — quis saber o marquês. — Por que não solta minha filha, lorde Longshadow?

— Disseram-me que devo me casar com ela — afirmou Elias, alegre. — E agora aceito esse destino.

— Aceita? — murmurou Dora para ele.

— Bem, por que não? — perguntou Elias. — Enviei uma carta a lorde Lockheed pedindo sua mão em casamento há alguns dias. Fui bastante razoável quanto ao dote, e ele me deu consentimento imediato. Eu quis contar a você antes, mas a senhorita desapareceu antes que eu pudesse fazer isso. — A mão dele apertou a cintura de Dora. — Eu ia perguntar se a senhorita está de acordo com a ideia, mas lady Mourningwood foi muito direta no ultimato. E não pretendo devolvê-la a ela.

— Ah — disse Dora, e de repente ficou tão tonta que teve dificuldade para respirar. — Mas eu *estou* de acordo.

— Mas eu *não*! — recusou lorde Hollowvale, furioso. — O senhor não pode se casar com minha filha inglesa. — Ele estreitou os olhos azul-claros. — E não é lorde Longshadow coisa alguma, é? Não soa nem um pouco como ele.

O marquês gesticulou com violência na direção de Elias, e Dora sentiu algo estalar no ar entre eles. Ela ainda não podia olhar para Elias, mas suspeitava que seu disfarce tivesse sido desfeito de repente.

— Eu sou Elias Wilder, mago da corte de Sua Majestade e lorde Feiticeiro da Inglaterra — declarou Elias em tom sombrio. — Você raptou vários cidadãos da Inglaterra, e é meu dever resgatá-los.

— Como ousa! — esbravejou lorde Hollowvale, e o ar ficou frio com seu poder. — Não raptei ninguém! Paguei o valor justo por cada cidadão inglês que peguei!

— É ilegal comprar e vender seres humanos na Inglaterra — informou Elias. — É contra a lei desde 1807, na verdade.

— As criaturas que comprei não fazem nada aqui que não estariam fazendo na Inglaterra! — sibilou lorde Hollowvale, obstinado. — Não tenho sido outra coisa além de caridoso com os ingratos miseráveis. Você não pode entrar na minha casa e contestar minha virtude, sua criatura metamorfa mestiça!

— Minha nossa! — exclamou lorde Blackthorn, com um ar divertido, e Dora o viu parado bem perto, em meio à multidão, com Theodora ligeiramente apoiada em seu ombro. — Mas lorde Hollowvale… o senhor está se dirigindo ao homem mais virtuoso de toda a Inglaterra! Eu ouvi isso de fonte segura!

A fala de lorde Blackthorn só fez o rosto do marquês ficar mais sombrio e ameaçador.

— Não acredito nisso nem por um segundo! — vociferou ele. — Que ideia absurda! Vejam o estado lamentável de suas botas! E ele está vestindo apenas uma casaca, olhem só!

A outra metade de Dora estava aparecendo e desaparecendo de uma maneira muito estranha. Dora enxergou um fio vermelho puído estendendo-se entre Theodora e ela, e percebeu que o que quer que Elias tivesse feito com sua visão havia mostrado a ela mais que apenas os feéricos invisíveis ao redor. Enquanto Dora observava, o fio vermelho começou a se fortalecer e se contrair. Ela olhou para lorde Hollowvale e viu mais de uma dúzia de fios vermelhos amarrados em seus braços e dedos.

Preciso cortar os fios, constatou Dora. *Não posso esperar até estar inteira novamente, ou será tarde demais.*

Dora se forçou a ficar de pé sozinha, embora o esforço fosse hercúleo. Fechou a mão em torno da bainha de couro que Elias lhe entregara, sentindo na palma o toque frio da tesoura de ferro.

Elias a soltou.

— Suponho então que devemos duelar — sugeriu ele. — Pois pretendo me casar com Dora e levá-la com aquelas crianças para casa. E você precisa defender a sua honra, pois eu o acusei do crime de escravidão.

— Que empolgante! — comentou lorde Blackthorn. — Sempre quis ver um duelo inglês. Irei assessorar o lorde Feiticeiro, então!

Os olhos claros de lorde Hollowvale brilharam de raiva.

— Não preciso de ninguém para me assessorar — declarou. — Pois este duelo terminará em apenas um segundo.

Dora se esgueirou pelas sombras da multidão, tentando se posicionar às costas de lorde Hollowvale. Houve uma explosão de um frio ártico, e ela abaixou a cabeça com um arquejo. A geada estalou ao longo do chão de mármore, enrolando-se em desenhos rebuscados sob seus pés. O chão ficou escorregadio para suas sapatilhas, e ela foi forçada a se ajoelhar para não cair de cara no chão.

Alguém agarrou seu braço com força, e Dora olhou para trás, surpresa. Lady Mourningwood tinha ido atrás dela para tentar capturá-la. Os olhos escuros como carvão da baronesa fervilhavam com uma fúria sobrenatural.

Dora, porém, tinha começado a se lembrar das centenas de aulas com a feérica terrível, e suas emoções estavam tão intensas que ela conseguia *sentir* Theodora por perto, cambaleando para ficar de pé. Sua outra metade saltou nas costas de lady Mourningwood com um grito furioso.

— Eu vou arrancar os *seus* olhos, criatura maligna! — berrou Theodora.

Dora libertou seu braço do aperto da baronesa bem no instante em que um silvo de calor escaldante jogou para longe a geada artificial. Era o fogo brilhante que Elias manejara no campo de batalha na França, e, por mais terrível que fosse o poder do marquês, Dora imaginou que o feérico nunca havia ousado enfrentar exércitos inteiros de homens, nem lutado contra o aguilhão de ferimentos tão horrendos quanto os que Elias havia sofrido.

Talvez Elias vença, pensou Dora, esperançosa. *Afinal, ele já matou um lorde feérico.*

Ela rastejou para se afastar da multidão, parando logo atrás de lorde Hollowvale. Os fios carmesim que o cercavam estavam tensos de tanto poder; Dora sabia que bastaria um corte de sua tesoura para soltá-los. Ele a notaria então, é lógico, mas precisaria desviar sua atenção do duelo se quisesse revidar.

Dora retirou a fria tesoura de ferro da bainha... mas, ao se aproximar do primeiro fio vermelho, ela hesitou.

Não, pensou tristemente. *Isso não vai funcionar.*

Você está certa. Ela sentiu que, mesmo a distância, Theodora concordava com ela. *Devemos fazer melhor que isso, para o bem de todos.*

Dora ergueu a tesoura com as duas mãos e a cravou nas costas de lorde Hollowvale, bem na altura do coração.

O feérico cambaleou para a frente em estado de choque. Um sangue vermelho brilhante começou a escorrer do ferimento, muito mais depressa do que Dora havia previsto. Uma náusea horrível lhe subiu pelo estômago, mas ela continuou segurando a tesoura e a enfiou ainda mais fundo.

O frio antinatural que os havia cercado começou a esmorecer. Dora olhou para cima e encontrou os olhos de Elias pela primeira vez desde que ele chegara. Havia uma expressão aflita em seu rosto, e ela se perguntou se ele estava considerando as consequências do que ela havia feito.

— Não sou muito versado em duelos ingleses — observou lorde Blackthorn. — Mas tenho certeza de que jovens damas não devem apunhalar os participantes!

Lorde Hollowvale desabou no chão, pressionando inutilmente o próprio peito. Dora o encarou com um misto de pesar, tristeza e repulsa pelas próprias ações. O sangue denso e pegajoso cobria suas mãos, e a consistência era muito diferente da de um ponche.

— Eu não concordei com nenhum duelo — disse Dora baixinho.

Lorde Hollowvale olhou para ela com os lábios trêmulos e manchados de sangue.

— Eu... sempre fui... somente caridoso com você — sussurrou ele.

Dora piscou para conter as lágrimas desagradáveis.

— Tenho certeza de que todo homem mau acredita ser caridoso — declarou ela. — Nesse aspecto, pelo menos, você é um autêntico homem inglês.

O marquês estremeceu uma vez... e então ficou imóvel.

Aos poucos, seu corpo começou a se dissipar em uma névoa serena e fria. As cordas carmesim que haviam prendido elas ao lorde Hollowvale começaram a oscilar de maneira precária.

Theodora se moveu com dificuldade em direção a Dora, cambaleando em seus braços.

— Eu matei meu pai — afirmou a outra metade de Dora à multidão com a voz trêmula. — De agora em diante, vocês devem me chamar de lady Hollowvale!

Theodora enfiou as mãos na névoa e a agarrou com os dedos.

— Não! — soltou Elias depressa.

Ele saltou à frente para tentar detê-la, mas era tarde demais.

Os fios carmesim que antes ondulavam de repente se prenderam aos braços e dedos de Theodora. Seu corpo, que tinha estado parcialmente imaterial, se fortaleceu e se solidificou. Um poder assustador abriu caminho através de sua alma e cruzou o fio que ainda a conectava a Dora, que o sentiu em seu coração na forma de uma névoa fria e úmida.

Dora caiu de joelhos com um arquejo. As lembranças de Hollowvale e as emoções intensas e vívidas que haviam apenas começado a borbulhar dentro dela foram abruptamente arrancadas outra vez. O medo cortante e o horror repugnante por suas próprias ações desapareceram em uma tristeza entorpecida e monótona.

— Vou soltar seu fio — disse Theodora para Dora. Lágrimas grandes escorriam pelo seu rosto, mostrando a dor que Dora sabia que verdadeiramente sentia. — E de todas as crianças que ainda vivem. As outras serão amadas e cuidadas pelo tempo que desejarem ficar.

Dora assentiu, apática.

— Você escolheu o caminho mais difícil — afirmou ela com delicadeza. — Obrigada.

— Não é tão difícil — disse Theodora com um soluço. — Estamos mais próximas do que nunca. Enquanto você estiver contente, eu ficarei feliz também. Então você precisa fazer o melhor que puder para isso, por favor.

Elias correu até as duas com o espanto ainda evidente. Ele agarrou Dora, que estava coberta de sangue.

— O que foi isso? — sussurrou. — O que você fez, Dora? Nunca será inteira novamente.

Dora deu um sorriso fraco.

— Você passou tanto tempo tentando salvar aquelas crianças, mas no final acabava sentindo que você mesmo as estava matando. Nenhum de nós suportava essa ideia. Ao menos desta vez você precisa aceitar minha ajuda, e era algo que eu podia fazer. — Ela o olhou nos olhos. — Esta é minha vez de acabar com uma coisa ruim, Elias.

Dora teve consciência da sensação da luz quente do sol e do algodão em sua pele. Elias a abraçou, e ela sentiu um breve cheiro de mirra doce... Então seus olhos se abriram e ela estava em uma cama no orfanato da senhora Dun.

Dezenove

Dora não estava sozinha.

— Senhorita Ettings! A senhorita acordou! — A voz atônita de Albert veio do lado esquerdo dela, onde Elias estivera sentado antes. Ele estendeu a mão para ajudá-la a se sentar. — Elias conseguiu, então?

Dora hesitou. Estava com dor de cabeça, e seu estômago parecia vazio, mas ela não se sentia gravemente doente.

— Ele conseguiu — disse ela, baixinho. Olhou para a outra cama, onde Abigail tinha começado a se mexer. — Mas o senhor precisa ajudar Abigail, por favor. Ela deve estar bem mais fraca que eu.

Albert correu para a cama da menina com um arquejo. Abigail resmungou, confusa, mas aceitou a água que ele lhe ofereceu e, mesmo extenuada, se submeteu ao seu exame. Dora pegou um pouco de água para si mesma e desceu as escadas cambaleando em direção à cozinha, de camisola. Lá encontrou a senhora Dun, que embalava em seus braços um recém-nascido que acabara de acordar.

— Senhora Dun? — perguntou Dora calmamente. — Não quero incomodá-la, mas poderia nos dar algo para comer quando a senhora estiver disponível?

Passou-se uma boa hora antes que o furor em torno delas diminuísse. Dora se viu alimentada com bastante comida e líquidos, e depois empurrada sem cerimônia de volta para a cama "para descansar".

— Mas eu já estava dormindo, não é? — perguntou ela.

— A senhorita estava dormindo sem alimentação adequada — afirmou Albert, sério. — Agora deve dar ao seu corpo a oportunidade de usar o que deu a ele.

Por sua vez, Abigail já estava adormecida, e Dora precisou admitir que havia um pouco de lógica na ideia.

Quaisquer que fossem as intenções de Albert, ele não realizaria seu desejo, pois Vanessa apareceu em seguida, insistindo em ver Dora imediatamente.

— Ah, você está bem! — comemorou Vanessa, aos soluços, lançando-se sobre a prima e puxando-a para um abraço. — Eu estava muito preocupada, mas eles não me deixaram chegar perto de você depois que a levaram embora!

— A senhorita Ettings estava em quarentena — informou Albert a Vanessa, sisudo. — Não lhe faria bem algum ficar noiva do meu irmão e depois dormir para sempre, senhorita Vanessa.

— Então você *está* noiva? — perguntou Dora, distante. — Que maravilha, Vanessa. Espero conseguir ir ao seu casamento.

— Por que não conseguiria? — indagou Vanessa, desnorteada. — O seu convite para a festa de casamento foi o primeiro que eu escrevi, Dora! Ah, não conte isso à mamãe... ela ficará chateada por não ter sido o dela, tenho certeza.

Dora franziu a testa.

— A condessa não vai mais me hospedar — comunicou ela. — E tia Frances quer que eu volte para o campo.

Vanessa arquejou.

— Aquelas mulheres horríveis! — exclamou ela, e foi uma exclamação tão atípica da doce prima de Dora que até Albert a olhou com perplexidade. — Elas não se atreveriam! — declarou Vanessa. — Tenho certeza de que lady Carroway deixaria você ficar com *ela*, pelo menos até o casamento.

Dora sorriu ao ver a atitude da prima.

— O noivado lhe deixou audaciosa — comentou. — Fez muito bem a você, Vanessa.

— Vou perguntar à senhorita Jennings se ela faria a gentileza de acompanhar a senhorita Ettings enquanto ela estiver na residência com minha mãe — sugeriu Albert.

Dora olhou para ele.

— Sua mãe será mais que suficiente como acompanhante, senhor Lowe — disse ela devagar.

Albert ficou sem reação, e Dora podia jurar que de repente subiu um leve rubor nas bochechas dele.

— Ah — disse ele. — Sim, me parece que sim.

Dora arqueou uma sobrancelha e observou o amigo.

— Mas eu ficaria mais à vontade com a senhorita Jennings ao meu lado, sem dúvida. Passei a estimar muito a companhia dela, e sua mãe não poderá estar por perto o tempo todo. Afinal, lady Carroway tem um casamento para ajudar a planejar.

Albert riu, tímido.

— Quanta generosidade sua, senhorita Ettings — murmurou ele.

Então Albert está apaixonado pela minha dama de companhia, pensou Dora, espantada. *Esse será o escândalo da temporada, tenho certeza.* De todo modo, ela duvidava que qualquer uma das partes fosse se importar muito com isso.

— Precisamos realmente deixar a senhorita Ettings descansar — declarou Albert para Vanessa com uma tosse leve. — Prometo que a levarei para a Mansão Carroway assim que a senhorita Jennings se apresentar.

Vanessa foi embora ainda relutante. Depois que ela partiu, Dora ficou piscando para afastar o sono.

— Elias não voltou ainda — observou ela, cansada. — Acho que faz sentido. Eu voltei direto, mas ele tem que deixar o mundo das fadas por um caminho mais longo.

— A senhorita esteve realmente no mundo das fadas? — perguntou Albert em voz baixa. — Que estranho deve ter sido.

— Não — murmurou Dora. — Até que foi bastante familiar, na verdade. Acho que essa deve ter sido a pior parte, senhor Lowe.

Dora então recostou a cabeça no travesseiro e não conseguiu manter-se acordada por nem mais um segundo, caindo em um sono profundo.

Enquanto dormia, sonhou com Hollowvale, seus amplos salões de baile e jardins enevoados. Dora vagou pelos corredores da Casa de Caridade e os encontrou muito diferentes; as poucas crianças que lá permaneceram corriam de um lado para outro rindo, animadas, construindo fortes com os móveis e brincando de esconde-esconde.

Uma grande alegria cresceu em seu peito enquanto ela as observava, e Dora soube que não se arrependia de nada.

Quando Dora acordou, no meio da noite, encontrou Abigail um pouco mais lúcida. A menina estava sentada na cama com os braços em volta das pernas e olhava pela janela bastante concentrada

— Abigail — chamou Dora. — Está se sentindo melhor?

A garotinha virou a cabeça e piscou.

— Melhor que nunca — afirmou ela. — Não me lembro da última vez que alguém me deixou dormir pelo tempo que eu quisesse. — Ela hesitou, depois acrescentou: — A senhora Dun disse que não vai ser assim para sempre. Disse que mais para a frente terei que cumprir algumas tarefas… e terei aulas.

Dora sorriu.

— *Um pouco* de tarefas e aulas não são tão ruins assim — garantiu ela. — Pelo menos, não haverá cordas para desfiar.

Abigail ficou em silêncio por um longo momento.

— Lorde Hollowvale está morto? — perguntou baixinho.

Dora hesitou.

— Sim — respondeu ela. — Mas como você soube?

— Eu senti ele morrer, eu acho — disse Abigail. — É a única razão de eu estar dormindo bem.

Dora olhou para as mãos no colo. Estavam bastante limpas, embora ela não as sentisse assim. Não tinha visto vestígio de sangue nelas nem mesmo quando acordou.

— Eu o matei — admitiu, calma. — Não sabia que conseguiria fazer tal coisa. E agora não sei se algum dia conseguirei chorar por isso.

Abigail desceu da cama e caminhou até Dora. Ela subiu em seu colo e a abraçou com força.

— Eu teria matado o dirigente Ricks se tivesse oportunidade — confessou Abigail, em voz baixa. — Mas acho que nunca vou ter a chance de tentar. O senhor Lowe disse que ele foi preso por magia sombria.

Dora fez que sim com a cabeça.

— Sei que me sentiria pior se *não* tivesse matado lorde Hollowvale — reconheceu ela. — Mas, de qualquer forma, ainda é um ato horrível demais.

Abigail não teve nada a dizer sobre isso. Mas ficou com Dora pelo restante da noite e, passado um tempo, as duas adormeceram mais uma vez.

A senhorita Jennings ficou felicíssima ao ver Dora quando ela acordou, embora a ex-governanta tivesse sido um pouco mais taciturna sobre tudo o que havia acontecido do que Vanessa. Dora soube que a senhorita Jennings tinha se oferecido para ajudar a cuidar dela, apesar da quarentena, mas Albert a enxotara sem ouvir argumentos.

— Mas não entendo por que precisa de mim na Mansão Carroway — admitiu a senhorita Jennings, confusa, durante a viagem de carruagem. — Certamente ninguém iria pensar que lady Carroway não é uma dama de companhia inadequada.

Dora olhou para Albert, ainda sentado do outro lado da carruagem, e sorriu, serena.

— Pode ser que ainda apareça alguém para me cortejar — disse ela. — Mas, até lá, estaremos apenas desfrutando da sua companhia. — Ela fez uma pausa. — Embora eu ache bom os interessados se apresentarem depressa.

— De fato — murmurou Albert, balançando a cabeça. — Tem toda a razão, senhorita Ettings.

A senhorita Jennings franziu a testa, mas não perguntou mais nada.

Lady Carroway estava lá para recebê-los quando chegaram. Ela insistiu em levar Dora diretamente para um quarto e colocá-la na cama, apesar dos protestos de Dora de que já tinha dormido demais.

— A senhorita não pode ficar doente de novo! — insistiu lady Carroway, austera. — Pode fazer o que quiser… até receber visitas… mas deverá fazer isso da cama por pelo menos mais algum tempo!

Dora não estava com ânimo para protestar muito. Havia algo reconfortante em ser o alvo de tanta preocupação, e as criadas tinham posto recipientes com brasas na cama para manter seus pés aquecidos. Após um tempo, ocorreu a ela que alguém devia ter trazido suas coisas da Mansão Hayworth, pois seus vestidos estavam pendurados com muito capricho no armário.

— Eu os tirei de mamãe à força — relatou Vanessa quando inevitavelmente foi visitá-la. — Posso ver agora como ela está se sentindo culpada. É por isso que não veio vê-la, embora eu saiba que ela queria.

Dora se viu estranhamente indiferente à ideia de tia Frances sentir culpa.

Talvez ela venha tentar fazer as pazes, pensou Dora. *Mas talvez não o faça. De qualquer jeito, tenho muitas coisas mais importantes com que me preocupar.*

— A peste foi vencida — contou Vanessa. — Isso significa que o lorde Feiticeiro pode curar sua condição quando ele voltar?

Dora balançou a cabeça devagar.

— Minha outra metade permanecerá no mundo das fadas para sempre — revelou ela. — Eu optei por deixá-la lá, e não me arrependo.

Vanessa pareceu arrasada com isso.

— Mas depois de tudo isso, Dora! — exclamou ela. — Não adiantou em nada trazer você para Londres?

Dora sorriu tranquila para a prima.

— Estou muito contente por ter vindo para Londres — afirmou ela. — E também não vou me arrepender disso, aconteça o que acontecer. Mas você está feliz por estar noiva, Vanessa? Edward é o marido que você desejaria ter?

Vanessa hesitou.

— Ele é muito bonito — declarou ela. — E parece muito amável. E a noite em que dançamos com todas aquelas estrelas nos rodeando foi bem romântica. — Vanessa olhou para o próprio colo. — Acabo de me dar conta de que não o conheço muito bem. Mas algo me diz que nunca teria como conhecer meu futuro marido o suficiente. Espero que ele seja realmente tudo o que parece.

— Albert acredita que o irmão é um bom homem — disse Dora. — E creio que a avaliação dele seja confiável.

Vanessa mordeu o lábio.

— O marquês de Hollowvale deixou de ser um problema, Dora? — indagou ela. — Acha que poderia se casar com Albert *agora*? Vocês dois parecem se dar bem, e nós nos veríamos muito mais se isso acontecesse.

Dora lançou um olhar confuso para a prima.

— O marquês não existe mais — assegurou ela. — E posso me casar com quem eu quiser, desde que a pessoa não se importe de se casar só com metade de mim. Admito que consideraria me casar com qualquer um se isso me desse a chance de ficar perto de você. Mas já estou apaixonada, e acho que já prometi me casar com outro homem.

Os olhos de Vanessa se arregalaram.

— Você *acha*? — perguntou ela. — E está apaixonada! Dora, por que não me contou nada?

— Eu mesma não sabia até bem pouco tempo. Mas talvez tenha sido melhor assim. — Ela fez uma pausa, incerta. — Isso presumindo que o homem em questão algum dia retorne…

Uma batida na porta interrompeu a conversa. Lady Carroway entrou parecendo muito agitada, segurando um vaso de rosas brancas frescas em seus braços. No entanto, aquelas flores pareciam distintamente diferentes, e, depois de um momento olhando para elas, Dora percebeu que às vezes elas se pareciam mais com uma névoa do que com rosas de verdade. *São dos jardins de Hollowvale*, ela pensou.

— São para você, senhorita Ettings — anunciou lady Carroway. — Acho que são para convencê-la a descer. — Ela acomodou as flores sobre a cômoda e balançou a cabeça com um sorriso. — O lorde Feiticeiro gostaria de ter uma conversa particular com a senhorita. Todos sabemos que ele não está aqui para perguntar sobre traduções do francês. Devo deixá-lo esperando lá embaixo enquanto a senhorita se veste, ou mandá-lo embora para não ter o orgulho ferido?

Vanessa entendeu a insinuação em um segundo, uma vez que tinha acabado de experimentar a própria conversa particular com Edward apenas alguns dias antes. Ela soltou um pequeno arquejo maravilhado e levou as mãos à boca.

Pela primeira vez, Dora sentiu um sorriso verdadeiro tomar conta do próprio rosto.

— Descerei para vê-lo assim que estiver pronta — respondeu ela.

Lady Carroway suspirou com a resposta, e seu semblante expressava simpatia.

— Todos nós iremos contar com a senhorita para mantê-lo sob controle — afirmou lady Carroway.

Vanessa se apressou em ajudar Dora a se vestir.

— Precisamos de uma criada para fazer seu cabelo e maquiagem... — começou ela, mas Dora balançou a cabeça.

— Não preciso de nada disso — declarou Dora. — Sei que não pareço feliz, mas estou. Gostaria de vê-lo o mais rápido possível.

Se ela fosse realmente honesta consigo mesma, ainda havia um traço de pavor irracional em seu coração, apesar de tudo. E se Elias tivesse mudado de ideia, considerando que Dora nunca mais seria curada?

Certamente ele havia pensado bastante em todas essas questões no trajeto de volta do mundo das fadas, e, se houvesse alguma dúvida em sua mente, elas teriam vindo à tona.

Não era fruto de sua imaginação, concluiu Dora, que todos os empregados de lady Carroway a observavam com atenção enquanto ela descia as escadas. Uma das criadas a conduziu a uma sala anexa. Então Dora abriu a porta, e a última de suas preocupações persistentes se dissipou no mesmo instante.

Elias olhou para Dora quando ela entrou. Ele estava andando de um lado para outro, mas, no momento em que ela apareceu, ele se deteve. As olheiras tinham quase desaparecido, embora uma vaga lembrança da escuridão ainda pairasse ali. Ele estava vestido com mais elegância que o habitual, e seu lenço de pescoço apresentava um nó bem-feito — o que, embora o deixasse muito bem-apessoado, deixava nítido como não estava acostumado com aquilo.

Dora fechou a porta suavemente atrás de si, e Elias se aprumou com uma tosse desajeitada. Ele parecia não saber o que fazer com os braços, então decidiu cruzar as mãos atrás das costas.

— Eu estava começando a achar que você tinha sido atacado por duendes — disse Dora com um sorriso.

Elias se espantou.

— Por *duendes*? — questionou ele em um tom afobado.

— Bem, isso explicaria seus trajes — comentou Dora. — Está quase parecendo um cavalheiro hoje, e nós dois sabemos que isso não é do seu gosto.

Elias ficou boquiaberto.

— Eu *não* estou… — começou ele. — Eu *nunca* fui…

Ele ainda estava tão atrapalhado, que não conseguiu se decidir por uma réplica.

Dora jogou os braços em volta dele.

Elias congelou por apenas um segundo. Em pouco tempo, porém, sua postura rígida relaxou e ele apertou Dora mais forte com um suspiro de alívio audível. Ela pressionou o rosto junto ao peito dele e fechou os olhos, absorvendo o familiar cheiro de mirra que ele sempre exalava.

— É ótimo ver que você está bem — murmurou ele. — Eu não conseguia conter o receio de que talvez você não tivesse acordado.

— Estou muito bem — afirmou Dora em voz baixa. — Proibiram-me de fazer o mínimo de esforço, sabe. Se muito descanso contribui para uma boa saúde, devo ser a mulher mais saudável do país.

Elias ergueu a mão para passar os dedos pelo cabelo dela, e Dora ficou muito contente por não ter perdido tempo fazendo um penteado.

— Trouxe flores desta vez — sussurrou ele.

Dora abriu os olhos e viu que ele a encarava com uma intensidade estranha. O ouro de seus olhos a hipnotizou de uma maneira totalmente nova, e ela segurou seu paletó com força.

— Não sei bem o que dizer — admitiu Elias. — Sei que tinha algumas palavras em mente, mas de repente elas me escaparam.

Seu tom de voz era nervoso, e Dora achou isso muito estranho para um homem que acabara de enfrentar o marquês de Hollowvale no reino do próprio feérico.

— Você deve dizer o que quiser — respondeu Dora. — Estou feliz em vê-lo. Certamente sabe que o resto não importa.

Elias estreitou os olhos.

— Na verdade eu *sinto* que importa — declarou ele, e de repente seu tom tinha um quê de discordância. — Não se diz simplesmente. *Pronto, vamos nos casar, se você estiver de acordo.*

— Mas você disse isso. — Dora sorriu com gentileza para ele. — E eu *estava* de acordo. Ainda estou.

— Não vai discutir comigo para variar? — replicou Elias com um rubor. — Escute aqui, senhorita Ettings! Estou apaixonado por você. Você merece ouvir isso. Amo sua inteligência e sua sagacidade. Amo que é bondosa, mas quase nunca simpática. Amo seus olhos, seu cabelo e suas sardas, e o fato de você exalar um perfume floral delicioso o tempo todo. — Ele fez uma pausa, parecendo então um tanto ofendido consigo mesmo. — E eu amo dançar com você. De longe, essa é a pior parte.

Dora ficou sem reação. Cada palavra aqueceu seu coração pouco a pouco até ele se transformar em uma fogueira atordoante. Esse fogo queimou sua mente, consumindo todas as coisas desagradáveis que permaneciam na superfície. Quando estivesse sozinha, cansada ou insegura, Dora sabia que essas seriam as palavras que viriam a ela a partir de então, em vez de todas as outras, e ela não conteve um sorriso bobo e sonhador.

— E, obviamente — continuou Elias, bufando —, gostaria de me casar com você. Não posso dizer que recomendo a mim mesmo com muito gosto, mas faço a oferta mesmo assim.

Dora estendeu a mão para acariciar sua bochecha.

— Então eu vou recomendar você — declarou ela. — Já fiz isso, sabe. Falei para lorde Blackthorn que o considerava o homem mais virtuoso de toda a Inglaterra. — Ela refletiu por um momento. — Preciso perguntar se você tem certeza de que ficará satisfeito comigo nesse estado para sempre. Nunca irei sentir as coisas da mesma maneira que as outras pessoas.

— Dora — disse Elias. — Tenho certeza de que sua outra metade é muito fascinante. Mas eu me apaixonei por você exatamente do jeito que você é. E talvez seja melhor assim… Se de repente você fosse duas vezes mais encantadora, então eu ficaria completamente subjugado.

Ele enroscou a mão na dela, e ela sentiu um formigamento agradável na pele.

Dora olhou para baixo e viu que ele havia colocado um anel de prata em seu dedo, com uma solitária *estrela* brilhante.

Elias deslizou os dedos logo abaixo do queixo dela e o ergueu para encará-lo.

— Você ainda não disse *sim*, mulher frustrante — protestou ele, soltando o ar. — Não me deixe na expectativa.

Dora sentiu a respiração dele em seu rosto enquanto ele falava. O sussurro penetrou em sua pele, fazendo-a estremecer.

O coração de Dora deu uma pequena cambalhota.

— Sim — sussurrou ela com suavidade.

Elias se inclinou para Dora. Seus lábios roçaram os dela. O toque foi tão leve, tão dolorosamente delicado, que Dora poderia acreditar que não tinha acontecido, exceto pela corrente de arrepios vertiginosos que percorreu sua coluna.

O polegar de Elias acariciou o queixo dela. Seus lábios fizeram um pouco mais de pressão, como que para testar a reação de Dora. Ela passou os braços em volta do pescoço dele em resposta, apoiando-se nele. O corpo dele estava quente. O calor a derretia completamente por dentro, apagando qualquer percepção do mundo ao redor deles.

Pelo resto da minha vida, pensou Dora, *este será o sonho em que eu vivo.*

Aquele era, de fato, um pensamento extasiante.

Epílogo

Dora teve o privilégio de comparecer à festa de casamento da prima de braço dado com o próprio noivo. A cerimônia, por sua vez, teve tudo a que uma celebração de casamento adequada tinha direito — e muito mais. Elias estava com um humor extraordinariamente agradável havia semanas, e se sentia tão extravagante que fez os guardanapos dobrados em forma de cisne se levantarem e voarem, para a diversão de todos os convidados. O sorriso de Vanessa foi quase um feitiço por si só.

O casamento de Dora foi menor, mas lady Carroway insistiu em também oferecer uma festa para ela na Mansão Carroway. A mãe de Albert não havia esquecido os planos de abrir outro orfanato, e grande parte da conversa da manhã acabou centrada nesses planos, e não no clima ou no casamento. Dora achou que era o tipo perfeito de festa.

A vida após o casamento era muito diferente do que Dora tinha imaginado. Na verdade, era muito melhor em quase todos os aspectos possíveis, mas ela desconfiava que isso tivesse bastante a ver com o marido escolhido.

Como uma mulher casada, ela tinha muito mais liberdade para passar o tempo como bem entendesse; e, como concordava com Elias na maioria dos assuntos, ele não poderia ficar mais feliz em deixá-la arregaçar as mangas para ajudar tanto a senhora Dun quanto no novo orfanato. A maioria das mulheres da nobreza tinha apenas alguns filhos, Dora gostava de dizer, mas ela tinha muitos e os amava igualmente. E, embora fosse raro experimentar qualquer sensação de alegria que tirasse seu fôlego, ela sempre exibia um brilho suave e satisfeito, como a estrela em seu dedo.

A alta sociedade logo começou a comentar que a vida de casado estava fazendo bem ao lorde Feiticeiro, pois, embora Elias nunca fosse se tornar um homem de *bons modos*, ele sem dúvida estava visivelmente mais feliz. Havia momentos, é óbvio, em que as sombras traziam ameaças e grandes males colocavam seu descanso em perigo. Mas, se de vez em quando ele chegasse em casa e passasse a noite acordado no escuro, Dora sempre insistia em pelo menos ficar acordada com ele.

A senhorita Jennings nunca voltou ao seu empregador anterior. Na verdade, a dama ficou surpresa ao receber uma discreta proposta de casamento de um médico muito respeitável. Ela e o senhor Albert Lowe se casaram no campo, longe das línguas afiadas e das matronas irritadas que quase se engasgaram com a indiscrição de um cavalheiro bem-nascido casando-se com a dama de companhia da mulher que ele deveria ter cortejado. O senhor e a senhora Albert Lowe nunca eram convidados para nenhuma festa respeitável além das organizadas por lady Carroway, o que não parecia diminuir nem um pouco a felicidade deles. No entanto, a senhora Henrietta Lowe passava bastante tempo ajudando no novo orfanato, o que fez com que Dora tivesse o prazer de passar muito tempo com ela ao longo dos anos.

A Inglaterra, infelizmente, não se tornou um lugar melhor para os órfãos, os pobres ou os enfermos. Na verdade, na direção contrária de todos os protestos de lorde Carroway e do lorde Feiticeiro, foram aprovadas leis para tornar as casas de trabalho mais punitivas que nunca, na suposição de que os pobres naturalmente careciam de virtude. No entanto, havia pelo menos dois orfanatos em Londres que solucionavam um pouco daqueles males. E, à medida que os dirigentes das casas de trabalho se tornavam mais cruéis e punitivos, começou um rumor entre as crianças de que uma feérica com olhos de cores diferentes às vezes aparecia e levava embora os piores agressores, que nunca mais eram vistos.

Muito tempo se passou e, certo dia, Elias e Dora fizeram uma visita a seus amigos mais próximos e familiares como uma despedida definitiva. Na manhã seguinte, a Inglaterra descobriu que o lorde Feiticeiro e sua esposa haviam desaparecido sem deixar rastros.

No entanto, em algum lugar no mundo das fadas, dizem que lady Hollowvale enfim ajustou seus olhos de cores diferentes, e ela e seu marido governam o lugar desde então, diretamente da Mansão Hollow.

Personagens

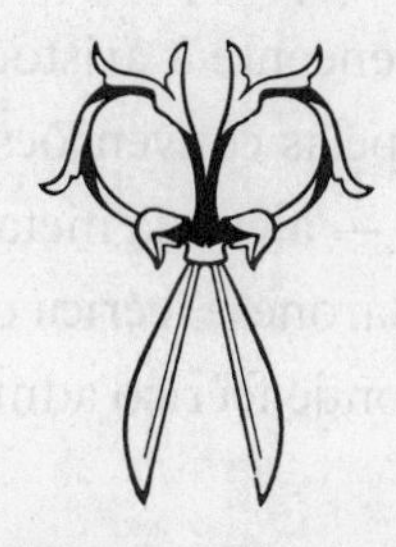

Theodora Eloisa Charity Ettings — Filha do lorde Lockheed anterior e está sob a tutela do atual lorde Lockheed. Possui apenas metade da alma e é mais conhecida como Dora.

Vanessa Ettings — Filha de lorde Lockheed e prima mais nova de Dora. Cobiçada no mercado matrimonial.

Frances Ettings — Lady Lockheed e tia e tutora de Dora. É uma maritaca intrometida.

Lady Hayworth — Condessa de Hayworth e amiga de tia Frances. Mais uma maritaca intrometida.

Elias Wilder — O grosseiro lorde Feiticeiro e mago da corte da Inglaterra. Realiza três coisas impossíveis antes do café da manhã todos os dias.

Senhor Albert Lowe — Terceiro filho de lorde Carroway. É um médico caridoso e veterano de guerra e o único homem em Londres que aprecia a companhia do lorde Feiticeiro.

Lorde Carroway — Visconde de Carroway e pai de Albert.

Lady Carroway — Viscondessa de Carroway; mãe de Albert.

Senhorita Henrietta Jennings — Ex-governanta, solteira e dama de companhia, além de acompanhante da filha de lady Hayworth.

George Ricks — Dirigente da Casa de Trabalho da Cleveland Street.

Senhora Martha Dun — Viúva de um comerciante; administra um orfanato patrocinado por lady Carroway e o lorde Feiticeiro.

Senhor Edward Lowe — Filho mais velho de lorde Carroway e irmão mais velho de Albert. É um solteiro extremamente cobiçado.

Abigail — Criança acometida pela peste do sono.

Lorde Hollowvale — Pertencente à aristocracia feérica e marquês de Hollowvale. Fascinado pelas convenções sociais inglesas, ele possui várias casacas refinadas — além da metade da alma de Dora.

Lady Mourningwood — Baronesa feérica e acompanhante austera.

Lorde Blackthorn — Visconde feérico admirador dos ingleses.

Agradecimentos

Existe uma história apócrifa sobre peixes encalhados na praia que eu carrego por toda a minha vida. Não sei quando a ouvi a primeira vez, mas sempre consigo me lembrar dela muito bem. É mais ou menos assim:

Muitos peixes foram carregados até a faixa de areia; ali, eles se debatiam, tentando respirar. Nesse momento, uma garotinha tomou a iniciativa de andar pela areia catando os peixes e atirando-os de volta ao mar. Uma pessoa que observara tudo ficou maravilhada com a cena e se dirigiu até a menina.

Ele disse para a garotinha: "Por que você está jogando os peixes novamente no mar? Não importa, no fim das contas. São muitos! Não é possível que tenha esperança de conseguir salvar todos eles!"

A garotinha franziu a testa e ergueu o peixe que estava segurando. Então respondeu: "Importa para *este* peixe". Depois ela voltou para a praia e continuou a devolver os peixes ao mar.

A história costuma terminar aqui, mas eu gosto de pensar que a pessoa que ficou olhando se juntou à menininha e que *mais* peixes foram salvos, afinal.

Eu entro em desespero ao perceber quão tolos os seres humanos podem ser. Ainda que queiramos acreditar que somos capazes de aprender com a história, receio que somos muito inclinados a repetir os mesmos erros enquanto sociedade, vez após vez. Mas sempre que estou diante de uma prova irrefutável do declínio da natureza humana, *também* me recordo que tenho dentro de mim o poder de melhorar a *mim mesma*. Existem muitos peixes encalhados que ficariam gratos por um pouco de gentileza — e se você usar seu tempo para salvar ao menos um, então talvez consiga convencer outras pessoas a ajudar na tarefa e resgatar outro.

Não quero dizer que devemos parar de tentar resolver os grandes problemas do mundo. Mas, como Elias diria, às vezes, quando você não consegue fazer com que o mundo caia na real, é preciso apenas acabar com uma ou outra coisa ruim que está a sua frente.

Cada peixe que você devolve ao mar é a vitória da ideia de que seres humanos podem ser melhores. Todos os dias eu faço o meu melhor para devolver pelo menos um peixe ao mar. Espero que você se junte a mim nesta tarefa.

Quanto a este livro, agradeço ao meu esposo pelo amor e apoio constantes, e especialmente pelo café. Agradeço às minhas leitoras alfa, Laura Elizabeth e Julie Golick, pelo entusiasmo sem limites e pelas críticas de vez em quando. Devo agradecer também a Sophie Ricard pela ajuda com a língua francesa, ainda que este livro tenha poucas frases. De verdade, Sophie, você é o Albert do meu Elias quando se trata de gramática francesa. Um obrigada de todo o coração a Tamlin Thomas por todas as correções históricas. Sem a colaboração de todos vocês, esse livro não seria tão bom.

Agradeço ainda ao Dr. Kevin Linch da Universidade de Leeds por responder a diversas questões incrivelmente específicas sobre o exército britânico na Era Napoleônica, que usei no conto *The lord Sorcier*. Quaisquer outros erros na perspectiva histórica é puramente culpa minha.

Por fim, gostaria de agradecer a você, querido leitor, por chegar até aqui comigo. Espero que tenha se divertido com o livro tanto quanto eu me diverti ao escrevê-lo.

Este livro foi composto na tipografia Minion Pro,
em corpo 11,5/16, e impresso em
papel off-white no Sistema Cameron da
Divisão Gráfica da Distribuidora Record.

Este livro foi composto na tipografia Minion Pro,
em corpo 11,5/16, e impresso em
papel off-white no Sistema Cameron da
Divisão Gráfica da Distribuidora Record.